U0101143

后浪

我的朋友
來自1918

谢翠屏 -著-

广东旅游出版社
GUANGDONG TRAVEL & TOURISM PRESS

中国·广州

目录

（一）

我的朋友来自1918

刘大见要请我吃中午饭，我说好。第二天早上九点钟还没到，刘大见出现在营房楼下，他气喘吁吁，埋怨我不守约定，让他左等右等等不到。他还说："下次给我20蚊（元）我都不来了！"后来又说，回去那段路，他一共停下来歇了三次。

那一年，刘大见93岁。从他的房间到营房楼下，路程长达160米。

刘大见是认真要请我吃饭的。他的房间外面有个玫瑰园，他在玫瑰园跟张献伯伯讨论来讨论去，张献伯伯建议买两斤鸡翼尖回来炸着吃，刘大见还是决定炒猪肝。刘大见是吃饭堂的，自己只有一个小小的电饭煲，又没有锅又没有铲，他只好拜托在饭堂工作的周伯帮忙，给他炒好端过来。

刘大见住在泗安麻风康复村三区宿舍楼的第一个房间，房间脏脏的暗暗的，只有头顶上一盏堆满灰尘的灯泡懒懒地发着光。听说这个房间以前是汉达康福协会的杨理合教授专门给麻风康复老人们做饭用的厨房，一年又一年积下来的油烟污垢一层又一层，刘大见一点也不嫌弃。党伯说，刘大见就是这样子的，他的碗碟从来不洗，砧板和刀全部放地上，猫又来睡、狗又来睡，洗都不洗直接用。不过党伯又说，刘大见这样都可以长命百岁，所以我们也不用太干净的。就在这个房间里，就用这些碗和碟，我们围在一张磨光了面的木桌子上，吃完了刘大见请客的米饭和炒猪肝。

刘大见是泗安麻风康复村年纪最大的康复者。泗安麻风康复村属于省泗安医院管理，这座建于 1958 年的医院位于东莞西边的一个小岛上，名字就来源于所在的小岛 —— 泗安岛。它原先是东莞县县办麻风院，1965 年收归为广东省省级麻风院。2010 年我正在读大学二年级，五一假期跟着"家工作营"的志愿者第一次来到这里，那年 92 岁的刘大见正是"风华正茂"的年纪。

第一次见到刘大见，就是在他的玫瑰园里。刘大见在他房间外面种了片玫瑰，差不多 50 平方米的样子，左边一半右边一半，他种上百合花、橘子树、甘蔗、柠檬和玫瑰花。玫瑰花是最多的，有红色的有粉红色的，有什么种什么，他不讲究。刘大见的两个手掌因为麻风病菌造成的神经损害萎缩变形，脚掌截了一半所以走路摇摇晃晃，还有帕金森病，右边的手永远像指挥家一样打着拍子。可是这一点也不影响他坚持浇花，他说："我也不是一定要种花，只是每天不挑两桶水晚上就睡不着。"

这些种出来的花，无论谁想来摘都可以，刘大见不介意。还有他种的甘蔗，谁想吃了，就随便拔去。甘蔗这个我是理解的，刘大见老了，要是不帮他吃，他自己也咬不动嘛。可是玫瑰花我就有点生气了，怎么可以一个招呼都不打胡乱摘呢？我向刘大见投诉，他却还是笑眯眯："可以的啦。"

我也脸皮厚，对他说："我明年毕业，那到时来摘你的玫瑰花。"他乐呵呵："那要多种两排了。"下次去，果然看到新种的两排玫瑰花。

刚开始，我还把刘大见叫作玫瑰花伯伯，后来变成好朋友，索性直接刘大见、刘大见地喊了。变成好朋友的标志就是可以一起坐在电视前面看《甄嬛传》，一句话不用聊；或者有时候我想到小卖部买汽水喝，就直接问刘大见拿两块钱。有时候我从洪梅市场买回来花种子，跟他商量着你种这包、我种这包，这包一人一半，这包你种出来苗分给我；有时候他看我闷闷不乐，就来找我说话："咩（什么）事啊，讲给我听啦。"

我也不记得是因为什么事情闷闷不乐了，只记得那时我没有搭理他。刘大见又劝："我给钱你啦！"我才慢慢开口："你给钱我啊？"他说："你的钱就是我的，我的钱就是你的嘛，发生咩事就讲出来啦。"

还有很多时候，我们只是一起坐在玫瑰园边上，静静乘着凉。坐着坐着刘大见突然问我："你是不是在学校考试考到第一名？"我正奇怪，他笑眯眯又说起来："这几天花园里一下子开出来好多朵玫瑰花，我想一定是你有什么好事情。"

刘大见天天待在他的玫瑰园里。他有时候除草浇花，有时坐在水泥路边听人说话，什么事都没有的时候，他才回房间去看那部只能收到几个台的电视机。他已经在这里生活了快半个世纪了。

虽然针对麻风病的隔离措施早在几十年前就完全解除了，现在麻风康复者想去哪里都能去，可是刘大见还是一样待在这里，哪里都不去。刘大见说，以前香港教会的姑娘想带老人们到东莞常平镇的隐贤山庄旅游，她们来劝了他三次，他都不肯去。我点点头表示理解他："对，你脚不好，去不了。"刘大见解释："不是去不了，是出去了像猴子一样，让人看来看去。"我说："你在这里也是猴子呀。"他笑眯眯的样子："在这里大家都是猴子。"

1918 年，刘大见出生在东莞道滘镇一个富有的家庭。他的家里是种鸦片的，最多的时候请了八个师傅来种地，兄弟姐妹六个人都能上私塾。

对我来说，刘大见算是个古代人了。后来我索性用他做标杆，来帮忙记一些历史年份。比如民国开始是 1912 年，那是刘大见出生的六年前；第二次世界大战开始在他 21 岁那年，也就是 1939 年。跟刘大见同一年出生的还有两个著名人物，一个是物理学家费曼先生，一个是漫画人物美国队长。我试图向刘大见介绍美国队长，我说这个人跟你一样老，他被冰封……他看一眼我的手机："哦，美国队长就是美国的一个大队队长啊。"

好多我只能从历史书上知道的事情，刘大见是亲自经历过来的。比如他说，那时候私塾一个小孩一年的学费是一担谷，一担也就是一百斤；比如他说，哥哥结婚第二年的七月初六那天，家里准备了番鸭和艾粉正要做晚饭，日本鬼子拿着枪推开门进来了。他还说，后来南下大军一队人马驻扎在他们村里，他深夜里和另外两名干部做侦探，找出了本地大贼头的藏枪地点，给解放军帮了大忙；还有，他二十多岁的时候是个"靓仔"，光是道滘人民医院外面的一条巷子，就有八个女仔中意他。

害我每次路过道滘人民医院都忍不住想一遍：啊，这里有八个女仔中意刘大见呢。不知道她们现在怎样了，不知道她们还在不在。

夸张是夸张了一点，可我还是相信刘大见。刘大见长得帅，总是眯着小眼睛笑意盈盈的样子，眼睛里面有星星。刘大见一共娶过两个老婆，第一个是在香港娶的，是油麻地一个酒楼老板的女儿，姓李，酒席也是在这个酒楼摆的。后来回东莞，他又娶了第二个老婆，姓叶，那年正月尾在家里拜的堂。日子原本过得顺顺利利，直到刘大见四十多岁的时候，被检查出麻风病。

20世纪50年代后半期，麻风病被明确界定为中国的农村流行病，调查、隔离、治疗麻风病人成为全国麻风病防治规划中的重点。刘大见就是这个时候被查出来患病的。提到麻风病，民间总是给它蒙上一层暧昧的颜色，认为这是"下等人""乱搞"才会染上的病。刘大见的老婆大吵大闹，咬定他去厚街涌口（道滘镇南面的一个市场）"乱搞"了，他经常到那边卖甘蔗。刘大见打了老婆一巴掌。公社命令刘大见到麻风医院治疗，他大发脾气，动手打了皮防院的医生。看情况不好，几个人扑上来，一起用绳子把刘大见捆住。公社给了刘大见300块钱，作为付给泗安医院的入院费。这是1962年的事情。

在泗安治病的病人分成两大部分，农业队的和非农业队的。手脚残疾严重不能劳动的人集中住在一起，靠些微补贴维持生活；手脚好一点的在农业队工作，赚工分。刘大见入院不久就加入了农业队，一边治病，一边干活。很快，他成了农业队的养鹅专家，最多的时候一个人养了七八百只鹅。农业队种甘蔗榨糖，刘大见就捡剩下的甘蔗壳给鹅搭茅屋，还用干玉米粒放进锅里做成爆米花喂给鹅吃，他知道这样长得快。

刘大见的好朋友党伯那时也在农业队干活，负责养鸭。党伯记得很清楚，那时候刘大见白天干活，晚上会借一条公家的小木艇，花两个小时划船回家。一起带回家的还有一个布袋子，里面装着从生产队买来的鸡，还有喂鹅时偷偷扒进口袋的稻谷。那时候正是20世纪60年代末，外界物资最贫乏的时期，但对泗安农业队来说，正是发展最鼎盛的时期。麻风隔离医院大多建在空旷的岛上或偏远的山区，与健康村落隔离开来，避免传染；同时也因为社会对麻风病人充满歧视和恐惧，健康人一般不愿接近——正因为这样，麻风病人拥有了大片大片自由耕种的土地，他们在岛上种稻谷，种香蕉，养鸡鸭鹅，还养了牛、猪和兔子，吃都吃不完。

党伯说，那时养鸭子的人都知道刘大见偷稻谷，可是没人告发，那时期每个人多多少少都会偷点东西。刘大见趁着夜色的掩护回到家里，放下东西、交代几句又偷偷摸摸划小船离开，每次回到泗安岛差不多要凌晨一两点钟。他从不敢白天回去，也不敢在家过夜，他怕邻居知道这家人跟麻风病人还有接触，怕坏了家里人的名声。麻风病实在是个受人唾弃的疾病——病人需要承受歧视，他们的家人也是。

2013年，刘大见委托我们到他的家乡东莞道滘蔡白村，帮忙找他的侄子阿林。

那时候我已经大学毕业，开始在泗安岛上工作了。老人家喜欢什么事情都找我帮忙，因为我年轻，知道用手机帮他们从网上买东西，也知道怎么上网查路线搭公交车。这一天，我和岛上另一个康复者陈伯一起，来到了刘大见的家乡。

刘大见小的时候，蔡白村这里有个码头。来来往往很多船只停靠在这里，这些船是专门贩卖女人的，女人们来自番禺、顺德等地方，要是有男人想买一个老婆，就可以到船上看一看。后来，贩卖女人的生意逐渐消失了，大船开始在这条河边装载当地的黑皮冬瓜，运到粤港澳地区，甚至是国外去。

我们到蔡白村的那天，刚好看到一条大木船静静停在岸边，河水枯竭了，船上堆满冬瓜。继续往村子深处走进去，我们对照着门牌号，去找这位刘大见唯一能联系上的亲人。

侄子阿林20世纪70年代也患过麻风病，所幸他病情轻，一年多就治好回家了。不像阿林一样幸运，刘大见的麻风病治好了，却留下了严重的残疾。家人不愿意让他回去，怕他会连累全家受人歧视。刘大见最后一次见到儿子是在80年代，儿子阿文给他一张绿底的1000元港币，从此再无音信。刘大见于是留在了泗安医院，后来这里又改为麻风病康复村——已经不需要隔离了，已经没有麻风病了，留在这里的，都是无家可回的麻风病康复者。

刘大见拜托我们给阿林传一个口信：他摔倒了，卧床不起，可能活不了多久了。他希望阿林到康复村里探望他，这几十年他存下来不少钱，可以来把钱带回家。

刘大见的房间里有一个带锁的木柜子，放着几只茶色玻璃药瓶。他把几十年来存下来的钱都放在里面，100元纸币被卷成一卷一卷，紧紧地塞进瓶子里。民政局每个月给康复老人们发一笔生活补贴，刘大见不舍得花，他省下来，希望钱可以买回一些亲情。他数得很清楚：全部钱有四万多元，四户亲戚，一户亲戚给一万元，自己还能剩点零钱度过晚年。

但阿林不愿意。他倚在门框边上想了一会儿，最后小声说："要不你们帮忙把钱带出来。"

时间再早一点，2012年年底，刘大见摔倒了。住院回来，他再也起不来床料理他的玫瑰园了。

我去医院看他，他躺在病床上，居然还是精神奕奕的样子。他表示懊恼："哎呀，还有一煲卤猪肉在屋里，只吃了两块，浪费了。"另外他还告诉我他的新发现，一小瓶吊针瓶有三千多滴。

不知道为什么，老人家对病和痛总是不在乎的样子。大概是他们早就习惯了。之前坐在玫瑰园，我看见刘大见手臂上新盖了一块宽宽厚厚的纱布。麻风病菌损害了他的痛觉神经，一下子不注意，手就被电饭锅的蒸汽烫伤了，而且受伤了自己还不知道。谢护士帮他包扎，先用药膏涂好，再拿一块纱布盖上去，最后用四根胶带缠好。党伯开玩笑："喂，刘大见，你有四个手表呀。"刘大见呵呵笑起来："我哪有那么有钱！"党伯伸出手指头："看看，我也有这个，红宝石戒指。"一看，党伯一只烫伤的手指头涂着红药水。

两个星期过去，刘大见的伤口小了，胶带只需要绑一根就够了。我故意问："你的手表呢？"刘大见笑得眼睛都看不见："拿去卖了！"

只是这次，我们都没办法继续轻轻松松开玩笑了。刘大见已经很老很老了。从医院回来，他被安排到另一个房间，老人家把这个房间叫"重病房"，是医生护士会重点留意的地方。话说回来，这个房间比刘大见原来的好多了——这里干净整齐、阳光又好，不像他的老房间，到处堆着瓶子、罐子、灰尘和油污。

谢护士他们帮刘大见铺了张气垫床，又在床架子上面挂了几个吊环，让他时不时锻炼锻炼，可以防止长褥疮。玫瑰园没人浇水了，杂草一天一天长出来，党伯偶尔帮着管一下，不过事情一多，也管不过来了。也是，谁能像刘大见一样，一天辛辛苦苦挑两担水只为了看这些花开呢？可刘大见心里还是念着玫瑰园，有一次我从金菊福利院回来，刘大见说："哎呀，早知道就让你剪几枝花回来。"我觉得好笑："你又动不了，怎么种？"他说："我有钱，可以请人种。"

刘大见出不来，我就多去找他。我一天去看刘大见八遍，每次都找点新鲜的给他看。穿高跟鞋的时候我特意跑过去给他看，他笑眯眯："哇，好似猪仔脚啊。"有时给他看手机存的照片，连着好多张都是小狗，刘大见皱皱眉："怎么都是畜生？"有时候是保温杯里装了咖啡，我问刘大见要不要尝一尝，他闻一下，点头说："嗯，似了。"我奇怪了："你喝过？"他说："以前在广州大三元喝过，省里开会，每个大队派一个人去，我在酒楼住了一个星期，那时候酒楼有得喝的。"

后来，刘大见清醒的时间越来越少了。醒来的时候也总是乱说话，比如一大早就跟我说："我抓了条大鱼你拿回去吃啊，在那里放着！"我故意问回去："你睡在这里又起不来，你怎么抓？"他不理我，继续嘱咐："拿回去先砍掉鱼头啊。"我只好说："知道了，好好好，我中午就吃。"

他昏睡的时间越来越多，有时候要在旁边等好久他才醒过来。怕他自己无聊，我在床边给他贴了一块硬纸板，上面贴着照片，还把他九十多年的光荣事迹写上去。我在上面写：刘大见，养鹅专家，很多牙齿但从不刷牙，七岁开始抽烟，97 岁成功戒烟，年轻时很帅，泗安最长寿的。刘大见盯着看了一会儿，觉得满意。可是我又想了下，他是仰面躺在床上的，是不是应该贴到天花板去？我问他意见，问他要是没贴稳掉下来怎么办。刘大见静静发了一会儿呆，才眯起眼慢慢笑起来："好啊，掉下来我就重新做细佬哥（小孩子）了。"

🪐

以前坐在玫瑰园，刘大见给我说过一些他小时候家里的事情。

刘大见说："我们家里人都是超过 100 岁的，我爸爸最小，103 岁过世的。我今年 97，算小的了。"等一下又说："小时候和哥哥去算命，算命先生说哥哥会活到 24 岁，我 114 岁。果然，24 岁那年哥哥真的死了。"

事实证明，算命先生是信不过的。刘大见走的时候 99 岁。他重新去做细佬哥了。就算按他"天一岁地一岁自己又一岁"的说法来算，也只是 102 岁而已。不过，也没法找算命先生算账了。

刘大见年轻时候年年给自己过生日，杀鹅吃，杀狗吃，好几个老人家都知道刘大见生日在农历的四月初四。94 岁那年的四月初四，他给我 100 块钱，我们买菜回来在张献伯伯家庆祝。96 岁那年的四月初四，他已经卧床不起了，不过他塞给我们 200 块钱，让我们买肉买菜自己打边炉，算是帮他庆祝。97 岁那年的四月初四，他的神志开始不清醒，我们打包了必胜客的披萨和烤鸡翅到他房间，给他唱生日歌。98 岁那年的四月初四，我们请人把他抱下床，用轮椅推他到小花园晒太阳，大家一起分吃一块蛋糕。

只是再到后来，再到下一个四月初四，我们不再需要帮他庆祝了。刘大见不在了，刘大见不会长大了。失去了刘大见的泗安岛跟以前没有什么不同，傍晚时分大家一样来樟树下面乘凉，柠檬果一样在枝上一天一天长大。也是，刘大见又不是什么大人物，他只是无数个需要在麻风康复村过完余生的老人家的其中一个而已。后来，不断有新的志愿者来到麻风康复村，可是他们已经不知道刘大见了，即使偶尔听到别人提起这个名字，也不过觉得是个过世了的普通老人家而已。原本刘大见的玫瑰园，被铺上方块地砖和绿化草坪，种上景观植物，变得整齐了。刘大见存在过的痕迹，一天比一天更少，这个地方慢慢把刘大见忘记了。

　　可是我舍不得忘记他。我不会忘记刘大见的。看动画片《寻梦环游记》，里面有人这么说：一个人的一生，死亡不是终点，遗忘才是。当世界上没有人再记得他，他将永远消失。

　　刘大见不会消失的，因为我记得他，因为我在向你介绍他。

（二）

张献与糯米饭

瑶柱、虾米、香菇和干鱿鱼提前泡发，鸡腿剔肉切碎焯熟。准备腊肠、腊肉、腊鸭腿，全部材料细细切成半个指甲盖大小的小丁，拌上花生油，然后电磁炉开小火慢慢炒出来香味。

粘米、糯米三七比例，淘米下锅，水量要比平时煮饭多一点。等到米粒表面水分基本收干，把刚才炒香的配料铺上去，盖上锅盖，等丰富的咸香味道飘满整个房间，再焖一会儿，这道广式腊味糯米饭就做好了。

我拔掉电线，把整个电饭锅提起来。再收拾几套碗和筷子，就出发去医院了。

对了对了，还要检查一下房间。张献住院之前再三叮嘱我，锁门之前一定要看看有没有狗还在房间里。周伯家的狗天天来张献房间找吃的，吃也在这里，睡也在这里。张献准备要做手术了，接下来好长一段时间都回不来，要是狗困在屋子里，会饿死的。

张献胃癌的情况反反复复，冬至前几天，他又住进了医院。医生在他床头贴上残忍的两个小字：禁食。

张献老是喜欢恶作剧，这回，轮到我恶作剧了。我手里提着他的电饭锅，幸灾乐祸闯进医院病房。隆重打开锅盖，腊味香气瞬间溢满整个冷冰冰的病房，趁热搅拌，腊肉、腊肠、腊鸭腿的油脂均匀裹满每一粒米饭。耐心是有回报的，材料切得细心，就能每一勺都吃到腊肉、瑶柱、虾米、鱿鱼、鸡腿和香菇。广东人说"过冬大过年"，这道豪华的腊味糯米饭，就是本地人冬至节日特别要吃的一碗饭。

张献眯了眯眼，小声哇了一声，紧紧盯着我们手中的碗，又是委屈又是羡慕。嘿，我成功了。看我开心，张献苦着的脸笑了出来。

糯米饭的做法是跟张献学的。他是泗安麻风康复村里最贪吃的康复者，会吃，也会做，有志愿者帮他在网上报名参加了一个传统美食菜谱评选活动，他思前想后，最后参赛的正是这个食谱。在张献伯伯小时候，只有冬至这天才能吃到这道糯米饭。

比赛结果出来了，张献最终成功挺进全国前十名，赢回来一盒五芳斋的高级粽子和一张 499 元京东代金券。他决定要把代金券全部买成零食和汽水，说等志愿者来分着吃。他问我现在流行吃什么，我把电脑抱过去让他挑，乐事薯片、四洲紫菜……他越选越兴奋越选越开心，其实嘛，就是他自己想吃而已。

他房间里有个小柜子，常备有立顿奶茶、梳打饼干和合味道杯面。吃饭也讲究，炒牛肉之前一定要腌好味道、请客的菜要装饰上玫瑰花（指挥我到刘大见的玫瑰园摘来）、三丝炒米粉炒出来必须摆盘在平底铝盘里,周围用白灼青菜围一圈。托人到菜市场买菜,他千叮万嘱虾和螃蟹一定要买最新鲜的,死的海鲜再便宜他也看不上。请人打边炉,肥羊片必须最后涮,要是哪个不懂事的志愿者莽撞夹一片羊肉进去涮坏了锅底味道,他会骂人的。

张献出生在 1936 年,家里条件不差,小时候他就吃过很多好东西了。

张献出生不久前,爸爸因病去世了。按照爸爸的意思,他取名为张秉献。爸爸在佛山三水芦苞做了一辈子邮差,一生娶了两位老婆,大老婆生了一儿一女,小老婆生了两女一儿,张献就是小老婆生的最小的儿子。

后来日本人占领了广东,妈妈带着自己的三个孩子到处逃难。再后来,为了生活,她决定带两个女儿偷渡到香港,只把小秉献留在东莞,算是留住张家的"根"。十岁的小秉献租住在亲戚家里,每天到认识的人家里面晃荡,看到有需要帮干的活他就抢着做,等别人说出那句"中午在我家吃吧",他就又可以解决一顿了。

想到寄人篱下的凄凉,他一气之下,把字辈去掉,自己改名为"张献"。

妈妈在香港安顿下来了,帮人打工赚钱,开始每月寄回来500 港币。当时港币便宜,这些钱相当于 150 元人民币。张献一下子成了同龄人里面比较有钱的一位，母亲寄回来的一辆鹤嘴牌的单车更是给他挣了不少面子。那时农民的孩子都不太认真对待学习，每个月有一半时间去上学，剩下半个月在家劳动，张献也是，22岁才念完六年级。不像别的孩子，他自己不种田，所以常常没事做，骑着单车到处游荡，最多的便是跟同村小伙伴一起到莞城电影院看电影。关于那个时期看的片，他随口就能数出十多个——《羊城暗哨》《刘胡兰》《她在保卫祖国》《斯大林格勒战役》《冰山上的来客》《列宁在十月》《魔鬼的峡谷》《林海雪原》《小二黑结婚》《魔术师的奇遇》……同村的年轻女孩都喜欢跟他去，明明自己家哥哥有单车，非要他载，他不好拒绝，也不好偏心，只好来回四五趟载人。去早了，还没开场，女孩子会请他到电影院隔壁的三八冰室吃冰。店里几乎都是靓女，男的很少。

一天一天过下来，没大人管束，他也没有需要承担的家庭责任。不过，他也是想过自己的未来的。在别人的怂恿下，张献开始了自己的逃港计划。离南城篁村不远有一条江，很多东莞人从这里走水路偷渡出去了。张献和几个同伙跟着一位五十多岁据说有经验的老人出发了。老人再三保证，自己走这条水路有十几年，绝对不会有问题。然而，十几小时后，他们在深圳宝安被哨所的民兵抓住，眼看情况不对，他们故意问："请问走哪边可以到广州？"民兵没有被小伙俩糊弄到："一看就知道你们是偷渡的！"他们被搜了身，连鞋带都要解开来检查，所有金银物品都被收走了，包括张献身上的五个金戒指。张献被关进深圳收容所，六七十个人挤一个小小的房间，每人每天三两米饭，监仓爬满了虱子，人走来走去，睡觉也睡不成。十五天以后，一辆汽车把他们带到东莞看守所，又教育了一个星期才放回家。张献怕了，不敢再逃跑了。

他收收心，开始认真过日子。

18岁那年，堂嫂曾问他要不要娶老婆。他觉得自己年纪还小，想都没想就拒绝了。24岁，堂嫂又问，他才明白过来，堂嫂这是催他搬出去呢。也对的，怎么能一辈子麻烦别人呢？有一个女孩子特别喜欢他，经常找借口约他看电影，每次都要坐他的车。想想她也挺好看的，张献便给自己决定了亲事。

1962年，张献和同村两个伙伴一起报名参军。体检完，唯有张献被拒绝了。他问团长原因，团长不说，只说不行不行。他又去问民兵队长，得到回复："可能是你血液有点问题。"

1969年，张献的手开始脱皮。情况一直不好，他去村口找堂大哥。堂大哥是湖南医学院内外全科毕业的，"文革"期间他从湖南跑回来，回到自己大队开诊所，专门给小孩子看病。有人说张献是麻风，堂大哥不同意："我们祖宗三代都没有出过麻风的，怎么可能？"他怀疑张献是无意接触了油漆，领他到中山医学院做检查，诊断结果表示，是麻风。

"麻风病分成很多类型，有的会坏手脚，有的看不出；有的会麻痹，有的会痛。会痛还好啊，比（麻）痹了好，（麻）痹了很容易坏手脚的。我得病以后，觉得血被破坏了，原来是鲜红色的，变得暗红色。"得到确切诊断结果之后，回想起民兵队长说的话，他似乎明白了为什么军队不收他了，他说："可能那时是潜伏期。"

皮防站来劝他入院。医生拍着心口保证："入院对你有好处的！泗安那个地方很多人去的，有电灯水管、高楼大厦，还有两个大饭堂。不做农业的每顿饭五两米，做农业的想吃多少吃多少，随你吃到饱！你手脚好，参加农业就对了。"张献很犹豫。他听过一个可怕的传言，说有人得了麻风，被骗去稍潭医院，那是英国佬建的，他们也没有药治，只是骗人去干活。在那边住到手脚全烂了，不能做事了，英国佬就把你毒死。可是，继续在家待着也不是办法，在医生的再三保证下，他半信半疑来到泗安，果真看到施工在建的几栋二层小楼，只剩三区没完工，还在往上砌砖头。

张献入院那年，担任院长的是一个来自北方的退伍军人，人很好。管病区的也是麻风病人，这个人原本是读工程的大学生，很有思想，可听说家里是地主成分，怕惹祸上身，不敢当院长。

第一天，张献跑到非农业饭堂一看，果然人头涌动，听说光这里就有七百多人。他排队拿饭，一看，盘子里最多三两，与皮防所医生说的五两不符。看着在食堂干活的人盘子里满满的米饭，他忿忿不平，可是不敢说。离开家的时候不知道多拿粮票，他很快陷入困境，吃不饱，晚上饿得睡不着。某一个晚上，他偷跑回家，拿了些粮票和钱，第二天天没亮又跑回来。他知道同村人怕麻风，被邻居看见的话，家人会被影响的。

一个月后，农业队干部找上门来了。他们建议张献到"上面"参加农业。"上面"指的是农业队的地方，就在泗安岛的东北边，离得不很远。

没想到后来，凡是参加农业队的人，没有一个不认识"张献"这个名字。

真正吸引他的，是"上面"的食堂。非农业饭堂七百多人，每次吃饭要排好长的队，一毛多钱一碟菜，早餐一张粮票一个大包子，包的都是白糖馅。而农业饭堂规模小一点，只有两百人吃，可是物资很丰富，经常杀猪，牛老了也杀了吃，因为队里就养着十几只牛、三百多头猪和数不清的鸡鸭鹅。他一看，就决定参加农业了。第一个月他报了七两米，后来因为菜太好，米饭实在吃不完，第二个月他改报为每顿饭六两米。

不仅食堂有鱼有肉，贪吃的人，夜晚还能去抓蛇、田鸡、黄鳝、水鱼。泗安岛独立于洪梅、麻涌之外，有自己的一片生态环境，人少、地多，加上外面农村的"健康人"很多不敢进来，这里野味的数量特别多。原本张献也不懂，香蕉分队里几个麻涌人教会了他。往后很长一段时间，他们晚晚组织起来，抓到十二点一点回来吃宵夜，还用风枪打野猫，因为附近有农民每年都要放猫到香蕉田里抓老鼠，野生的猫一只能长到十几斤。每过一两个礼拜，他们就组织几个好朋友开餐，几只鸡、几只猫、十几条蛇扔在大锅里炖，吃得十分痛快。

医院的王护士知道了，跑来批评张献："让你来看病就说没空没空，每天熬夜抓蛇抓田鸡，搞到那么晚，吃再多药都没用啦，你不想出院了?!"张献怕吃麻风药，见到护士总是绕路走，可是这里的医生护士都认识他。他有文化，手脚好，为人幽默，又是农业队第三分队的队长，后来，还负责统筹整个农业队的全面事务。

农业队分成五个小分队，张献主管的第三分队也叫"香蕉分队"。香蕉是麻涌一带的重要作物，他们队里七十多人，种了两百多亩的香蕉田。香蕉、水稻、甘蔗是麻风院的主要经济来源，养猪、养牛、养鸡这些，都只能算是副业。生产队做得好，病人们就能经常分到东西，比如每人一只鸡，或是两斤鸭蛋，或是三斤白糖……内部分配完之后，还有一部分做人情。比如以前岛上是由望牛墩供电站供电的，每年收获了香蕉、白糖、牲口、家禽，都会派人摇船送去一部分做礼物，只要他们欢喜，泗安便一整年不会停电。稻谷、香蕉、甘蔗大多卖给外面收购站，农业队一年总收入有四十多万，除了上缴给麻风院40%，剩下的都是农业队的分红。

1974年，张献的麻风病治好了。

医生告诉张献，他没有菌了，随时可以出院回家。办公室主任听到消息，赶紧请总管病区的负责人去做思想工作："别让他走，他走了没人管农业了!"

负责人也不想张献走，他自己也是麻风康复者，知道康复者回到社会上生活有多难过。负责人说："当地人很歧视麻风的，你看六几年出院回家的人，在家被歧视了，站不稳脚，没办法，只好逃港。"张献也实话实说，他早打算一出院就去香港的，妈妈、姐姐都在那边，怎么都有个照应。他手脚没坏，到了香港，没人会歧视的。张献身上一点没有麻风病后遗的残疾，他的手脚都保护得很好，或许是因为一直做文职工作而不是下田干活。负责人继续劝："你千万不要！多少人游泳过去，淹死了。你留在泗安，有吃有住，每年还赚两千多元给家里人呢。"

张献被说服了。过去一次逃港的经历被他深深记在脑中，他不想再经历看守所的虱子和蟑螂了。他又想起了一次偷偷回家，站在家门口，邻居有的认识他，有的不认识，好多人在自己家门伸出头来偷偷望他。有不认识的就问："这是谁呀？"知道的人回答："这是他们家的爸爸呢，住过泗安的，好惨。"那次之后，子女到工厂里打工，人家不收，说："不是不给你入厂，可是你爸有那样的病……"只因为回过一次家，子女都被影响了。

继续留在这里，至少可以多赚一点钱送回家里，帮补一下家计。

后来，顺应时代，农业队"解散"了。再后来，大约在20世纪80年代中期，世界卫生组织推出的"联合药物疗法（MDT）"开始在全中国实施，麻风病人纷纷治愈，麻风院也从负责治疗的医疗机构转型为收留麻风康复者的福利机构。很多人跟张献一样留了下来，他们没有可以回去的家，就把麻风康复村当作自己的家。

张献老了，他从40岁长到50岁、60岁、70岁，看着身边的朋友一个个老去、一个个离开。他天天跟刘大见坐在玫瑰园里，有一搭没一搭地聊天，有时折一根樟树枝在泥沙地上画画，有时又在柚子树的尖刺上扎上一颗一颗五颜六色的五彩椒，等着骗过路人这是柚子树长出来的果子。有教会的姑娘进村来，她们教老人家要感谢耶稣赐予我们粮食，张献提出质疑："粮食是我自己种出来的，要是上帝有用，袁隆平不就失业了，还要农业学校做什么？"

说是这么说，他一边嗤之以鼻，一边又给自己的小菜地起了个新名字：张记伊甸园。

2008年，开始有"家工作营"的志愿者进到泗安康复村来。这些志愿者大多是大学生，他们假期来村里住一段时间，有时候表演，有时候做工程，每天都到老人家房间里聊天。2010年我也来到这里，那一次，有个项目是晚上给老人家放老电影，我坐在一个伯伯旁，悠闲地一边抖脚一边看。突然，伯伯踢了一下我的脚，教训说："人摇福薄，树摇叶落。"我惭愧地低下头。五分钟后，我惊喜地发现，他也在抖脚！一时没忍住，我也踢了他的脚一下。他自知有错，低下头来一声不敢出。后来，别人告诉我他的名字是张献。

张献伯伯一开始不是招人喜欢的老人家，有志愿者反映他样子太过严肃，路过他房间也不敢走近。张献不知道从哪里听说了，他表示难以置信："怎么可能，我这么慈祥！"

是的，我可以证明，张献一点都不严肃。可是要说慈祥也差得远，张献才不慈祥呢，他可是这个康复村里排名第一刻薄的人。

比如老人家们坐在玫瑰园里聊起现在广东省省长是谁，刘大见转头来问我正确答案。我是大学生嘛，他们想我肯定知道正确答案的。只有张献冷冷地哼了一声："问她？还不如问我的膝盖。"又有一次闲聊我提起民间传言的判断婴儿性别的方法，"酸男辣女"，张献马上否定我："放屁，生男生女是基因决定的！"不出门的时候，他就躲在房间里，守着他那台只能收到两个频道的电视机。一边看电视，一边默默记下潮流资讯，然后假装轻描淡写地跟年轻人提起——"你认不认识许志安？容祖儿呢？你有没有QQ？"

他把学来的流行词随手记在桌角上，我偷偷看到一个，"失恋33天"。他还默默记下来迈克尔·杰克逊去世的消息。有一天我在玫瑰园拿着手机给朋友发英文信息，一边拼写一边自言自语："恭喜，Con——gratu——lation——"张献好像突然听见什么，赶紧抓住机会问："Jackson？你说刚死了那个唱歌很好听的迈克尔·杰克逊？"

他看电视不只是接收潮流信息，还很有分析精神——电视上说北京有个人中了几亿元的彩票，他想了一晚认真提出质疑："有可能是骗人的。大家看了都想中奖，不就人人都跑去买彩票？这些新闻就是用来骗人去买彩票的！"

唯二能收到的两个电视频道里面，其中一个是中央台。有一个节目是他每集必看的：《回家吃饭》。不要忘记了，张献是个美食专家呢。他学着人家买鸡翼尖回来吃，有时候拌蒜蓉蒸来吃，有时候裹上面衣炸着吃。后来很多大学生喜欢他，我想很大一个原因是在张献伯伯这里总能吃到好东西 —— 他喜欢请客吃饭，有时候炒米粉，有时候打边炉，有时候炖猪蹄，做什么都又美味又讲究，让人又期待又放心。

可张献不是每个大学生都喜欢的。比如一个叫明明的大学生他就不大喜欢，有一天他急匆匆给我打电话："我看到明明来了，他是个土匪！上次我把吃的藏柜子里他都能翻出来。你快来把我这里的东西装走，我先用饼干应付他！"

明明之后，又有两个大学生被他拉入黑名单，因为他们吃饭吃太多，"把留给狗的饭都吃光了"。可是呢，一群人吃完大餐要是有吃剩的东西，张献又想起他们来："打电话叫阿春过来吧，跟他说有饭吃。"阿春是住在泗安麻风康复村的另一位年轻人，他本来是个银行经理，后来辞掉工作跑来康复村里面做社工。虽然阿春无怨无悔帮张献洗过无数次碗和无数次锅，可是在张献心里，他的地位依然没有村里那些狗排名高。有一次有人给张献送了一包家乡特产辣香肠，张献尝了尝，觉得太辣吃不了。用来喂狗吧，又怕辣到狗，他想了想，决定留给阿春他们，反正他们什么都吃的，不挑的。

张献自己没有养狗，可是村里其他老人家养的狗都喜欢跑到张献这里来，可能知道这家的饭菜比自己家的要好吃。张献也任它们过来蹭吃蹭睡，还一边摸着它们的头，一边告诉我焖狗肉多香多好吃。可是我一次都没见过他真的吃狗肉，反而他天天操心这些狗够不够饭吃，偶尔还把落地风扇让给狗吹。

　　不过，最让他操心的不是这些别人家的狗，而是他自己的小宠物，一只小壁虎。

　　张献在康复村里朋友不多，他性格别扭，好几个好朋友都在以前跟他绝交了。刘大见去世以后，他就更少去玫瑰园了，平时没有大学生来，他就一个人吹着风扇，看着电视机里的购物广告消磨时间。

　　没有朋友也没关系，张献会给自己找到朋友。

　　不知什么时候开始，他房间右手边的那张桌子上，在电饭锅后面的一个缝隙里，有一只小壁虎探头探脑。小壁虎怕人，看见张献动一动就缩回脑袋逃回去。张献不是很喜欢请人吃饭吗，对小动物他也不例外——一次他拍死一只苍蝇，顺手放在缝隙前面，不知道小壁虎赏不赏脸吃。不一会儿，小壁虎来了，估计是一天没抓到什么猎物，权衡了诱惑和危险，它慢慢往前移动，一口吞掉苍蝇迅速跑走。

　　从那以后，张献向大家宣布：我养了一只宠物！宠物小，责任大，张献担负起做主人的责任。为了保证小宠物的口粮，他要更用心拍苍蝇了。

人经常在屋里，小壁虎慢慢习惯了不害怕。有时人出去乘凉，拍了苍蝇放在那儿，回来一看，桌上空了，便知道小壁虎来过了。

天气炎热起来。或许是飞虫界里传言张献房里同胞死亡率极高，他抓着苍蝇拍等一天，什么都拍不到，电视都不看了，他就盯着桌边手边守着苍蝇虫子来。小壁虎焦急得围着炽光灯打转，一样半天都逮不住一只飞蛾。

焦急的何止小壁虎。张献想方设法找来做菜用的虾酱，涂一层在硬纸板上，放在窗边想招惹一些贪食的飞虫。左等右等都没有动静，他忍不住骂几句："现在的东西都是假货！"

就几天时间，小壁虎圆圆的肚子慢慢塌了下去。张献一整天为它愁眉苦脸，没有苍蝇，他就出门打，隔壁房间的林新来不爱卫生，苍蝇蚊子最多了。他也开口请求大学生志愿者把逮到的小虫留着带来，低声下气地，这才勉勉强强让小壁虎填饱了肚子。

过了几天，张献伯伯发现，今天房间里来了三只小壁虎！它们三个没有争执没有抢夺，仿佛是宠物小壁虎带来了两个饥饿的朋友。我幸灾乐祸去问他："怎么办？"张献伯伯一点办法都没有："唉，只好都养着了。"

当然，张献在村里还有一个最好的朋友，那就是我。

为什么我对张献的事情知道得那么清楚呢，是因为从 2012 年年初我开始来到康复村工作，在之后的四年时间里，我都是跟张献一起吃饭的。

张献的房间很干净，桌子铺着花布，被子叠得整整齐齐。瓷砖地板每天至少拖一次，夏天到了，我们就赤脚踩上去。考虑菜式成了张献的新乐趣，姜葱炒花甲、猪脚姜、洋葱炒牛肉、药膳炖鸡脚……张献胃不好，牙齿也掉光了，要换着花样想好吃的又吃得动的东西，还是得花点心思。蒸米饭呢，他就蒸两碗，一碗软一点的、一碗硬一点的，我们就各自吃自己的一碗米饭。刚开始我还不知道他没有牙齿，直到有一次他看我用咸柑橘泡水喝，说："看你吃酸的，我牙都酸了。"想了一会儿又纠正自己："我没牙都觉得酸。"然后张开嘴巴给我看。

哈哈，还真的一颗牙齿都没有。不过，这对美食家来说，也是过于残忍了。张献的手指和脚都没有留下患过麻风病的痕迹，外表看上去跟普通老爷爷没什么不同，只是因为年纪大了，牙齿掉光，胃也不好，还容易贫血，所以生活上需要多一点留意。张献胃不好的时候，他就给自己煮白粥。这种时候，他会从柜子里拿给我一个泡面——他珍藏的泡面。张献最喜欢吃泡面了，大家都知道，有人从日本回来、从菲律宾回来，就给张献买一个当地的泡面带回来。泡面泡好了，我故意引诱他："分给你一点？"他坚决说："不吃！"我端着走过去，他赶紧骂我："走远点！都流口水了！"

大概到 2014 年的时候，他的胃病到了不容忽视的地步。

到医院检查，医生说他得的是胃癌。他开始频繁住院，最后不得不做切除手术。

我去探望他，发现他躺在病床上抱着一叠外卖单看，认认真真想象味道。医生不让他吃东西，他就把人家发来的传单拿着看，一整叠拿在手上，一道菜一道菜看过去，想象味道，消磨时光。手术以后情况好一点了，医生允许他吃一点鱼肉、豆腐和青菜，叮嘱说除了这些其他什么都不准吃。不过张献还是没忍住，他偷着吃了一碟肠粉，一天过去一点事都没有，他这才放下忐忑，暗暗开心。他仿佛又找回了活着的乐趣了。

张献平安出院了。那次出院回来，张献还带回来两张外卖单，他说这是最好吃的两家，他全部比较过了。

我们去房间看他，正好那天穿的是新买的花裙子。我提着裙子问他："漂亮吗？"他躺在床上，轻轻叹了口气："唉，美食、华服和金融害死多少人啊。"

太好了，我们认识的张献回来了。

只是后来，癌症还是扩散了。

他什么都吃不下，整个人瘦得只剩下一把骨头。我去医院看他，他笑："你看我现在，比叙利亚的儿童还瘦！财主佬看到，肯定抢着来捐钱。"他什么都吃不了了，半口都吃不下，每天只能打营养针维持营养。医院的护士对他好，他吩咐我下次去医院给他摘过去12朵刘大见的玫瑰花，他想把花送给一个很好的护士。他千叮万嘱："玫瑰花要含苞待放的，用玻璃瓶装好……"我离开以后，他又打电话来补充："不要用啤酒瓶啊，找别的玻璃瓶，啤酒瓶不好看。"

2015 年 11 月，他被癌症消磨殆尽。

张献不在了以后，我常常想念他，在冬至来临的时候，在吃炒花甲的时候，在看见小壁虎的时候。在他离开了五年后，村里好几个老人家学会用微信了，好多人买了电冰箱，张献在门前种下的生姜和指天椒长得很茂盛了。我会在吃台湾卤肉饭的时候想起他，吃胖哥俩鸡爪煲的时候想起他，我想他一定会喜欢这个，他也吃得动这个。

可是又突然意识过来，他再也尝不到了。

华仔与阿崧

东莞石碣镇有个梁家村，离梁家村不远有个新洲岛。如今，走过一条水泥桥，静穆的东莞监狱、灰黑的水泥厂和乱槽糟的私人垃圾场，掩盖了这里50年前的繁荣和人来人往。

20世纪60年代，阿崧就在这个岛上治麻风病。跟其他病友一样，一边治病，她还要一边到岛上的砖厂劳动赚工分。每天早上，当她走过这里最宽的那条水泥路，总能看见旁边有个水闸，水闸里面住着一个小伙子——一大早，很多年轻的大姐把单车停在那里，叽叽喳喳跟那个小伙子聊天说笑。那时候整个新洲麻风院划分成男区、女区，一千多个病人在这里治病、生活，人人都很"安分"，唯独这个小伙子，很是引人注目。阿崧忍不住多看了几眼。

"明天开始你们不要来了。"学校老师叫来陈家的两个小男孩："你们姐姐有麻风病，会传染的，大家都怕，你们以后就别来了。"

因为姐姐有麻风病，平日里被同学欺负，他们都忍下来了。可是现在，连老师都要赶他们走……男孩子们哭着回家，把错全部归在姐姐阿崧身上。七岁那年，阿崧得了怪病，脸上长出一滩一滩莫名其妙的红斑。她记得最开始那天她去田里收眉豆，热得一身都是汗，傍晚回到家全身发痒，脸上又红又肿。她心想：肯定是眉豆壳上茸毛太多，粘到身上了。

可是接下来好多天，情况越来越坏。家人带她到庙里求神拜佛，带回来炉灰泡水让她喝，她喝完就吐了。现代科学让我们知道，麻风病是一种由麻风杆菌侵入人体造成的慢性传染病，传染性小，而且 95% 以上的人有天然免疫力，即使长期接触也不会传染上；只有小部分人与未经治疗的现症麻风病人长期密切接触，才有可能传染上。另外，麻风病的发病率与卫生、营养有关，居住地方卫生情况差、营养缺乏的人发病概率会更高。但那时阿崧去看赤脚医生，医生看了看她的手脚，问："你们家住的是好房子还是泥砖房？"是泥砖房。医生下判断："难怪了！泥砖房子潮湿，你这是风湿病。"回去吃了医生开的药，阿崧的手脚却都肿了起来。可是即使这样，阿崧还要到田里帮忙，收眉豆、种甘蔗、砍甘蔗、插秧……那时候，她才十岁。

后来，有人说这是麻风病。亲戚朋友都避开她，怕被传染。当时，阿崧家后面住着一个麻风佬，脸上一坨一坨地肿着，两个脚都是烂掉的。阿崧记得自己三四岁的时候，有几次路过屋后面，麻风佬喊她："阿崧，过来给你东西吃啦。"她贪吃，每次都跑过去。那人后来在家里病死了。爸爸觉得，阿崧的病就是那时被传染上的。

1959 年，阿崧的爸爸听人说，隔壁石碣镇有家新洲医院，是专门收治麻风病人的。阿崧的姐姐也起了麻风症，爸爸就把两姐妹一起送去。路上才知道这家医院离自己家不是很远，阿崧忍不住生气："为什么不早点送我来？早点来就不用落到现在这个田地了！"

　　这时候，阿崧的手部神经已经开始坏了，手指往里弯曲起来。阿崧入院的时候是 20 岁，入院不久，就有人建议她一起去砖厂工作，增加收入。新洲医院好多女人都一边治病一边工作，家里没有能力补贴她们的生活，她们就自己到砖厂抬泥、搬砖，自己赚工分养活自己。慢慢地，阿崧在这里认识了几个新朋友，又过一段时间，一个在饭堂做事的女人要出院了，便让阿崧去代替她，说在饭堂做事不用晒太阳，也没有那么累。从这时候起，阿崧开始了她往后几十年的饭堂工作。

　　因为饭堂，阿崧多了机会跟看水闸的小伙子见面，渐渐地，两人也开始多说几句话。小伙子被大家亲切地称作"华仔"，是广州那边人。

　　华仔比阿崧早一些入院。华仔有智慧、好学、风趣，无论是医院的领导还是病人，甚至是岛外梁家村的"健康人"，都喜欢与他交往。华仔负责管水电，整个麻风院的机械、配电站，甚至医生的用电都归他管。阿崧说："那时有很多广州来的女子，有的还是大学生，她们到新洲医院来治病，好多都喜欢华仔。经常有梁家村的大姐，买了新单车就踩去华仔那儿，叽叽喳喳地说'华仔帮我修一修这里修一修那边！'修完也不肯走，华仔就把她们留下来吃饭。逢到节日，好多人送来东西，他自己也不吃，装在大缸里面请别人吃。我那时候还不认识他，路过一看，就看见他的一口大缸装满了饼干、糖环、碌堆（糖环和碌堆是东莞人过年要吃的油炸食品）这些，都是别人送来的。"

阿崧觉得这些城市女子又开朗又大方，自己农村来的，不会说话，只敢远远看看。

我问华仔当年怎么注意到阿崧，华仔说："她在饭堂帮人打饭，每次都特地打多一些菜给我。"阿崧气得伸手打他，说他胡说，那时候她才不认识他呢，甚至没有主动跟他说过一句话。

阿崧也不知道华仔怎么留意到自己的。在新洲医院住了十多年后，阿崧的病治好了。身上没有菌了，医院安排阿崧出院，可是阿崧家里人还是怕，死活不同意她回去。阿崧无处可去，十分难过，一直哭一直哭，不知道接下来的人生怎么办好。华仔看到，上去问清楚原因，然后向阿崧保证："你别哭了，我帮你跟领导说说！"

最终，领导同意让阿崧留下来。她心里都是对华仔的感激。

之后两个人才真正熟了起来。

有一天，华仔邀请阿崧出去逛街。"你去不去呀，我带你去行街，你喜欢什么东西就给你买什么东西。"

阿崧不太好意思："买什么东西啊，我什么都不要。"

在石龙镇的一个大商场，华仔给阿崧选了一件衣服。售货员夸他好眼光："好看，阿姐你穿这个正合适！"

那是一件淡淡的咖啡色格子纹的女式薄衬衫。阿崧很为难，她想华仔赚钱也不容易，一件衣服要十几块钱，不便宜的。她不肯要："不好看，我不要。"

华仔劝她："挺好看的，买了吧？"

阿崧松了口："你买给我？"

华仔说："哎，很便宜的，你不要管多少钱！"

他欢欢喜喜去付钱了。

接着去茶楼吃东西。阿崧不好意思："我不吃，你自己去吃吧。"

华仔趁机拉起她的手："哪有一个人吃东西的，一起去！"

华仔点了满满一桌菜，阿崧真的一口都不吃。华仔没办法，一边吃一边叹气："唉，你不知有多好吃，你不吃浪费了。"

最后，只好把剩菜打包回去。店里没有胶纸袋，服务员也为难："不如给你两张报纸包着回去？"

隔壁桌有个好心人看到了，招呼他们："哎，我这里有胶纸袋，来，给你！你们吃不完干嘛点这么多。"

阿崧赶紧接过话来："就是，他傻的！"

阿崧把打包回去的饭菜分给同房间的女人，那时候新洲医院一个宿舍就要住四十多个人。同房间的阿婆正疑惑，怎么阿崧今天一天没去砖厂开工呢？一看打包的菜阿婆就明白了："哇，原来今天跟华仔拍拖（谈恋爱）了。"

1975 年，新洲医院正式宣布关闭。新洲医院最早的历史可以追溯到 1907 年，关闭后，留在院里的麻风病人和康复者们被分散到附近几个麻风院，有大衾医院、金菊农场和泗安医院。阿崧收拾了行李，跟华仔一起搬到大朗金菊农场。金菊农场招揽了很多手脚健康的麻风康复者，他们无家可回，集中在这里搞农业，养的兔子可以出口到外国去。才住了一个月，泗安医院的院长就来邀请华仔到自己那里去。这位院长曾经在新洲当手术医生，而华仔又经常到医生区帮忙修理电器，两人那时候开始就结下了友谊。

华仔问："我可以带多一个人来吗？"院长笑："当然好，你找到女朋友就带来，这是好事。"

华仔去问阿崧。那时候两个人还没确定关系，金菊也不想放阿崧走。但她有自己的考虑："在金菊吃饭经常没菜，有时候就着咸菜、豆豉酱就是一顿。听说泗安伙食好，养了好多鸡和鹅，有糕点，什么都可以随便吃。"一个月后，阿崧来到泗安。

来到泗安，一个"肥肥大大的"、说普通话的院长送来大床和蚊帐，阿崧和华仔开始正式住到一起。

其实那时候，得过麻风病的人是不准结婚的，无论是还没治好的现症病人，还是已经治愈的麻风康复者。虽然现在科学已经证明麻风病菌只由现症病人通过破损的皮肤、黏膜、鼻分泌物和飞沫这些途径传染，并不会遗传给下一代，但当年麻风病的传染机制还不明确，所以麻风康复者也不允许结婚、不允许有后代。医院批准阿崧和华仔住到一起，算是一个特例，不过也要求他们承诺不生养小孩。来到新的地方，阿崧继续做饭堂的工作。泗安医院有一座"千人大饭堂"，从画图纸到选木头到修建，都是病人自己完成的。之所以叫"千人大饭堂"，是因为这座饭堂能容纳一千多个人，有电视、有舞台，病人和康复者们吃饭、娱乐都在这里。每天，农业队在地里劳动，饭堂这边也是热火朝天，捡禾草、烧火、杀鸡、做菜、做包子，一天不停。做包子的是广州来的大师傅，他原先是在酒楼工作的，发麻风了来这里治病。比起其他麻风院，泗安真是天堂一样——各种鸡肉、猪肉，还有饼、松糕等甜食糕点，堆了一大堆等人放工来吃。阿崧他们在饭堂工作也不能松懈，要很认真的，如果不好吃了、种类少了，病人们可以向上面麻风院提意见。即使有人不爱吃饭堂，也能过来拿生的肉生的菜回去宿舍煮，很自由。

泗安麻风院跟新洲麻风院一样都是建在一个小岛上，医生出入就靠一条电船过渡。华仔一开始在这里帮医生开电船，后来调回病区做电工。有人有事情找他帮忙，他就一定去帮，他做什么事都很下功夫，学得又快，遇到不懂的就谦虚请教人。有时阿崧在家里做好饭等他回来，左等右等都等不到人，忍不住埋怨："这个华仔做事做到傻了，连吃饭都忘记！"

到了20世纪80年代，岛上的农业队解散，为了增加收入，华仔和阿崧在正常的工作外，还跟朋友一起承包了个鱼塘。

说起这段经历，阿崧有一肚子的牢骚："那个华仔，做事很慢很慢的！他割鱼草要一根一根慢慢挑，我都割两篮了，他都割不了一篮。

"但是我叫他不要去割了，他非要去。

"他这个人，连锄地都不会，锄地都要我教他！我说怎么修电灯那么难你都学得会，锄地就学不会了？他说，修电灯很容易的啊。"

我故意问："你中意华仔什么？"

"我没什么中意他的啊，只是他会修电灯之类的东西。那时候我问他，我是农民头，又不认识字，只会干粗活，你中意我做什么啊？他说，我就是中意你这样子啊。"

承包鱼塘是一件很辛苦的事情，每天都要割鱼草喂鱼，偷懒一天都不行。鱼塘旁边是一片大大的香蕉田，是麻风岛外面的农村人进来承包的，有一对农民夫妇也经常在这里。他们是岛外的"健康人"，虽然互相之间没有说话，可是久而久之，华仔、阿崧就对他们眼熟起来。

有时华仔阿崧做事做累了，就坐在田埂上休息。突然一天，农民夫妇其中那个男的走来他们面前，他仿佛鼓起很大的勇气："你们有钱可以借给我吗？两千蚊也行，如果有三千蚊最好，有香蕉砍的时候我马上还给你，不信可以跟我到田里看，我的田就在那边……"

他看起来很困窘的样子。阿崧这时才知道他的名字叫东明。他样子老老实实的，不像坏人，这年的台风打坏他们几亩香蕉田，眼看收成无望，重新买香蕉苗要钱，买化肥要钱，马上给两个小孩子交学费又要钱……

香蕉成熟的时候，东明叔果真来还钱了。华仔不收："算了，不用还的，你家庭困难，当是送给你孩子读书。"阿崧偷偷责怪华仔："你这么大方的？"

华仔是真的不要，他可怜他们。从那以后，东明叔决定用一生来报恩。华仔、阿崧年纪大了，出岛买东西不方便，平时想买什么只要打个电话，东明叔就骑一辆摩托车买了送过来。逢年过节，东明叔家里做了什么好菜都送一份来，煲了汤、炸了乳鸽、包了云吞也送来。每次拿来东西他都不肯收钱，东西一放赶紧就走，阿崧匆匆忙忙推轮椅追出门去，只追得到东明叔摩托车冲出去的背影。

再后来一些，村里来了大学生志愿者。

大学生住的地方跟华仔和阿崧家只隔一条小路，很近，一不小心就能听到小路那边传来阿崧爽快的笑声。华仔睿智幽默，阿崧快乐活泼，年轻人很简单就跟他们交上朋友。有人开玩笑把阿崧叫作"华夫人"，有关系好的志愿者来，她就会在早晨煲一锅老火汤等着。她给东明叔打电话，让他买来新鲜的鸡脚和猪骨，再配上花生、瑶柱、党参等食材，全部放进瓦煲里。煲汤的地方在屋后，他们家的汤是必须用柴火煲的，柴火煲出来的汤才好喝。东明叔帮他们在屋后搭了一个挡雨用的竹棚，阿崧就挂着拐杖端着瓦煲走过来，劈柴、生火……这一煲汤，至少要煲两个小时。

一开始我也是能喝到花生鸡脚汤的大学生志愿者之一。后来，我开始在村里工作，社工阿春也长期住在村里，我们经常受邀到阿崧家喝汤，还有吃阿崧冰箱里的晨光凉粉。

不过有时趁阿春不在，阿崧就开始说他坏话。她说请阿春来家里吃饭，明明碗里的饭吃光了，他还是一块、一块、一块把一碟排骨全部吃完，一块都不剩。原本她的排骨是想留晚餐继续吃的，现在全吃完了，一块都没有了！还有一天，阿春拆了阿崧家一盒曲奇饼，坐在电视机前吃了一块又一块，吃到最后居然问她，他能不能一整盒带回去吃？阿崧心里不爽："那么喜欢吃，你自己不会买？"其实阿崧也不太喜欢吃曲奇饼，可是为了不给阿春一整盒吃完，早上她故意吃了两块。

话是这么说，但下次煲了汤阿崧还是一样站在楼下喊："阿春，落来饮汤啊！"

没有志愿者在的时候，阿崧跟华仔就两个人陪着对方慢慢生活。

客厅有一部电视机，有时候阿崧会偷偷看电视里的动画片，被发现了她就不承认。有时候她占着电视看《宫锁珠帘》，华仔不高兴："看这种东西就是浪费电！"

电视机阿崧不看的时候，华仔就用一块红花的纱布把它盖好。华仔做什么事情都井井有条，连冰箱里的生鸡蛋都是写好编号的。客厅还有一部脚踏缝纫机，这是华仔80年代后期买回来的，那时华仔的姐姐在广州，总是给他们寄来好多东西，有时候是吃的，有时候是衣服。寄来的衣服不合身，华仔就要改——后来索性买了这台脚踏缝纫机，给自己改，也义务帮别人改。一开始阿崧也慢慢学，可是"人笨"，学好久都学不好，最终还得靠华仔。

华仔是村里第一个买电视机、缝纫机、电冰箱的人，又因为他总爱争第一，做什么都要做到尽善尽美，村里的人嘲讽他叫他"一哥"。确实，华仔不怕出头、能说会道，就显得稍微不是很谦虚。华仔样样都好，只有一点阿崧忍不了——他太喜欢抽烟了，抽了几十年，一天要抽好几包。不让他抽，他非要抽，阿崧就生气，看他点着打火机，阿崧就凑过来吹灭，又点，又吹灭，又点，又吹灭……她坚持她的立场："抽烟害你咳个不停！"

而华仔这边自有自己一套歪道理。他说："人就是抽烟喝酒才好。如果一个人不抽烟不喝酒，人家叫他去赚钱，他会拒绝说：'不去，我家里还有米。'如果他喜欢喝酒，就会主动想：'今晚没钱买酒了，我得马上去赚钱！'"

我居然有点被说服了。

华仔的歪道理同样也用在别的地方，教会有姑娘来，说：

"信耶稣的人上天堂，不信的人会下地狱。"华仔一边抽烟一边慢悠悠说回去："上天堂做什么，找个人打麻将都没有。我的朋友都在地狱，我才不要上天堂呢。"阿崧是这样形容华仔的："他年轻的时候，嘴巴好能说的！天上的雀仔都能被他哄下来！"

阿崧觉得自己没有华仔会说话，她不会讲大道理，只是特别喜欢听人说话喜欢笑。阿崧的笑声是有感染力的、活泼的，让人忍不住跟她一起开心起来的。阿崧普普通通的生活里面好像总有好多有趣的事情，比如她觉得汽车的方向盘长得像本地人过年要吃的"糖环"，所以开车就是"揸糖环"，又形容我扎双马尾甩来甩去就像麻虾一样漂亮。有一天我发现阿崧的相簿里有一张旧报纸，上面是李娜和另一个网球运动员，阿崧不认识她们，只是觉得这两个女子很好看很好看。甚至，她还打算把这两个女子剪出来，贴在厨房的玻璃窗上，想一边做饭一边看……

阿崧有时候心直口快，有时候善良可爱。他们家附近有几只野猫，看着挺可怜的，阿崧时不时地托别人到市场买些小鱼仔回来，用花生油炒香了，拌饭喂给猫吃。后来大猫在她家床底下生了一窝小猫，生完就不回来了。她怕小猫饿死，想办法找来眼药水的瓶子，洗干净装上牛奶一点点喂给小猫喝，一边喂还一边骂："养这些东西有什么用！亏本！"

我经常到华仔、阿崧那里坐，听他们讲些最近的小趣事，然后随时分享到网上去。华仔知道了不太乐意，他赌气说："来来来，你就这么发上网，说我跟老婆打架了，连冰箱都砸坏了！"

2013年春天，华仔住了一次院回来，说话开始变得混乱。阿崧很担心，"华仔傻佐啊（傻掉了）"。

华仔得的是阿尔茨海默病。阿崧更熟悉的病名是"老年痴呆"，原本机敏睿智的华仔，慢慢不能正常跟人对话了。他说话颠三倒四，有时心里有话想说，张张嘴，又什么都说不出来。

然后，性格变得急躁。

更糟糕的是他又患上肺癌。阿崧怪他抽烟太多，被华仔发了脾气。他身体一天一天差下去，先是走不动路，然后是起不了床。医生在他家客厅中间放了个病床，这样阿崧随时都能照顾他。

阿崧自己也有一条腿截肢了，她坐在轮椅上，给华仔喂饭，料理他的大小便。她截肢的地方磨出伤口，没办法穿假肢，神经痛和伤口溃疡一直折磨着她，痛得受不了的时候她就到医疗室求医生给她打止痛针。她在医疗室委屈到流泪，一边哭一边求护士把药水调快一点再快一点，她要赶回去给华仔做饭。周末有志愿者来表演节目，请她去看，她也不肯走开，"怕华仔有什么事喊不到我"。

她有时候抱怨："华仔动不动就骂人，粗言烂语，很难听。有时还要打人！"我说："那你不要理他了。"她叹气："怎么舍得他呢，人又会心软的，看他那么惨。"

阿崧不抱怨吃光她全部排骨和曲奇饼的阿春了。她经常站在楼下喊,喊阿春下来,阿春力气大,可以帮她把华仔从床上抱到轮椅上去,再推出去散散步。有一天我推华仔出来散步,一边走一边教训他:"你知不知道你老婆照顾你很辛苦?"

他点点头。

"你知不知道她每天打吊针要调快点就为了回去给你煮饭?"

他点点头。

"摘一朵花你送给她好不好?"

他点点头。

我在医疗室楼下摘了一朵红玫瑰,他慢慢用两只手捏住花枝。我教他:"等一下你就这么说:'多谢你,阿崧。'会说吗?"他点点头。让他学着说一遍,他终于不情不愿开口了:"会的啦……"

回到家,把他们两个轮椅靠着,他颤颤巍巍把玫瑰花塞到她手上。阿崧捂着嘴巴笑,问他:"华仔,谁送给你一朵花?你谢谢人家没有?"

华仔喉咙呼噜呼噜,把话说成一团。

"华仔你给我的?是你给我的吗?"

我们贪玩,想拉他们去民政局登记,再办个婚礼。

阿崧说什么都不肯:"坐车要晕车的,不去!"

"医院都承认我们了,拿不拿证都没所谓啦。"

"那时一个讲普通话的院长给我们做过证明啦，他送过来大床、蚊帐，还拿来几样菜，还说给我们影张'孖头相'（双人照），只是我'怕丑'（害羞），那时候就没影。"

我们天天去劝，好不容易哄成了。第一步是到镇上照相馆拍登记用的红底照片，我问阿崧："开心吗？"她急了："哪里有开心！心里不知道怎么办。"

医院安排了车，先是请人把华仔从床上抱下来，再抱到车上去。阿崧帮华仔的帽子戴稳了，再理一理衣服。华仔这时候脑子不是很灵活了，可是阿崧吩咐的话，他都乖乖听。来到照相馆，阿崧有点紧张，她开始不停讲话，说自己今年八十多岁了，老了，没见识，几十年没出来过镇上……店主好奇起来："阿姨，你是哪里的？"阿崧迟疑一下："我洪屋涡的。"

洪屋涡是泗安麻风村旁边的自然村，阿崧不敢让人知道自己是从麻风村出来的，下意识说了个谎。只是她不知道，现在说泗安也完全没问题的，外面的人早就不怕麻风了。

到民政局领完结婚证，几天后还有最重要的婚礼。阿崧太害羞了，我怕她临阵退缩，提前一天去找她："明天你就放心去，只要讲'我愿意！'三个字就好了，其他我搞定。你也要讲，华仔也要讲。"

阿崧大笑："华仔都傻了，他不会讲的！"华仔在旁边听到，不高兴了："我什么不会？"阿崧教他："那你讲来听下，说你愿意。"华仔说："我愿意！"

第二天，果然两个人都顺顺利利说了"我愿意"。这是2016年，他们在一起已经41年了。

翻开华仔的笔记本，我看到这样一个记录：

崧　05 年元月 26 号上午截肢手术

行程：

元月 21 号	从泗安—马洲医院
22 号	从马洲—泗安
25 号	从泗安—马洲
29 号	从马洲—泗安
30 号	从泗安—马洲
二月 5 号	从马洲—泗安
23 号	从泗安—马洲
28 号	从马洲—泗安
三月 20 号	从泗安—马洲
26 号	从马洲—泗安
四月 15 号	从泗安—马洲
20 号	从马洲—泗安
五月 8 号	从泗安—马洲
11 号	从马洲—泗安
07 年 4 月 29 号	莊（装）假肢
08 年 10 月 19 号	抽出线头
09 年 3 月 20 号	抽出线头

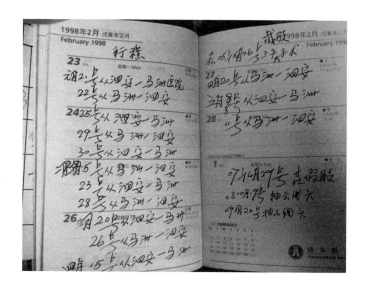

　　2005年，阿崧到马洲医院做了左脚的截肢手术。可能是哪次割草的时候受了伤，麻风病导致的皮肤麻木让她没有及时留意到，脚底溃疡越来越严重，伤口没法愈合，结果她的左脚只好截去。

　　手术以后，阿崧在马洲医院住了五个月。华仔隔三差五就去一次电话，担心她照顾不好自己；还一次次搭车过去，路费都花了差不多一千块钱。老婆不在家，华仔就每天拿小锅蒸一点点米饭和番茄，就这样凑合着过日子。阿崧一点都不可怜他："他做饭很在行的，比我厉害多了！就是人太懒。"

　　阿崧知道华仔总在笔记本上记这个记那个，可是她不识字，也不知道他写的是什么。我把上面的字念给阿崧听，她笑："真的吗？这些都写了？这个华仔……"

笑着笑着，就是苦笑了。

我翻笔记本，是为了找华仔外甥女的电话号码。华仔病得很重，躺在洪梅医院的病床上，靠营养针维持着生命。

阿崧去医院看华仔，回来说："他好似一只鸡仔啊。"

他身上连着监测器，东明叔每天骑摩托车去看好几次。最后的日子里，阿崧彻底没了主意。什么事她都找人喊我过去商量，问我这怎么办好，那怎么办好。

华仔有个姐姐在广州的养老院，还有个外甥女嫁到了香港。我想给外甥女打电话，阿崧才说，其实他们跟外甥女从来没见过面，华仔不让她来。

华仔不想外甥女知道自己住在麻风村。他只说自己在东莞做一份电工的工作。有一次外甥女坚持要来，他就编个借口说自己住的是茅屋，没有空余房间让她住。

我决定自作主张，帮他们讲出来事实。我躲到蒲桃树下，给萍姨打电话："华仔一直瞒着你……他们以前得过麻风病，可是你不用怕的，早就治好了，现在很多大学生都过来，不怕传染的……"

萍姨很难过："都治好了，舅父怕什么不敢说？就算有病也不怕啊，我们是亲人……"

第二天一大早，萍姨夫妇从香港搭车赶来东莞总站。他们和阿崧一起，体面地送走了华仔。

这是 2017 年年初，是他们补办结婚三个月以后的事情。

阿崧也说不准华仔去哪里了："他说他不要去天堂，天堂太无聊了，他的牌友都在地狱。他说个个都说去天堂，天堂早住满了，他才不去跟人挤。"

护士们每天包扎完伤口就去阿崧房间陪陪她，聊天的时候，她不经意间给华仔的事情带上了"生前"两个字。

之后，外甥女几乎每天从香港打电话来，她特意办了两地电话的通话套餐，让阿崧不要担心电话费。

阿崧有点后悔："唉，要是几年前就知道她不怕麻风，请她来坐在这儿跟华仔聊天，多好。"

我问："华仔最近有没有回来看你？"

她说："有啊！"

华仔刚走那段时间，阿崧说了好几次华仔有时候晚上回来看她。她挺惊讶的："华仔，你现在能站起来了？你在那边过得好不好？"

阿崧说："最近华仔也来过两三次，他叫我年纪大了想吃什么就随便买。我问他要不要煮点东西吃，他说不吃了，他吃饱了。我问他怎么知道我搬来这里了，他说他本来也不知道的，就是去旧房子那里看过，发现没人住。

"他不吃饭，就要走，我问他你现在去哪里啊？他说你不要理。我就醒了，见不到他了。

"我就想，哇，昨晚发梦我又见到华仔啦。"

（四）

彭伯是光

有一天我不太高兴，垂头丧气地在村里走来走去。不知不觉走到彭伯画室里，彭伯正在画画，看我来了，他打个招呼，却发现我低着头一句话都不说。他也没多问，只是继续画画。过了一会儿，他放下毛笔，穿上假肢，走出画室，顺手把门带上，把房间留给我一个人。

　　彭伯就是这样体贴温暖的人。

　　彭伯是泗安康复村的一位麻风病康复者。网上可以查到一些彭伯的"事迹"，因为他双手残疾却坚持画画，有人出钱买他的画，他就把钱捐出去，"拿去帮助困难的人"。明明自己也是残疾人，他心里却总想着帮助别人，于是有人称他作"无指画师"，又夸他是"身残志坚的慈善天使"。

　　其实彭伯的好，藏在日常生活的点点滴滴里。

　　比如一群人到饭店吃饭，他总会请求拿他的钱包买单："你们年轻人的钱留着有用，我们老人留着钱没用的。"

　　比如每年春节他都会到镇上的商场，给我买一罐腰果、一罐开心果，让我带回家给爸爸妈妈做新年礼物。

　　比如他认识麻风岛外面一家潮汕绿豆饼小店的老板，每年岛上龙眼或者香蕉成熟了，彭伯总要摘一袋出来，送给店里的小孩子吃。下次再去买饼，老板就不肯收钱了，而彭伯坚持要付："你又要养家又要交房租又要报税，很多地方要花钱的，不能让你亏本！"

彭伯说自己旧时吃过很多苦，所以特别明白别人的不容易。他性格敏感、总是体谅别人，而正因为敏感，那些麻风病人要遭遇的歧视和偏见发生在他身上，就是加倍的难以承受。

彭伯全名叫彭海提，出生在1937年。14岁那年，他脸上起了一块一块的红斑。妈妈带他去找医生，医生开给他一种治皮肤癣的药水，这种药水涂到脸上非常痛，他的皮肤痛得蜕了一层皮。可过了不久，红斑又重新长出来。村里有人教他一个偏方，让他把铁锈和蒜头混着涂到脸上，他照着做了，皮肤又蜕了一层。妈妈带他到处求医，却始终没有好转，直到家乡的皮防所成立才知道，他得的是麻风病。

学校不让他去上学了。他也不敢去，怕把病传染给别人。那个年代，麻风病发病原因不明确，传染机制也不知道，甚至连治好的药都没有，谁见了不害怕？彭海提从小喜欢看人写字、画画，只是家里穷，11岁才有机会上学堂读书，只上了两年半，他又因为这种病不得不收拾书本告别学堂。离开学校，他开始帮着家里到生产队里参加劳动，大人做什么，他就跟着做什么。

彭海提是跟妈妈和继父一起生活的。他还小的时候爸爸就去世了，妈妈把其他小孩送人，只把彭海提和大哥两个小孩留下带在身边。妈妈把他们寄养在舅舅家里，自己一个人前往汕头市区做保姆赚钱，可是一个女人，能有多少办法呢？有人劝她改嫁，改嫁出去，至少能把孩子养活。几年过后，妈妈终于松口，不过她有一个条件，就是必须要答应她把一个孩子带在身边。于是，彭海提被妈妈带来到继父家，而哥哥则被过继给舅舅做儿子，改跟舅舅姓。

继父对彭海提还是很好的，不仅生活上对他好，还愿意供他到学堂上学。彭海提心里很感恩，再加上心疼妈妈，退学回来以后的他每天拼命干活，只想帮家里多做点事情。但别人做起来轻轻松松的工作，他却做得很辛苦。麻风病的病症在他身上一天比一天明显，先是皮肤出红斑，然后神经肿大，接着手上和腿上的知觉越来越敏锐，打着赤脚走在地上，就像针扎一样痛。再到后面，痛觉慢慢消失，他的手脚神经变得麻木，有时割伤了划破了，却一点也感觉不到。刚开始他跟别人下田插秧，但是因为手指没有力气，很难像别人一样把秧苗插进泥里去；走路也特别痛，因为当时农村里的人大都是不穿鞋的，而他的脚底因为麻风病神经敏感，踩到一个小石头小沙子都感觉特别痛。可是他不愿意穿鞋子——那时候农村只有老人才会穿一种"老人鞋"，年轻人都是打赤脚的，他不敢跟别人不一样。到后来，他的脚痛得实在受不了，只好把面子放到一边，穿着难看的老人鞋下田做工，一直把头低下来，不敢看人。

身体上的痛楚是一方面，更让他难以忍受的，是别人遇见、看见他的时候目光里的恐惧。一看麻风病人走过来，街上的人会马上躲开，人们怕他，不敢跟他接近，他的心里也充满内疚，埋怨自己"好死不死"得了这种病，连累家人、影响邻居。不过，乡亲里还是有不少好心人，公社里有个阿婆可怜他，总是明里暗里照顾他；生产队队长知道他不方便，就让他别去耕田了，安排他做放牛的工作。放牛虽然说时间会长一点，可是没那么辛苦，每天只要把牛牵到外面，让它们吃草就行。彭海提心里感激，所以做事特别用心，生产队的牛被他养得肥肥壮壮，别的队都很羡慕。等牛吃草的时间里，彭海提也没歇着，他趁有空会捡一些木柴和牛粪回家，装在随身带着的两个竹篮里面，拿回家可以给妈妈作柴烧。

妈妈很是心疼这个懂事的孩子。妈妈知道他自尊心太强了，而现在一边要忍耐病痛漫长的折磨，一边又必须忍受无处不在的异样眼光，她看着他一天比一天消沉下去。直到有一天，最担心的的事情发生了。

第一次，彭海提准备了一根绳子。

绳子突然断开，他摔倒在房间地上。妈妈听到声音赶过来，看到眼前的景象，吓得一句话都说不出。从那以后，妈妈不准海提回房间睡觉了，她要求他每天晚上必须睡在客厅里，她要随时可以看到他。

彭海提知道妈妈心里的痛苦一定不比自己少，妈妈成天为他流眼泪，到处为他求神拜佛，想尽办法，祈求神明救救自己的儿子。他愧疚，但轻生的念头却越来越坚定。他不想再拖累家人了。又有一次，趁妈妈出去走亲戚，他准备了一瓶农药。

　　那是一瓶白色的农药，因为白色的农药"看起来比较好吃"。想起村里的老人说过，"要做个饱死鬼，不能做饿死鬼"，他就事先吃了点玉米。农药喝下去，他又担心妈妈回到家里受到惊吓，于是想走到竹场那边去，想着死远一点就没人知道了……想不到，才走到第一个十字路口，他就晕倒在地。有个熟人刚好路过，急急忙忙把他送到医院去。

　　亲戚和朋友都骂他："你想死的时候，有没有想过你妈妈？她生你养你这么辛苦，你是死了一了百了，她一辈子内疚啊！"舅舅也赶过来，一边流泪一边训斥他："无论如何，你要顺其自然，不要寻死路，不然气死你妈妈！"彭海提一句话也不说，他一句话都说不出来。

　　1970 年，彭海提 33 岁。省里有人下来调查，要把麻风病人统一收到麻风院里隔离治疗。彭海提马上应承下来："到麻风院最好了，我死也要死在外面，越远越好，不要搞臭家人的名声。"

　　对彭海提来说，这是当时最好的选择。麻风村里有医生，还有同样患病的病友，到那儿他不再需要担惊受怕，也不用成天低着头做人。妈妈也不知道应该欣喜还是应该担忧，她给海提收拾了一包远行的行李，怕他一年半载回不来，妈妈还在布包里放了一把夏天的蒲草扇子——担心扇子用坏，妈妈连夜用针线在扇子四周细细密密缝上一圈蓝色布边。这把扇子，彭海提一直珍藏在衣柜里，一直放了50年。背上行李，彭海提先是被送到汕头潮阳区的竹棚医院，一个月后，一辆大车把他载到位于东莞的省级麻风院——新洲医院。

意外的是，麻风院的条件比想象中好多了。新洲麻风院在东莞石龙镇的一个小岛上，麻风院里有好多医生，彭海提说他们对病人没有一点歧视，他们鼓励病人好好治病，还把病人的生活管理得井井有条。病人在里面一边治病，一边做工赚工分，有人在饭堂帮忙，有人负责种地养鸡，也有人在医院的砖厂帮忙烧窑、搬砖头，或者做杂工。

安顿下来以后，彭海提跟几个潮汕同乡一起，开始在砖厂做工。后来彭海提的手指残疾严重，就是跟砖厂这段经历有关系。最开始他负责的是挑泥挑砖头，两个人一组，把泥巴或者烧好的红砖头运到固定的地点去，可是因为他手指麻木，经常捡不起砖头来，一不小心就砸到自己。后来他转去炉边添火烧砖，添火需要开窑门，很容易就被高温的窑门烫破手，也感觉不到痛，等看见手上一个一个水泡肿起来才知道受了伤。过了不久，彭海提从做杂工转去"划艇仔"，也就是划一条小艇把做砖要用的泥浆从另一个河岸运过来砖厂这边，要一天到晚不停用力撑桨，他的手指伤得更严重了。

为了生活，这些都是没办法的事情。新洲医院每个月发给病人一些生活补贴，可是这远远不足够吃饭的，要是没有家人补贴，病人们必须做工才有饭吃。不过，白天干完活之后，晚上就是自由的时间了——麻风院里开了扫盲班，老师、学生都是病人，还有好多书本、报纸给大家随便读。彭海提想不到，进到麻风院，自己又可以重新写字、读书了。他开始觉得，这样的生活过下去也不差。

1975年，新洲麻风院宣布解散。彭海提跟其他病友一起被遣散到麻涌镇的泗安医院。不过，新的麻风院条件更好了，没有了砖厂，他开始学人家做农业。先是种香蕉，后来又养兔子，兔子养大了他就请人载去远一点的常平镇上卖，因为附近几个镇区都知道他们是"麻风人"，不敢买他们的东西。养兔子需要割草喂给兔子做饲料，彭海提天天走好远一段路走到香蕉林那边割草料，可能就是这时候，他的左腿划伤了。

可即使受了伤，他也没有停下来给自己好好休息。日复一日不停歇地劳动，他的左腿越坏越严重，化脓、溃疡、坏死，最后不得不做截肢手术。

1989年，彭海提收到家里寄来的一封信。

妈妈去世了。这时候是彭海提的左脚溃烂最严重的时候，走路都走不了，更别说一个人搭车回去几百公里外的家乡。而且，他的手指头因为溃疡严重几乎全部截掉了，剩下的也是弯曲变形的样子。怎么敢让亲人看到自己这副可怕的样子呢？他自卑、难过，他恨自己，恨自己让妈妈操心了一辈子，让妈妈失望了一辈子……可现在，就连送妈妈最后一程，他都没办法去。

其实他是回过一次家的，在 1976 年。那是他离家多年的唯一一次回家。离开麻风院需要跟领导申请，妈妈先到大队开证明，再打电报过来；之后他跟院里申请，领到介绍信才能搭船回家。彭海提还记得，那个时候他连一双像样的鞋子都没有，住在对面楼一个当兵的人知道了，送给他一双新的解放鞋。

这时候彭海提的麻风病已经治好了。他不是麻风病现症病人，而是一位麻风康复者了。可在别人看来，"麻风病"三个字还是足够让人胆战心惊，别人一看他的手脚，就立马躲得远远的。医院开的介绍信上没有提到麻风病，而是用"休养员"三字替代，可船家还是一眼看出来了，便要求彭海提买五张船票，他理直气壮："你是麻风人，你坐下来，左边右边四个位置都没人敢坐！"看船家盛气凌人的样子，彭海提心里冒出一股怒气，他也绝对不肯退让："我就一个人，凭什么要我买四张票，凭什么？我就算争到中央我也要争个说法！"

对一个"麻风人"来说，想要得到公正，并不是容易的事情。那个时候，"麻风人"不仅坐船的权利要争取，住旅店的权利也要争取。回到汕头，天快黑了，彭海提就在路边找了家旅店落脚。前台接待的人看了他的介绍信，就说店里所有床位都住满了人，让他到别的地方找。可是去别的店，他还是受到一样的对待。眼看天色越来越黑，他走回第一家店，发现有新的客人住进去了。

彭海提生气极了。他和接待的人吵起来："走廊也好，柴房也好，我只要求有一个有瓦遮头的地方！你不给我住，今天你走到哪里我跟到哪里！"最终，他给自己争取回来一个走廊上的床位。

当时好多麻风康复者在外面，根本不敢进店里问，大多会选择在大街上凑合一夜。但是彭海提不愿意接受这种屈辱，他不愿意向不公平屈服。

只是，争赢了又怎样呢？激动过后，他的心里还是充满不安。明明自己是个"麻风人"，他却非要跑出来，是不是麻烦到别人呢？回到阔别的家乡，邻居阿婆看见他，忍不住哭了："你是海提吗？是海提啊？你的手……"彭海提也哭了。那一次之后，他再也不愿意回家了。妈妈一走，他更是失去牵挂，就连哥哥寄信过来他也不回，执意要割断跟家里的联系。

日子就这样平平淡淡一天一天过下来。离开家乡好多年，他习惯了跟别人用白话（粤语）聊天，只有跟几个同乡在一起的时候才讲上几句潮汕话。喝茶也很少了——以前在家里，他们是每天要喝工夫茶的。

只有一个事情，很多年都没有变。20世纪90年代初，五十多岁的彭伯终于不用劳动了。他的手残疾得甚至拿不起锄头，没办法继续种香蕉养兔子了，他终于歇了下来，终于有时间考虑自己想做什么、自己喜欢什么。他拿起画笔，重新延续小时候的兴趣。

这时候的彭伯离开学堂已经好多好多年了。会写的字不多，他就省下来生活费，找人从洪梅镇上帮忙买回来一本《草字汇》，一个字一个字照着练习。麻风村里没有老师，他就自己把报纸上的画剪切下来，跟着一点一点临摹。学习画画这条路困难重重，最困难的是手指残疾的问题，他的手指头因为发炎溃疡接二连三被截去，最后只剩下三个也没法保住。他哭着对医生说："医生啊，你砍了我的手指，以后我怎么画画怎么写字啊？"医生只好安慰他："如果抓不住笔，下次我帮你在这里开一刀，切开一点口子，就可以抓笔了。"

没有手指，彭伯只好想别的办法。他请同房间的德平叔帮忙，用铁丝和皮具做了一个皮圈，这样把毛笔捆在手掌上，就可以慢慢画了。他的画只是画给自己看的，既不功利，也不气馁，只是画了让自己开心而已。

好几年后，慢慢有志愿者来到这个麻风康复村。有人走进彭伯的画室，很是吃惊。有志愿者提出想要买一幅彭伯的画，彭伯却说什么都不肯收钱——你要我的画已经是看得起我了，怎么可以收钱呢？志愿者则坚持要付，付钱，是对彭伯的肯定。

后来彭伯把钱捐了出去，他说："不是我画得有多好，只是人家好心，想帮助我这个残疾老人家。可是我现在都生活无忧了，这些钱应该拿去帮助困难地方的人。"

彭伯卖画的钱，陆陆续续换成大米、油、洗衣机、电动三轮车等物品，送到其他生活困难的麻风村里去。收到东西，村里的老人都不敢相信，平时送东西来的都是些"大老板"，可是这次这个"大老板"，怎么也是我们"麻风人"？如果有人当彭伯的面谢谢他的好心，他总会郑重其事认真解释："不要这么说，我们都是得过麻风的人，同是天涯沦落人，我只是尽自己一点力量而已。"

后来彭伯跟我说："我这辈子最大的愿望，就是像'健康人'一样帮助别人。"

越来越多人来到麻风康复村，他们表演节目，又给老人家送东西，彭伯全都默默记在心里。彭伯感谢他们，羡慕他们，如果有下辈子，他也想像这些好心人一样，有能力去帮助需要帮助的人。在他看来，"帮助人"是健康人才有的特权，他想不到只是因为喜欢画画，作为"麻风人"的自己，这辈子也有机会像"健康人"一样去帮助别人。

有一次我们和彭伯一起去韶关市，要用彭伯的卖画钱买一部电动三轮车送给韶西麻风康复村。彭伯跟我们一起到店里选，老板娘善良又热情，知道买车的钱来得不容易，不但直接给我们出厂价格，还请彭伯进来店里面，一起坐下来喝杯茶聊聊天。

可是彭伯很犹豫。他担心自己手脚的残疾太难看，担心走进去影响了别人做生意。我鼓励来鼓励去，好不容易他才鼓起勇气，他把两只手的手掌插进两边裤袋藏好，让我陪伴着，才敢走进店门。可是一进去，彭伯看茶几旁边还坐着好几个客人，他还是赶紧退了出来，怕自己坏了老板娘的生意。这时候的彭伯并不是自卑，他只是为他人着想，不想给人添麻烦。很多年以前，面对别人的不公正对待，彭伯会据理力争，无论如何也要讨个说法；可是现在，面对别人的好意，彭伯是那么的善良体贴。

彭伯看见社会上的人对待"麻风人"的态度，一年一年在改变。以前街上的人看见麻风康复者过来，会捂着鼻子赶紧走；现在，一大群坐轮椅的泗安老人家到深圳旅游，人们不仅不躲，还会主动帮忙按住电梯，或者来问需不需要帮忙。彭伯认识的洪梅镇上修车店的老板，家里有喜事会给彭伯送喜饼；到饭店吃饭，很少有人会盯他光秃秃的手了，彭伯现在敢大大方方拿出来他的特制铁餐叉吃东西——他说："美国人吃饭都是这样用叉子的，我这是学美国人吃西餐！"

他慢慢不歧视自己了。也不担心别人害怕自己，他越来越大方幽默，也越来越主动结交朋友。有一次，彭伯一个家住广州的日本朋友想要把自己的狗寄养在彭伯这里，想请彭伯帮忙养一个月，之后再接回去。彭伯说没问题，他想了几天，决定在屋后的香蕉树下给狗搭一间狗窝。木板找好了，铁皮找好了，就是还缺些水泥。知道那几天附近有一群泥水工天天做工，彭伯就拿几瓶饮料过去："你们做事辛苦啦！"先搭上话，再试探问："能不能给我装一点水泥？"果然人家也大大方方："想要多少就拿去，不够随时再来！"

知道麻风康复村的人越来越多，报纸上、电视上关于麻风康复村的报道也多了起来。彭伯知道，现在的社会跟旧时不一样了，仿佛那些对麻风病人的偏见，都已成过去。彭伯心里有一个埋藏好久的愿望，隐隐松动起来。

妈妈去世以后，彭伯刻意切断跟家里的联系，想让家里人尽快忘记自己。虽然家里会写信过来，可是他们是真的关心吗，还是出于情分不得不保持联系？彭伯不敢求证，也不想连累家里人，他不希望他们继续牵挂自己。切断联系是一种逃避，他逃避了他们40年，40年过去，他才开始怀疑自己是不是太偏执："可能家里人一直不介意呢？现在，那么多人都敢进来麻风村里，都不怕麻风病了，可能他们也不害怕呢？"

加上那时候彭伯正在患重感冒，年纪又大了，他很消极："我怕死了以后到地狱，见到大哥都认不出来。"2016年，彭伯下定决心，拜托我们帮他找回亲人。

彭伯对人好，帮过那么多人，从来不计较回报。现在轮到彭伯需要帮助了，自然好多人愿意出来帮他。彭伯想找的，是当年送给舅舅家、改跟舅舅姓的大哥，根据他的回忆，大哥在汕头司马浦一个叫华里西的村子，长得高高大大，年纪比自己大四岁。

有一个在汕头六都中学教历史课的赵老师，上大学时来过泗安康复村当志愿者。她帮忙打听到，班上有个男学生家就住在彭伯说的这个村。男学生下课回家跟妈妈说这件事情，隔天妈妈跑到村委会打听，几经波折，好不容易，彭伯的大哥找到了。

我们带彭伯回家。车开到汕头市已经是晚上了，我们先在附近峡山镇住了一晚，因为彭伯不愿意当天回家，他冲凉、睡觉都要脱去假肢，他不愿意家人看见自己爬在地上难堪的样子。然而第二天见到大哥，大哥埋怨说："要是知道昨天你们住在峡山，我们就开车过去了。昨天等了一整天，就想马上见到你！"又说："我以前去深圳、海南打工，要知道你在那儿，早就去相认了。"还说："我们上网找到你的照片，拿给后辈看，他们都以为是我。"

在彭伯的印象里，大哥是高高大大的，而自己因为从小患病，营养不良，长得瘦弱又矮小。可是在后辈看来，两兄弟是那么相似，简直就是同一个人。彭伯回家之前，汕头的赵老师给彭伯家里人讲了好多彭伯的事情，年轻人也上网搜索他的名字，网上的第一条消息是"东莞这位老人火了，50岁自学画画卖画所得都捐了"，第二条是"彭海提：能帮别人这辈子才没白活"。他们为彭伯骄傲，想不到失而复得的亲人是个这么杰出的人物。这一天晚上，彭伯答应了哥哥在家里住一晚。46年过去，彭伯又回到了家乡，又回到了亲人身边，两兄弟互相倾诉着这些年的痛苦和辛酸，一直说到夜晚十一点钟才睡下。然而彭伯心里百味杂陈，他无论如何都睡不着，于是坐起来，却发现隔壁床铺的哥哥也跟他一样没有睡着。两个白发苍苍的老人家索性不睡了，他们拉着了灯，一直聊到天微微亮。

之后的那个春节，彭伯又回了一趟家。这次小辈们特意要求彭伯画几幅画带回来，他们要挂在自己新建房子的客厅中央，还要送给朋友。年初三这天晚上正好是当地一个"接神仙"的节日，好多人来到彭伯家附近的大祠堂烧香祈福，十分热闹。侄子侄孙们把彭伯牵到祠堂去，他们见人就介绍："这是我家叔叔，亲叔叔！失散很多年了，找回来了！"

　　一开始，彭伯很拘谨，他把残疾的手掌藏进裤袋里，不想让人看见。可是家里人毫不在意，他们好像没有看见似的，因为那一点也不重要。

　　告别亲人，回到麻风康复村的彭伯用微信继续跟家里人保持联系。他学会了用智能手机，学会了打语音电话、发表情包，看见好看的文章，他还会分享给亲人，相隔几百公里，他们却依然陪在他身边。

　　侄子提醒他，他上次画的画有些不对。潮汕人讲究寓意，要是画里面有母鸡，后面就必须带一群小鸡，这样象征满堂子孙。可是彭伯一直不在家乡，这些事情以前没有人告诉他。他重画一幅新的，在母鸡后面带上小鸡，画好下次再带回家去。侄子们还送给彭伯一部播放潮剧的录音机，他们说彭伯离开家乡太久了，说家乡话都有点变味，彭伯就一边听着潮剧，一边慢慢画画。

　　学会用手机，彭伯画画的灵感也更多了。以前只能收集报纸上或者月饼盒上的图案作参考，而现在，电视上看到好看的景色也可以拍下来，手机里看到好看的花鸟图片也可以存下来。有时候看到筹款网站发出来的筹款信息，彭伯就会拿一两百块钱现金，开他的电动车去找村里的医生或者护士，请他们帮忙把钱捐给网络那头的陌生人。学会上网，彭伯看见的世界更大，他看到需要帮忙的人，就更多了。

彭伯总是觉得自己平凡，自己做的事情不值一提，别人肯买他的画，只是因为看他可怜，想鼓励他。可是我们明明看在眼里，明明承受痛苦最多的人是他，他却总想着去帮别人，去给别人希望和光。现在彭伯年纪大了，老年人的种种问题时不时来打扰他，穿假肢的痛、难愈合的溃疡、腰病、骨质疏松……他还是常常心情低落，而当火光微弱的时候，他又想起来大家对他的鼓励，想起来自己是有价值的，于是重新点燃起信心。

我想彭伯就像一只萤火虫，他没有很大的企图，没想着照亮什么，他只是在静静发光，却无意照亮了远方好多人。好多人从来没有见过彭伯，却能远远地从他的故事里获得温暖和勇气，把自己的生活点亮起来。而这些分出去的星星点点的光，又重新点亮了彭伯的信心。

（五）

泗安有个婆婆穿梭时间而来

我把双肩包放在杨四妹房间里，跑去别的老人家那儿拿东西。回来的时候正好看见，杨四妹正往我背包里塞一个煮鸡蛋。

　　原来是她！几天前，我就闻到一股怪味跟着我跑，隐隐约约地，赶又赶不走，甩也甩不掉。找来找去，就在这个小格子里，我找出来四颗花生、三个荔枝，还有几只快乐的小蚂蚁。

　　想想也是。除了杨四妹，还有谁会这么做呢？

　　搬来泗安麻风康复村以前，过去的整整58年时间里，她一直住在梅州的一座山里面，一次都没有出来过。外面的世界怎么发展怎么变化，她是一概不知的。那座建在半山上的麻风院最后只剩下她一个人，每天陪她的只有农民放养的一群黑山羊，还有几只来讨饭吃的野猫。

　　一直到80岁，她才终于搬下山来。她开始手忙脚乱地学习我们世界的规则，想对人好，她就用自己的方式。

　　第一次见杨四妹是在2015年，一个雨后的秋天。

　　从仁居镇上山，爬过一段崎岖的石子陡坡和一段满布沟崎的山路，翻山越岭好几公里，终于找到这块平地。附近的农民把黑山羊放养在这里，他们称这里为"野湖"。野湖以前有个麻风医院，可是现在，只能从几间残破的刷着标语的旧房子上寻找到当年的痕迹了。房子前面，一条细细的小水沟蜿蜒流过，旁边是简单刷白了墙壁的矮房子，墙边堆了几捆树枝，还有一个矮矮的水缸，显示出来有人居住的样子。

推门进去，杨四妹就坐在床沿上。她的两条腿没有了，床旁边是一张矮桌子，上面放着保温水壶、搪瓷杯、剪刀、眼镜、梳子、药瓶，这就是日常她要用到的全部东西。房间很乱，脏兮兮的棉被和衣服占去半边床，水缸、塑料桶、假肢和木头杂碎落满了灰，狭隘的房间只剩下进出门的窄窄一条通道。

地方脏，可是她的脸干干净净。她看起来有点疑惑，这里已经好久好久没有陌生人来过了。

野湖麻风院是在 1956 年成立的，最多的时候收治过梅州地区 193 位麻风病人。20 世纪 80 年代以后，因为联合疗法的普及，麻风病人纷纷被治愈，有的康复者回家了，有的康复者选择继续留在麻风院里。走的走、死的死，不知道哪一年开始，野湖麻风院就只剩下杨四妹最后一个人。

大山、孤独、残疾、老婆婆，无论如何听起来有些凄凉。但是，她似乎没有什么忧心的事情，那双 80 岁的眼睛闪烁着天真无邪。

一个人在这里，是怎么生活的呢？渴了，就到房子前面的小溪舀水喝；饿了，房间隔壁的屋子就是厨房。墙边堆了干木柴，厨房还有两箱康师傅方便面，毕竟做方便面比做米饭节省柴火，味道也不错。一只野猫在这里生下六只小猫，吃剩什么杨四妹就分给它们一些，它们也就安心住下了。空地多，她就养鸡种菜，自己用竹子围出来一个小菜园，不让黑山羊闯进来。只是，没有腿的她只能跪在地上爬着走，沙子和石头把膝盖磨出伤口，又磨出来厚厚的茧……

可是她好像一点都不在意。生活本身就是要吃苦的，一点点小伤小痛，不值一提。

平远慢病站的医生每季度上山一次，买点米面肉菜上来，再看看四妹婆婆身体有没有什么不舒服。附近养羊的农民远远给她拉了盏灯泡过来，她用得很珍惜。一位以前从麻风院出院的康复者刘伯就住在山下，他每个月回来看一看，看看四妹婆婆有没有需要帮忙的地方。杨四妹倒是无所谓："我自己在这里就可以，没什么的，你们不用来。"

医生当然放心不下。慢病站黄站长还记得，有一次上山，他看杨四妹脸色有些不对——一问，才知道四妹婆婆已经饿了三天三夜。厨房的门被什么东西堵住了，她推不开，大概是因为小猫在里面玩耍碰倒了门边的木柴。没有食物，没有人，杨四妹只好到门前的小溪舀水充饥，就这样，熬了三天。

为了杨四妹得到好一点的照顾，泗安医院与平远慢病站商量了，要把老婆婆寄养到泗安医院去。泗安医院条件好，有医生，有食堂，有人照顾她。

慢病站黄站长解释的时候,杨四妹好像听懂了,又好像没听明白。搬迁这天,杨四妹把床底下藏的十几个鸡蛋煮熟,装进塑料袋里;剩下的七八只鸡带不走,就送给照顾过她的刘伯。她的全部行李只装了三个塑料袋,一只手可以提走。临出发前,她又整理出来一个小袋子,里面有一张叠成小方块的花床单、一条短裤、一条满是缝补痕迹的短围裙,还有一张月饼盒里拆下来的黄色绸衬布。泗安医院的徐主任看了看说:"这些就不用带了,那边什么都准备了新的。"想了想,他又换了体贴的语气:"就带上吧,想家的时候可以看。"杨四妹一听,仰起头:"阿婆我哪有家呀。"

对杨四妹来说,"家"已经是个很遥远的词了。她叫四妹,因为她是家里的第四个女儿。女孩太多,她小小年纪就被卖去做童养媳,后来又不知道怎么得了麻风病。1950年得病,1958年入院,直到2016年才搬下山,58年来她几乎与世隔绝,甚至连一张身份证都没有。慢病站把情况向派出所说了,派出所也破例通融,请照相馆的小伙子带相机上山,让杨四妹举着当天的新闻报纸拍一个证明照片,再带下来补办身份证。可是,出生年月写什么呢?有人说她属猪,慢病站翻遍旧资料,找出来她1958年入院的证明,这才知道,她的出生时间在1936年4月15日。

怎么下山也是个问题。山路铺的都是大石头,要是坐车,杨四妹怕是受不了这种颠簸。慢病站从镇上医院借来了个急救担架,垫上枕头,两边用布条拴上,瘦小的杨四妹正好可以躺上去。两边麻风院都派了人手,这些平时体面的公职人员，一个个挽起袖子，一步一步踩在石子山路上，接力把杨四妹搬回这个 58 年后的世界。

她似乎没有意见，睁着懵懂的眼睛任大家摆布。三公里多的山路大约走了一个小时，到了山下，看到来接她的车，杨四妹才摇了摇头："不一样的。"黄站长解释说，杨四妹见过的唯一一辆车，是开上山给她送油送米的救护车，她还以为所有车都长一个样呢。一上高速路，她更好奇了 —— 她瞪大眼睛盯着窗外看，看见一辆装了二十多头奶牛的货车从我们身边超过去，她忍不住笑出声来。

我问她："好看吗？"

她有点拘谨："这里我没看过，我只到过野湖一点点地方。"

泗安麻风康复村这边早已经等着了。老人家在大樟树底下围了一圈，杨四妹一下车，张金励推着轮椅迎上来，鞭炮噼里啪啦响起来了，钟各和陈洪维舞着狮子，刘祝权敲着鼓，卓日景是大头佛，热热闹闹欢迎这位新邻居。

来之前大家就听说了这位婆婆的事情，听说她在山上住了 58 年、听说她自己跪在沙子上种菜、听说她只会讲客家话、听说她没有见过汽车没有见过电视机，大家都好吃惊，也特别心疼她。简单的欢迎仪式后，杨四妹被带到她的新房间，房间收拾得干干净净，床铺和枕头都选的是碎花的款式。担心她没有双脚上床不方便，大家特意帮她把四条床腿锯短了；又找来一张小木桌，就像以前在野湖麻风院一样，给她放在床头边，保温壶、水杯、剪刀、眼镜都可以放在上面。

泗安麻风院的医生护士来了。看了她膝盖磨损情况，谢护士回去拿绷带消毒水过来给她包扎；平远慢病站的黄站长跟着来了，用客家方言教她轮椅怎么用、马桶怎么坐；负责照顾她的嫦姨来了，端来一碗自己家煲的枸杞猪骨汤，要喂她喝；隔壁楼的几个老婆婆推着轮椅来了，她们只是想来打个招呼。廖仲涛得知杨四妹只比自己小一个月，高兴得手舞足蹈，不停说："我是哥哥，你是我妹妹！"

大家围在一起七嘴八舌关心她，可是呢，她一个字都听不懂。她没有听过广东话，这里的老人家也不会讲客家话，可是这一点都不影响他们一次一次过来找她说话。

看到顺眼的人，杨四妹就把带来的煮鸡蛋拿出来，送给他一个。第一天送出去几个，第二天送出去几个，第三天送出去几个——虽然鸡蛋都捂坏了，大家依然受宠若惊，珍重地收下这份见面礼。

杨四妹就这样住了下来。电灯、风扇、热水器，她不费很多时间就学会了，之后又学会用水龙头、轮椅和电视机。刚开始，她看电视也害怕，怕里面的枪打出来，别的老人家解释给她听："不要怕，那是做电影的，都是假的。"没过很久，她就爱上了看电视，动画片看得津津有味，还跟屏幕里面的卡通人物说话。搬来不久，麻风院组织老人家到长隆野生动物园旅游，这是杨四妹搬来以后的第一次出游，我兴冲冲去找她："过几天要去看老虎！"她指着电视机："要开那个才能看哦。"我解释："不是这个，是去看真的老虎。"她急了："不打开看不到呀！"后来在动物园，我们给老人家一人买了一个牛奶甜筒，第一次吃到甜筒的杨四妹婆婆有些紧张，她学着别人的吃法来吃，可是却始终不敢咬脆筒的部分——她小小声对我说："这个吃了，会爆的。"

我太喜欢这个穿梭时间过来的杨四妹婆婆了，她的眼睛总是可以发现我们世界有趣的另一面。

有志愿者送给老人家一人一包湿纸巾，杨四妹拆开一看，是湿的布，就一张一张拿出来摊开晒干；

有人送给她一只毛绒小狗，过一会儿再去看，小狗已经变成擦桌子的抹布，肚子里的棉花被掏出来装进塑料袋里，存着以后用；

下雨天她在路边捡到一只大蜗牛，就带回去养在别人拖地的水桶里当宠物；

有外国的志愿者来，她细细看了一会儿得出结论："这些人长得跟我们不一样，这个人那么多胡子，那个人头发是红的。"

又有一天，我走进她房间时她正在吃午饭，我随口问："好吃吗？"她停下勺子对我语重心长："饭怎么会不好吃呢？"

来到 21 世纪，最最最让她喜欢的是各种五颜六色的小东西。就像乌鸦一样，她把捡到的美丽的亮晶晶的各种小玩意收集起来，一个毛球、圣诞挂饰、发泡星星、一朵布花，甚至是一片瘪掉的气球碎片，她都要捡回来，用针线串一串，做成手链戴在手上。冬天来了，这些小玩意就变成她毛线帽子上的装饰，她一整天拿着针线这里缝一缝那里补一补，今天往头上缝一朵白花，明天又换成一个星星。看她喜欢，有时候志愿者送她一盒彩色珠子，或者几个毛绒娃娃，她十分高兴，想把娃娃全部带出门去炫耀，却发现一次抱不下那么多，就索性拿针线串成一串，挂在脖子上出去晒太阳。

说到最喜欢的娃娃，第一名一定是那个会拉二胡的穿唐装的仿真小公仔。杨四妹给它起名叫"妹妹"，看电视的时候，她把"妹妹"抱在膝盖上，吃饭的时候，她撕一块肉问它吃不吃。她时不时跟"妹妹"说几句话，有时候把它的瓜皮帽脱下来，拍拍它的头："你也没头毛呀！"然后，又把别人送的两只玩具狗放在"妹妹"旁边，叮嘱它："你守着，别让跑了啊！"

冬天最冷的一天我去看杨四妹，哟，"妹妹"在棉衣里面呢。杨四妹把"妹妹"裹进大棉衣里面，只露出来一张脸。怕它冷，她还给它做帽子、做披风——作为感谢，"妹妹"可以"唱歌"给杨四妹听。这个二胡公仔是声控的，只要拍拍手，它就会拉动二胡放出音乐，杨四妹喜欢极了，她一直拍、一直拍，"妹妹"就一直唱、一直唱，一天可以唱掉三块电池。附近几个房间的老人家被吵得没办法，白天听就算了，怎么半夜不睡觉还在听？大家忍无可忍，只好跑来拆走"妹妹"的电池，让它失声。杨四妹也不懂，她拍拍"妹妹"的头，又摸摸它的手："怎么不说话？""妹妹"不唱歌了，杨四妹就把别人送的一个音乐播放器放到"妹妹"耳朵旁边，请它听音乐。不一会儿又觉得累，她对"妹妹"叹气："你自己拿着嘛，唉。"

我故意去问杨四妹："这里好还是野湖好？"杨四妹也叫我"妹妹"，她一字一句慢慢说："妹妹，这里好，野湖没有声音。"

杨四妹终于不是孤单的一个人了。她有了室友，云浮搬来一位罗婆婆，安排跟杨四妹一个房间。杨四妹十分高兴，她高兴得不知道怎么办好，罗婆婆来的第一个晚上杨四妹打了一桶水给人家洗澡；第二天早上，又端出来一盆水给人家洗脸。不过，罗婆婆有一肚子的牢骚："我大半夜睡着觉的！总感觉好像什么怪怪的，一睁开眼，这个阿婆就坐在我床边不说话看着我笑！吓得我魂都飞出来了！"

虽然跟所有老人家都语言不通，可这并没有阻碍杨四妹跟大家交朋友。隔壁楼的伍运启偶尔推轮椅过来坐坐，两个老人家你对我笑一笑我对你笑一笑，待一会儿就走；有时候在大樟树下卓日景拉着她聊天，你说一句客家话我说一句广东话，好像真的能听懂似的。一到节日聚餐的时候呢，大家就抢着夹菜放她碗里面，"试一试这个！""你没吃过这个！""这个很好吃的！"

有一天我在杨四妹房间，看见杨四妹收到林新来送来的一座山那么多的黄香蕉。见到我来，她好高兴，让我别走，然后拿一把小刀爬到香蕉堆那边，割下一根、又割下一根。我故意问："给我的？"她递过来："给你吃！"唉，我想，她终于有了食物太多的烦恼。

整个村子里，唯一能听懂杨四妹说话的老人家是梅州搬来的郭伯郭增添。六十多岁的郭伯喊80岁的杨四妹作"杨阿姨"，知道杨四妹感冒了，郭伯就把自己的电饭锅从楼上搬下来，煮一锅粥，加一点点盐和姜汁，再加一碟自己腌制的萝卜干，放到杨四妹桌子上："杨阿姨，您吃一点。"

这么多新朋友里面，杨四妹最最喜欢的是阿崧。最开始可能是因为阿崧总给她甜饼干吃，她就记在心里了。杨四妹有事没事就跑去阿崧的房间，长了痱子也来找她、穿针穿不过去也来找她，洗了头头发湿哒哒的，也要过来指挥阿崧拿毛巾帮她擦。有时候膝盖弄痛了，杨四妹也不肯找医生看，非要阿崧帮她，阿崧没办法，只好推轮椅到桌柜那边随便拿一瓶药油，再随便往四妹腿上擦一擦，然后拿绷带棉花假装包扎一下，最后再给她套一只袜子。这样，四妹就心满意足离开了。

后来阿崧一见我来就抱怨："这个客家妹！我都不知道她讲的是什么话。天天来找我，让我帮她做这个做那个，一天过来好多次！"阿崧一边埋怨，一边从冰箱拿出来一串冰冰凉凉的紫葡萄放到四妹膝盖上："你拿回去吃！我买了好多吃不完。"

不知道为什么杨四妹还爱上拔草。拔草成为这个80岁老婆婆的新爱好，砖头缝的也要拔，龙眼树下的也要拔，她从轮椅爬下来，一步一步膝盖着地爬进草丛里，用准备好的木片和小铲子一根一根把杂草挖出来扔到一边去。阿崧说，四妹早上起床洗一把脸就出门拔草了，她天天蹲在龙眼树下面，那么热的天，"好似只狗仔一样"。有附近的农民路过，很担心她："阿婆啊，你不割草是不是不给你饭吃？你是不是没钱吃饭啊？"然后就去掏裤袋，想给她一点钱。四妹看见赶紧摆手："我有啊我有啊，我不要你的！"

我去劝四妹歇一歇，她指着人工草皮："唉，还有好多，能做很久。"我说："这是医院花钱买回来种的啊。"她惊讶了："这好看吗？这要拔掉的。"

谁劝她她都不听，谁都不知道她为什么喜欢拔草。有一天我见她又要拔一大片草，蹲在旁边问她："你拔来做什么？"

她眼睛都不看我，把一小把草扔到背后："拔草又不做什么。"

我看她手上有点擦破了皮，还有血，可是自己完全没察觉到。麻风病菌以前破坏了她的痛觉神经，她经常不知道痛。我指给她看："你这里破了！流血！"她不以为然，往衣服上擦一擦，又继续拔。

我命令她："杨四妹回去！"四妹婆婆这才停下来。她歪歪头看我，慢慢地、坚定地一个字一个字说："杨四妹不回去。"

我有点心疼。问她："痛不痛？"

她举起手看一眼，也承认："痛痛的。"

可还是不肯停下来。她说前一阵子天天下雨，现在草都和桌子一样高了。要不是下雨，她日日都要出来拔的。

我叹气："人家树啊花啊草啊好好长在那里，为什么要拔掉？"

她有点急了："那么多草，给我拔一点有什么关系？反正很快长出来的！"

有时候中午饭放冷了她也不吃，就是要先拔草，拔完回来有空再吃。大家苦口婆心一点用都没有，护士只好给她一个爬行垫，想着这样至少不用把膝盖磨破，可她嫌麻烦，没用几次就扔到床底下去。有一天她坐在轮椅上就要弯下腰来拔草，用力一拔，一个不小心就从轮椅上滚下来摔痛了腰。我去看她，她很懊恼："那个草还没拔出来，我拔断了，唉！"

有时候竟然有点羡慕她，羡慕她眼里的这个世界干净又新鲜。八十多岁的人了，经历过那么多困难，却依然固执地保留着天真。

回到山下的杨四妹，不再需要担心柴房门推不开或者下雨天淋湿床铺了，也不再需要担心孤独了。在这里住久了，熟悉了，她开始想探索远一点的地方，比如有时候推轮椅到大樟树下面乘乘凉，有时候又到广场那边坐一坐。又有一天天没亮，她悄悄出门去探险，推着轮椅慢慢走，慢慢走……抬头一看，咦，怎么找不到回去的路了呢？好不容易等到天亮终于有人发现她，她正在一条小路中间彷徨呢。

我担心她："大半夜，你出去做什么？"她说："妹妹啊，我去做什么？我去寻日光啊。"

我想，她是想看日出了吧。

（六）

郭增添和他最后的日子

在医院，跟郭增添坐了一个下午。

他说他跟医生商量了要搞捐遗体，医生说好难，办不成。他不想放弃："反正人死了也没用了，死了之后自己又不知道。""捐给人也不要啦，我内脏都老了，内脏要年轻人的才有用。""就是捐给那些医学院嘛，我这里也有癌症那里也有癌症到处都有癌症，给他们做研究，很有价值的。"又想请我帮忙："你去帮忙说一说嘛。""我不是说笑的，我认真说的。"我看他躺在病床上拼命推销自己。

他说："政府养我那么久，我现在也想有一点奉献。"

郭伯的肺癌这时候已经很严重了。大家都说，他会越来越痛的，癌症到了晚期会很难受。他发现吃椰子糖可以分散痛苦，吩咐我从网上买两大包来："过完年，如果我还活着，你就把椰子糖带来。如果我去'报到'了，你就吃掉！"

每天打完吊针，趁身体有点力气，他就到楼下散散步，顺便从草坪墙角采些草药回来。他认识很多草药，手上就有一本父亲传下来的草药书，那是他家乡梅州的一位医生编的，扉页还印着毛主席语录。他请医院的医生把草药磨碎，用纱布包好敷上，想试试是不是跟书上写的一样能止痛。

我坐在病房听他说话。他教我分辨不同菌种的麻风病的症状，谁谁谁是什么型，外观有什么不同。他给我看他左脚和右脚折进去的小脚趾，说麻风病的特征就是两边对称。单看外表，很难看出来他就是一个麻风病康复者——就连最常见的"勾手"症状他都没有，他说他曾经花了三年时间，慢慢把弯曲的手指弄直回来。

一瓶吊针打完了，护士进来换药水。护士跟他聊了会儿，还停下来看了会儿《王牌对王牌》，看起来，他们关系不错。

郭伯把房间钥匙放我这儿，需要用什么东西，就让我拿了送去医院。房间有一罐蜜枣，每一颗枣子表面都裹满糖霜，每次要煲汤，我就偷偷去开他的房间门拿一颗。

更多的时候，开门是为了把慰问品放进去。郭增添所在的泗安麻风康复村每个星期都有志愿者来慰问，送的东西也多，洗头水洗衣液、纸巾蚊香纯牛奶，什么都有。虽然郭伯在外面住院，东西还是会分给他一份，放进房间里，等他出院回来用。一份又一份的慰问品，加上一年前他搬来的衣服行李、一台笨重的旧电视机、好几袋晒干的中草药，房间显得无处下脚。

郭增添是 2016 年下半年从梅州大坪麻风院搬到这里来的。他是梅州人，18 岁那年患上麻风病，之后就被隔离进了大坪麻风院。他还记得，以前大坪麻风院住了一百多个麻风病人，后来大家纷纷治好，有幸运的人被孝顺的儿女接回家，更多人被留在麻风村里一年一年老去。年复一年，康复者的年龄越来越大，该病的病了，该老的老了，廖伯去世以后，那里就只剩下郭增添一个人了。2016年，他收拾了几十年来的所有家当，同意搬到条件更好、也离家乡更远的泗安麻风康复村去。

搬家这天，他打包了一大堆行李，我们一件一件数过去，总共数出来十件。有旧花瓶，有大棉被，甚至连一大包卫生纸他也要装到车上去。对了，还有他那台笨重的老电视机，我们劝了好久，告诉他泗安那边什么都准备好了，被子枕头通通都是新的，他还是舍不得丢弃。最后我们讨价还价，他才终于答应放弃一部分，最后装上车去的有电视机、电磁炉、榨汁机、两个电饭锅和几个编织袋的中草药。

到泗安亲眼看到他才相信，这儿真的什么都有，甚至新房间里还给他买好了一台新的大电视。他只好把搬来的一堆行李堆在角落，日子久了觉得碍事，去问收废品的人，好好的一台旧电视机居然只值15元。他一气之下，不卖了，宁愿放着也不卖了。

不过呢，带来的几袋中草药还是有用的。村里分了排骨，他就用他的满天星干草煲排骨汤喝；有时候想喝凉茶，就凑几样草药用来煮水。还有一大编织袋晒干的椿根藤，他积极推销给我："你带回家给你妈妈炖肉吃啦，跟羊肉鸭肉一起炖可以去腥膻味，还治腰腿疼！"

我有点为难，收也不是，不收也不是。

郭伯对中草药很有研究，原本大坪麻风院的屋子前面，他种了几十种中草药，有车前草、吴萸子、益母草等，大多是自己到山上挖回来种的。第一次见郭伯，他就在这片草药田前面给我们讲他过去的故事。

他出生在1949年10月1日，跟中华人民共和国成立是同一天。1966年，他小学毕业，考上了当地的林业中学，他还记得中学的第一天开始学英语，他怎么记都记不住，那天他跟同学一起编顺口溜，"ABC，锄头打簸箕"。可惜只上了一天课，"文革"开始了。也不用上学了，他打算跟同学一起参加"大串联"，学校帮他们申请了粮票、布票和每个人25块钱的补贴，可是他最后还是决定放弃不去了。原因是，这些补贴远远不够，要去的话自己还要补个几十块钱，可是家里穷，他不愿意给父母增加负担。他还记得，那时候一斤猪肉八毛四分、一斤盐一毛四分、火柴两分钱、大米一毛四分二，这几块钱，对自己家来说不是一笔小数目。

再下一年，他身上发了麻风病。在大坪麻风院隔离治疗几年后，1970年，他病好回了。幸运的是，亲人邻居都不害怕自己，甚至还有人给他介绍亲事。可是，自己都这样子了，怎么好意思拖累人家年轻女子呢？他没答应。再到后来，大概在1980年，郭增添睡觉的时候被一只老鼠咬伤了腿，整个小腿肿得厉害，好多个月都消不下去。他眼看年迈的妈妈为了照顾自己辛辛苦苦，每天要做饭、种菜，还要到一公里外的地方挑水……而自己什么忙都帮不上。他向大坪麻风院的院长申请，想回到麻风村。那里有医生也有朋友，腿好一些之后他开始上山砍树、做木工，后来还养羊，这样不仅不给家里造成负担，偶尔还能补贴家里一些钱。

随着时间过去，麻风村里的人越来越少，他年纪也大了，做不了砍树这样辛苦的事情了，便开始专心研究中草药。以前爸爸留给他一本当地医生编的草药书，小时候他也学过不少中草药的知识，他就跟着这本书，到附近的山上挖回来草药，自己在地里种，然后晒干，自己用。

接着郭伯说到他的朋友们。2008 年的国庆，他 59 岁生日的那一天，村里来了好多大学生志愿者。郭伯跟他们交了好朋友，他们来的时间里，他脸上的笑多了好多。知道他喜欢研究草药，大学生小马给他买了一本新的草药书，郭伯嫌是福建地区人编著的，不适用；后来郭伯前列腺出了问题，大学生们又为他发动捐款，用筹回来的钱帮他在梅州的医院动了手术。

说起来有一件很巧的事情。泗安的画家彭伯经常会把自己卖画的钱捐出去，捐给需要帮助的人。有一次，知道一个梅州的麻风康复老人要做前列腺手术，彭伯给他捐了几百块钱过去。而郭伯搬来以后，彭伯才知道，这个梅州老人正是郭伯，郭增添。搬到泗安来以后，郭伯和彭伯才第一次见面。

对郭伯来说，泗安这里太精彩了——这里有食堂，有码头，还有好多新朋友。搬到泗安才两三天，郭增添就把整个泗安逛遍了。第一天往右走，走到竹林关着门那里就折回来；第二天往左走，走到尽头看见立着嫦娥雕像的码头。他有些事情想不明白：怎么这么多香蕉烂在地上没人吃？怎么那么多田螺在池塘里没人捞？

他忍不住到浅水沟那儿摸田螺，摸回来放在脸盆里养几天，然后问我要不要分一半回去炒着吃。那时候我在泗安麻风康复村里工作，他问我是不是里面的医生，我说不是；又问我是不是里面的护士，我还说不是。他看我跟婆婆们关系好，想了想，仿佛恍然大悟："哦，那你是妇联主任。"

其实我是行政文员。可是郭伯不明白什么是行政文员，他唯一住过的大坪麻风院里，除了医生、护士、院长跟主任以外，就没有其他职位了。

这个麻风村跟他以前认识的麻风村有太多不一样了。他那引以为傲的中草药知识，来到这里也派不上用场。这里没有太多他认识的草药，他想给自己挽回颜面："因为是水边嘛，生态不同。"又继续逛来逛去，逛半天，只能采回来几棵随地可见的车前草。

很快，他就转移了注意力。比他早一点点搬来的还有一位梅州平远搬来的婆婆，叫杨四妹，婆婆只懂客家话，跟别人都没办法交流，同是梅州人的郭增添就主动成为她的翻译。

郭增添六十多岁，杨四妹八十多岁，郭增添就叫杨四妹"杨阿姨"。他时不时去问她需不需要什么帮助，村里分了苹果，他就拿自己的榨汁机榨一碗苹果汁，送给四妹婆婆喝。知道四妹婆婆喜欢听音乐，他就把自己一个会唱歌会拉二胡的娃娃送给她，再送她一个能播客家山歌的MP3。四妹婆婆一开始看电视害怕，怕里面的枪打出来，郭伯就轻轻给她解释："不要怕，那是做电影的，都是假的，不会打出来。"有时他还细心提醒我们："不要给杨阿姨吃那么多好东西，给多少她就吃多少的，她自己不懂，我们要帮她控制！"

以前郭伯在大坪麻风院做过护理员，好多重病病人的最后日子都是他照顾的。他总是不自觉就把照顾别人当成自己的责任，无论去到什么地方都一样。

在泗安的第一个冬天来了。郭增添托我帮他买一件羊毛衫，我在网上看了，选中一件228元的羊毛背心。可是我怕买回来质量不好，对老人家来说，228元是不小的一笔钱了。收到毛衫，我先摸了摸，果然差强人意。我战战兢兢问郭增添："羊毛衫是不是一般都比较厚啊？"他说是啊。我不好意思地把衣服拿出来："这一件有点薄。"他反而安慰我："现在科学在进步的，可以越做越薄的。"

冬天还没过完，搬到泗安生活了还没到一年，郭增添被检查出来气管和肺部有问题。是肺癌，晚期了，已经扩散开了，做手术也没用。

他住进镇上的医院，每天打些营养针和止痛针。病的是他，痛的是他，他却一直说感谢："幸好有你们！如果不搬来，我早就病死了。"

他跟主治医生交了朋友。两个人关系仿佛很不错，他们一起研究中草药，他用研究者的态度跟医生"合作"着，留意自己身体的不适，自己到楼下采草药回来，拜托医生磨碎，敷在身上，再向医生汇报用什么药有什么效果。我猜，医生一定知道这是徒劳的。怎么可能有用呢？但医生还是帮他碾碎草药，给他纱布胶带，耐心听他说敷了药的感受。

最后几天，他的头脑变得不清醒，呼吸也困难起来。医生说，他好几次要求不要给他打营养针了，他不想拖累别人。

在那之前，我最后一次看望他时，我们一起在病房坐了一下午。四点钟打完针，他照例要下楼散散步，每天走一圈或者半圈，哪里有什么树什么花什么草他都了如指掌。我跟他慢慢走慢慢走，有一搭没一搭说几句话。他问："你知道芙蓉花吗？""知道呀。""那你找找，这里只有一棵芙蓉树，你指出来。"我左看右看猜了一百次都没猜对，他笑眯眯说："你抬下头嘛。"抬起头来，高高的树桠在头顶伸展着，在春天里长出寥寥几片新叶子。

他就这样子，在这个春天观察着叶子和花，心怀感恩地，毫不畏惧地，等待生命最后的结束。

七

林新来

没有饭吃的时候，我可以去找林新来。

林新来房间里常备有一板鸡蛋和包心菜，什么时候去，什么时候就有得吃。煮一锅水分极少的硬米饭，炒一盘辣青菜，再做一碟辣椒煎鸡蛋，就是林新来这里最日常的一餐。要是提前一天通知他来，菜式可以再丰盛一些——大清早他踩三轮车到洪梅市场买菜，那就可以吃到辣煎豆腐、辣椒炒鱼，或者豆腐煮辣鱼块。他做来做去就只知道包心菜、鸡蛋、豆腐和鱼，而且他家的调味品就只有油、酱油和盐，再加上门前摘回来的以前张献种下的指天椒。张献伯伯走了以后，他留下的辣椒苗一年一年在生长，现在林新来负责给它浇水，也负责摘。

林新来实在没有什么做菜的才华。他左边的房间住的是张献，右边房间是招伯，两位都是美食专家，大学生志愿者有时候来跟老人家一起吃饭，招伯和张献伯伯那里都是特别受欢迎的，毕竟招伯能做出酱油鸡、蒜头焖鱼和粉葛蒸肉，张献伯伯能做出炸鸡翼尖、猪脚姜和姜葱炒花甲，而林新来，来来去去都是固定的几样。时间一长，林新来也感觉到什么了，他开始学别人买一大袋鸡中翅回来烧，只是做来做去都做不出好味道，因为他只知道倒酱油进去，连白砂糖都不准备一包；

又有时候买螃蟹，可他只舍得买打折的死螃蟹，一买回来就被张献伯伯嘲笑了。味道赢不了，他就决定以量取胜，比如做鸡翅要在碟子里堆成小山一样高，电饭锅里放好多杯米煮得米饭满溢出来，还有花生油，炒什么他都倒好多油进去，于是端出来的就都是油腻腻的一盘又一盘。

泗安麻风康复村这里的老人家各有各的特点，黄少宽能说会道，彭伯善解人意，张献古怪机灵，刘大见和蔼慈祥，而林新来，似乎说不出来他有什么特别的地方。

如果非要说他的特别，可能就是特别迟钝特别笨了。比如有一次我们带老人家出去市区玩，刚好遇见一个画展，彭伯兴致勃勃要进去看。走进第一个馆，看完了，又走进第二个馆，慢慢看……林新来一脸迷茫："我们刚才不是来过吗？"

又有时候德平叔故意逗他："哎，你姓什么？"

"我姓林。"

"你爸爸姓什么？"

"啊？他姓什么我不知道啊，他没跟我讲过。"

林新来年纪比村里其他老人家小，不识字，又经常呆呆的，大家都喜欢逗他玩。平时喊他，老人家都是喊他小时候的小名，这是一个潮汕话的名字，听起来又像"狗仔"又像"猴仔"，不知道哪个才对。其实"林新来"这个名字也不是他的本名，这是当年入麻风院的时候医生给他取的。他刚到新洲医院的时候医生问："你叫什么名字？"他懵懵懂懂："我不知道啊，我没有名字，我姓林，他们都叫我'猴仔'。"又问："你几岁？"还是不知道："我爸过世了，我问我妈，她说忘记我多少岁了。"医生只好说："那我给你起个名吧，你是新来的，那就叫你林新来。"

其实林新来是 1951 年出生的，入院的时候已经 21 岁了。林新来是汕头人，他是家里最小的儿子，小时候大人送他进学堂读书，只读了一上午，他觉得听不懂就不去了。家里人也由着他。后来身上起了麻风病的症状，有皮防院的医生上门来收他去麻风院，奶奶舍不得，偷偷塞给医生红包，求求他们不要带走自己的小孙子。直到 1971 年年底，林新来身上的病症越来越严重，他被收到汕头潮阳区的竹棚医院，一个多月后，又跟其他三十多个人一起被一辆大巴车送到东莞的新洲医院隔离治疗。三年后，新洲医院"解散"，林新来来到泗安医院。

很多年后，就在泗安医院，林新来找到了自己擅长又喜欢做的事情。他喜欢抽烟，喜欢踩三轮车，他开始帮食堂做采购员，每天早上六点多踩三轮车出去洪梅市场给饭堂买菜，赚到的几百块钱工资就正好可以买烟抽。麻风院里的老人们每个月能拿到固定的一笔生活费，再加上做采购的工资，林新来抽得起黄果树、黄山或者红三环这样五块钱一包的烟，每个月钱刚刚好全部用完，要是偶尔不够，吃几天鸡蛋包心菜就可以撑过去。用现在的话来说，林新来是个名副其实的"月光族"，他从不担心那看不见摸不着的未来，有一块钱花一块钱，下个月的事情，下个月再说。

做采购员还有个好处，他可以交到一些麻风院外面的朋友。洪梅市场里他有固定的买菜摊位，有相熟的卖冰鲜海鱼的老板，油米杂货店的老板、修车店的老板也跟他关系挺不错。泗安麻风康复村在一个小岛上，还没通桥的时候进进出出需要搭一条渡船，林新来就先踩三轮车来到码头，把三轮车推上渡船，下船后还要骑过一道长长的洪梅大桥，才能到达菜市场。

出来一趟不容易，村里其他行动不方便的老人家就经常请林新来帮忙买菜，林新来这么好人，是谁都不会拒绝的。可是，一个问题来了，林新来愿意是愿意，可他不认识字呀，要买的东西多了，他就记乱了。同是潮汕人的彭伯从入院开始就很照顾林新来这个同乡小年轻，他想了想，帮林新来想出个办法。他帮林新来把要买的东西用纸和笔写成一个清单，可林新来还是为难："我不识字，看不懂啊。"彭伯教他："你买完菜，让摊主帮忙看看，你问摊主你还有什么没买的，让他告诉你。"

至于为什么一定要写清单呢？因为某一次，有人托林新来买一斤鱼肉，结果林新来帮人家买了一斤圆肉（桂圆肉）回来，60块钱，花了人家差不多一个月生活费。又有一次，阿英托林新来买"玛仔"（沙琪玛），林新来不认识是什么东西，跑来问彭伯。彭伯后来找阿英说："幸好洪梅镇没有养马场，不然他给你买一匹马仔回来！"

不出岛买菜的时候，林新来也是一直踩着三轮车在岛上转来转去的。这是他整个人最舒心的时候，他一手抓车把，一手夹烟抽，悠游自在的样子，遇到要紧急刹车的情况也丝毫不慌，他太有把握了，没什么需要紧张的。

　　大家开玩笑说林新来是岛上的"车神"，因为他甚至可以一个人同时骑两部三轮车——他把后车的前轮子搭在前车的车斗里面，相当于把两部三轮车变成一部"五轮车"，转弯上坡这些对他来说一点难度都没有。

　　可是后来，可能因为踩车踩太多，他的脚底磨出伤口。伤口变成溃疡，溃疡越来越严重，就连走路都一瘸一瘸的了。医生建议他截掉一条腿。他不愿意，他担心截肢以后再也不能骑车了，担心之后的生活不能像以前一样自由。但情况严重到由不得他愿意不愿意了。

　　不过呢，就像阿崧说的，"傻人有傻福"。林新来的截肢伤口康复得很快，汉达康福协会的假肢师傅华仔专门过来了一趟给他定做了一条假肢。这条假肢超级合适，他穿上一点都不磨腿，就像原本就长在腿上一样。穿上假肢的林新来走起路来完全看不出什么异样，他甚至走得比以前更快更好了。

　　他重新高兴起来。又开始每天踩三轮车到处游荡，去钓鱼，去散步，去义务帮人买东西。有学生志愿者来的时候，他就自告奋勇来回接送，有人坐就坐人，没人坐，帮着载些背包行李他也很满足。

　　林新来踩的这部三轮车是好多年前公家配给他买菜的脚踏三轮车，修车店的老板帮他修了又修，不过还是锈迹斑斑、到处破破烂烂，连车头都是歪的。时间一年一年过去，岛上通桥了，出岛不再需要坐渡船，而是要绕远一点的路从大桥那儿过去。这段路，对脚踏三轮车来说有点太远了。村里开始流行买电动车和电动三轮车，便宜的一千多块，贵的三千多块，经常出岛的老人家为了方便出入几乎都给自己买了一部。那些偶尔需要进岛来的大学生志愿者，要不就自己走四五十分钟路进来，不想走路的，就会打电话麻烦钟伯、邝伯开电动三轮车出来接一接。

　　反正，找的不是林新来，大家不忍心麻烦林新来。

　　饭堂的采购员也换了别人，公家给采购员专门配了部电动三轮车，采购这个任务，交给了手脚更健全的钟伯去做。林新来的工作换成了每天三次给老人家送饭。泗安麻风康复村里的老人家，可以选择吃饭堂，也可以选择自己买菜自己做饭，吃饭堂的老人家就只需要在房间等着，林新来会把早餐午餐晚餐和老火汤送来。做这个工作，林新来不用辛苦踩车了，他只要一家一家推三轮车去就行。

　　轻松是轻松了一些，可是总感觉林新来有些失落。

　　幸好，推车送饭的工作跟出去买菜一样有工资，他还可以继续有钱买烟抽。他就是失落，失落自己的车技没了用武之地，失落自己不像别人一样有钱，可以随便想买什么就买什么。可是这能怪谁呢？只能怪自己，是个没有存款的及时行乐的“月光族”而已。

大概在 2015 年，我们帮彭伯、庄伯两个老人家寻回了失联的亲人，林新来知道了，也说他想找回自己的亲人。

林新来是四十多年前离开家乡的。妈妈在世的时候，他还找识字的病友帮忙代笔写信寄回家里，上世纪 90 年代中期妈妈去世以后，他就不跟家里联络了。

我们满怀希望地问他："你记不记得你家在汕头哪个村？"

林新来想了想："不记得了，反正就是 Da Hao 区的。"

林新来不识字嘛，也不确定他的发音对应什么字。打开手机搜来搜去，汕头没有一个区叫 Da Hao 这个名字的。去问汕头人，哦，原来是以前的"达濠区"，现在改名濠江区了。

好的，濠江区。再问："你还记得其他什么线索吗？"

他绞尽脑汁，终于又想起："对对，有一个，我们村口有一个斜坡！"

我们有点无奈。

前面说过了，"林新来"这个名字是入院之后医生给他取的。名字也不知道，村子名字也不知道，我们就这样把林新来的情况写了封信，寄去网上搜回来的濠江区民政局的地址。就死马当活马医吧。

然后，就像阿崧说的"傻人有傻福"，居然奇迹一样，林新来的家人找来了。

侄子打了个电话来。林新来的哥哥还在世，侄子现在深圳做建筑工作，打算赚一笔钱，回家去建自己家的楼房。没过很久，侄子就从深圳开车过来，他邀请林新来天气好一点回家乡去看看哥哥，又留下 2000 块钱，让林新来拿去，给自己买一部好一点的电动三轮车。

这就是林新来现在这部宝贝电动三轮车的由来。

顺便，我们求证了下，林新来的小名是"猴仔"，并不是"狗仔"，意思是他小时候像猴子一样瘦瘦小小。

林新来这部三轮车很特别，跟别人的不同。别人的三轮车就是专门载货用的，车斗里自己备一条木凳子，需要载人的时候，人就坐在木凳子上面；而林新来的呢，他专门选了一辆载人载物两用车，车斗后面有个提手，翻过来，它是一辆平平无奇的三轮车，可是翻过去，一卡稳，瞬间变出来一排两人宽的座位。每次志愿者来，他就赶紧推车出来，抢着机会去接送人；就算没叫他，林新来也会默默开三轮车跟在身边，看大家需不需要把行李放车上。有时候碰上他准备吃饭，刚好有人来请他接送，他会毫不犹豫把热饭热菜盖回锅里，先把人送出去，饭，回来再吃。

不光是大学生志愿者喜欢找他帮忙，村里的老人家也喜欢找林新来帮忙。有老人家要买东西的，就托他买回来；有人想自己出去挑的，林新来就载他出去。有一次，我在菜市场门口看见林新来，他的车斗里还坐着八十多岁的阿芳婆婆和九十多岁的黄少宽婆婆，少宽婆婆指着自己头上紫红色的带花儿的毛呢盆帽问我："好不好看？"嗯，的确挺好看的，是婆婆们必须自己出来帽子店一顶一顶选才选得到的好看。可是，这里三个人的平均年龄都快80岁了，他们三个人里面，一个是两腿截肢，两个是单腿截肢，三个人加起来，只有两条是真腿，让人看了难免有点胆战心惊。

对了，还有另外一件事。村里的麦伯总爱开电动轮椅出去岛外玩，可是外面大马路人多车多，麦伯手也不好腿也不好，要遇到大车，怕是躲都躲不开。为了麦伯的安全，医院工作人员费尽心思，最后怎么劝都没办法，只好强行没收走他的轮椅电池。可是，没收一个又出来一个，没收一个又出来一个，最后一数，统共没收了他六个轮椅电池……为什么呢？因为麦伯锲而不舍托林新来帮他买，而林新来，也锲而不舍一次一次帮他买回来。他对人就是这样有求必应的。

慢慢地，林新来帮的人多了，就连最刻薄的张献伯伯都不得不夸上一句："电视上老是教人学雷锋，林新来就是天天学雷锋。"

其实，林新来也不是多想学雷锋，他就是喜欢别人需要自己而已。

林新来还是像以前一样笨拙，他不太会讲话，可是跟他在一起，就很容易感受到他的真心。

几年过去了，林新来学会做的菜越来越多。他买新鲜的虾用蒜蓉炒，买土豆切成粗粗的条放好多油去煎。他还学着炒花甲，花甲要提前一天买回来，放脸盆里吐沙；有人反映他的菜太辣，他就慢慢尝试不放辣椒。

　　林新来记得我们喜欢喝可乐，所以要请吃饭之前，他就特意去超市买。他在超市货架前面看来看去，他知道要买的是可乐，可是不认识字呀，他不知道哪个才是。选来选去，根据印象，他最后买回来几瓶无糖可乐。我们忍着好笑教他分辨："下次你去买，看到盖子是红的就可以买，盖子是黑的就不要买。"又有一天早上，我坐他的三轮车跟他出去市场买菜。他想付钱请我吃早餐，我跟他一人点一碗烧鸭汤米粉，刚端上来他就把自己的烧鸭全部夹到我碗里，自己碗里一块肉不剩。买完菜，他看口袋还剩下四块钱，又花一块钱给我买了瓶津威乳酸菌。

　　又后来，跟我一起吃饭的张献伯伯去世了。林新来住张献隔壁房间，他开始邀请我每天去他那里吃饭。我拒绝了，可林新来还是没有放弃，他每天不由分说先把一锅饭和儿碟菜煮好，然后打电话来，通知我饭煮好了，任由我去吃还是不去吃。

　　林新来还学会用手机了。有志愿者给买了个老人手机，一按下去，就会大声念出屏幕的字，这样不识字的林新来也可以打电话。林新来努力学会了辨认数字，有时候想谁了，他就打个电话过去。打了电话，也没什么话要说的，他只是想让你知道，他想你了而已。

　　不知什么时候开始，大家喜欢上这个没什么特别的林新来。一进到村子，大家就习惯先把行李放他房间；一群人围在他桌边聊天，用他的电视机看周杰伦的演唱会，他笑眯眯一边抽烟一边听着一边给大家添茶，偶尔发表几句话。知道他喜欢吃辣，大家买辣条给他；或是买上蔬菜、丸子和麻辣锅底，跟他一起打边炉。那些他做的简简单单的辣煎豆腐和辣椒炒鱼，那锅水分极少的硬米饭，慢慢地，变成了会让人想念的特别的美味。

　　林新来就像阳光和空气，因为习惯了他的存在，于是意识不到他的存在。

　　或许，他跟麻风康复村是一样的。只要有人来，它就会展示笑脸、治愈和照顾，不计较回报，不管是谁。

（八）

余宏和手风琴

一辆小汽车开进岛来，停在老人家宿舍楼下。几个老人家路过，有点不屑："看那个余宏，又要出去购物了。"

司机把车停好，下车，走上二楼去接余宏。司机姓陈，是泗安麻风康复村外面洪梅镇的一个包车师傅，自从岛上通了桥，余宏每次想出去买东西就打电话喊陈师傅来接，买完了，也是陈师傅送他回来。不一会儿，只见陈师傅扶着余宏一步一步下楼梯，十分殷勤的样子。余宏一手扶着木拐杖一手扶着师傅，颤颤巍巍慢慢挪着步子，站不太稳，仿佛下一秒钟就要跌倒。不怕，陈师傅在。陈师傅扶他上车，扶他进商场，耐心地在商场外面等，帮他把买的大包小包东西提回来。大家嗤之以鼻，哼，还不是因为他给钱多。

余宏跟岛上其他麻风康复老人不一样，大家拿的生活费是每个月几百块钱的民政补贴，而余宏，因为身份是"转业军人"，拿的是以前单位发的几千块钱的"退休工资"。得麻风病以前，他在韶关文工团工作；得病以后，文工团依然有义务发给他生活费，每个月准时打到存折里，于是他比村里的别人都阔绰。

因为有钱，他比别人都要自由。想出去走走，打个电话司机马上过来；需要人慢慢扶、需要人慢慢等，多给一百块钱司机就没有怨言。他买东西随心所欲，看到贵的巧克力也买，看到不认识的调味品也买，喜欢海鲜味的合味道杯面，一买就是一整箱。一开始，他常去逛的地方是麻风岛外的洪梅镇，后来逛腻了，就付更多钱请陈师傅载他到望牛墩镇的商场去。后来有一次，麻风康复村里的一位主任周末放假在市区的百佳商场买东西，竟然发现，余宏也在这里！主任赶紧上去扶。余宏一个人，推着购物车在人来人往的商场里慢慢、慢慢走，完全不顾忌别人奇怪的眼光，也不管自己有没有挡别人的道。从麻风岛出来市区，最快也要 50 分钟车程，余宏是对附近的几个镇区的超市统统逛腻了，嫌它们种类不够新鲜不够齐全，要出来市里的超市看看有什么好东西买的。

　　再早几年时间，这个麻风岛还没有桥搭进来。汽车开不进来，人想出岛，只能先步行走到东边的码头，再搭两块钱的渡船出去，还要走过一道跨河大桥才能到达镇上的市场。我经常看见余宏推一辆单车出岛买东西，单车不是骑的，他是用来稳住身体，以免摔跤。看他走路，实在太难了——首先，是确保自己站稳了，确定站稳以后，就试探性地颤颤悠悠往前迈出去一小步，定一定，再次站稳。好，第一步没问题，他舒一口气，小小歇几秒钟，歇完，再准备迈下一步。这样子走路的每一步，移动距离是，不到十厘米。有一次我下渡船回来，穿过香蕉林的时候看见他推着单车走在前面，心血来潮打算陪他慢慢走回村里——结果很快放弃了。他太慢太慢了，就像一只淡定的蜗牛，他十分坚定又耐心地，用信念将这段路走到尽头。他慢得实在让人心服口服，我走了一段，耐心就彻底用完了，只好编了个借口，说我还有工作做，道了声歉，就先走了。唉，我不像余宏，他慢慢走，走到日落都没关系，反正老人家时间多得是。

听说有一次余宏走太慢，买完东西回到码头，末班渡船已经没有了。余宏一点不着急，他坐在码头岸边就摸出手机给村主任打电话："喂，阿肥仔啊，我不回了，我今天在外面住宾馆。"然后又颤颤巍巍站起来，推起他的单车掉了个头，再一步一步走回镇上去。

余宏跟村里的其他老人家很不一样。他看起来斯斯文文，说话不多，脸上的表情高傲又矜持。他不合群，总是自己一个人出去逛街，或是自己一个人在房间里，不屑于跟其他老人家聊天，也不屑于合群。

可他又没有刻意跟所有人保持距离。他有时候也是很和善的，我听说有一次余宏到洪梅镇买东西，买太多，一个人提着东西推着单车慢慢、慢慢走。走着走着，旁边一个乞丐看他实在辛苦，走过来说："我帮你吧？"余宏接受了。过一会儿，余宏提出："我请你吃饭好不好？"两个人便一起吃饭去了。

还有一点跟其他老人家不一样，余宏是有自己的精神世界的。村里的麻将房摆了一个木板钉的小书柜，这样麻将房还兼作阅览室。有一次我看见余宏从里面缓慢地走出来，手里提着一个红色塑料袋,袋子里面是一本书,他拿出来给我看,是《莫泊桑短篇小说集》。余宏表扬作者:"嗯,写得不错。"又有一次,我在一本收集麻风康复者书画作品的小书里看到几幅炭画,其中一幅是《闪闪的红星》的潘冬子,画得逼真又可爱。再一看,作者名字叫余宏。这个人名字跟余宏一样哎——我心想。再仔细看作者介绍,真的是他!可是余宏一次都没跟别人提起过自己会画画。画画,只是他众多才华里面不值一提的一个而已。

余宏不仅会画画,他还会跳舞、编曲、唱歌,而最引以为傲的,是会拉手风琴。知道自己得麻风病的时候余宏还在韶关文工团工作,入院时,他还随身带着他的手风琴。只是这么多年,当年带来的那台德国产手风琴早已经年久失修,风箱漏气,就算想修理,也早就买不到更换的零件了。他用报纸把它包了一层又一层,高高放在衣柜顶,在麻风院里,这台手风琴和他都不再有表演的机会。

去他房间找他聊天,要是有人问起那些过去的经历,他也大大方方讲给人听。

"那时候韶关军分区的文工团要招几十个人,单位让我去面试,表演了一两个节目就让我通过了,可能是我形象好。

"在文工团我是舞蹈队队长,而且手风琴拉得好,还表演手风琴独奏的。

"1953年那年国庆节，我被选中代表中南军区到北京参加文艺汇演，那时候还见到了毛主席。"

余宏是17岁的时候被哥哥介绍入伍的，那是1951年的事情。他的家族在广州花都做茶楼生意，因为家里条件好，余宏读过六年书，七个兄弟姐妹里，有三个当了兵，还有的去了香港。日本人占领广州以后，茶楼生意不能做了，余宏的父亲被聘为村里的小学老师，教《三字经》，也教算术。父亲从七个兄弟姐妹里选了余宏这个孩子带在身边，让他给自己每天做两顿饭，去哪儿都要带着他，也亲自教余宏文化知识。后来，在部队里当兵的哥哥托人带信回来鼓励他入伍，体检通过以后，余宏来到部队。

到部队不久，余宏就被选去搞文艺工作，他是这样解释的："可能是因为我的形象好、身材好。"部队里有专门的老师，在那里，余宏学会了唱歌、跳舞和拉手风琴。余宏学什么都非常快，常常受到老师夸奖，他是一个上进的人，又特别刻苦。余宏夸了夸当年的自己："那些舞蹈动作我看两三遍就能学会，不但是男士的动作，女士的动作我也很快记住，学会就去教别人。"

我好奇又八卦，问他年轻时候有没有交女朋友。

他说那时候有个很厉害的女声独唱，声音好听，人长得也很好看，"每次演出都要唱好几曲才能谢幕"。余宏知道这个女孩子喜欢自己，她有时候主动买票让余宏陪她去看电影，余宏只好装出来糊涂的样子。好几次女孩子暗示他，他都不肯主动牵女孩子的手，那时候的他只想专注在事业上，想事业有成以后，再考虑谈恋爱的事情。

可是，他的后半段人生并没有预期那样完满顺利。

"检查出麻风病是1972年，入院的时候，我把手风琴带在身边，想着以后会有用。

"我原本名字是庚宏，后来把庚改成余了，麻风村里的人不认识这么难的字。"

余宏先是被送到韶关的枫湾麻风院，然后又到坪洲医院。几年后坪洲医院解散，余宏被送到泗安医院，之后就再也没有离开过麻风院了。

知道我经常去韶关，余宏提议我："你去韶关的时候，可以到采茶剧团看看，在浈江区的，我以前就在那里。要是不让进，你就说你认识我，说我的名字就让你进去了。"

采茶剧团也就是以前的韶关文工团，现在改名叫采茶剧团了。好几次路过韶关的浈江区，我都想起余宏说的话，却很犹豫，不知道该不该帮他去看看。我不知道采茶剧团现在还在不在，即使还在，现在大概也不会有人记得余宏这个人了吧。

余宏是高傲的，他不愿意接受自己已经不像当年一样风光了。

他的年纪越来越大，身体越来越差。房间里堆满东西，邋里邋遢，厨房里有好多个砂煲，灶台上一个，地上堆着好几个——揭开一看，里面是腐坏了正发臭的剩菜。他满不在乎，不想洗就不洗，反正花钱买个新的就行。客厅更糟糕。一堆红薯正在墙角浑身发着芽，什么蔬菜的叶子瘫在地砖上化成一摊黏糊糊的脏水，垃圾桶更不用说了，真是惨不忍睹。

以前余宏矜持的傲气，现在全变成趾高气扬。他对谁都不信任，谁跟他待在一起都不得愉快。他老了，不能继续住在二楼，麻风院的工作人员安排他搬下来一楼，那时候张献伯伯过世了一段时间，就让余宏住进张献伯伯空出来的房间里。他力气越来越弱，站都站不起来，只能坐在轮椅上等人来推。张献曾经擦得发光的地板，现在脏纸巾扔得满地都是，教会姑娘好心帮他收拾房间，余宏一口咬定人家偷他五块钱。隔壁的黄伯伯随手帮他捡起地上一条裤子，他怒气冲冲："我裤袋里面有东西！你是不是要偷我东西？"

每个好心想帮他的人最后都被他气跑，个个都发誓再也不理他了。

没有朋友没有关系，余宏坚信所有事情给钱都可以办到。想去散步，没人愿意帮他推轮椅，没关系，五块钱就可以使唤精神有点问题的"傻仔"李伯出力。想到岛外买东西，依旧给包车司机陈师傅打个电话去，陈师傅可以把他的轮椅推进商场，慢慢推他，慢慢陪他挑东西。只是，师傅越来越不愿意过来了。

后来，他手上没有钱了。

银行账上是有的。彭伯建议余宏信任我，让他把银行卡和密码交给我，我到镇上办事可以顺便帮他取钱回来。他不肯，疑心我要把他的积蓄卷走跑路。看准彭伯善良，余宏问彭伯借1000块钱，彭伯不是很愿意，想了想还是打开钱包给他看："我没有1000这么多，只有800。这样吧，我400你也400，一人一半。"

余宏也讲诚信，他给彭伯写了个借条，说："以后我死了，你凭这个借条叫他们还钱给你。"

没有钱了，余宏的生活质量一落千丈。他开始动脑筋。那时候华仔刚去世没多久，阿崧与华仔这对夫妇就只剩下阿崧一个人了。余宏先是花五块钱，请人把他的轮椅推到阿崧房间，然后对阿崧表明来意："华婶，你过来给我煮饭吃，我们两个人以后一起吃饭，两个人可以说说话，互相帮助。"阿崧气得把他赶出去："帮你什么！我跟你有什么说的！"

某一天他心肌梗塞，送到镇上的医院抢救去了。

"那天，我买回来一条鲤鱼。"这句是开场白，余宏在湘菜馆给大家分享他被抢救的经历。他说自己那天差点死了，又说："不过死而无悔，我都80岁了。"

然后，这次住院还给了他一个启发——住医院里挺舒服的。

镇医院离镇中心很近，早晨他就打一个电话，叫陈师傅开车过来，载他到镇里，喝完早茶再慢悠悠回去住院。医院有护工，一天付200块钱就能被照顾得妥帖。麻风村他也不回去了，房间的门紧锁，里面有垃圾和脏纸巾在发酵。在医院这里，有护工可以任他差遣，可以看电视，有人陪聊天，不像在麻风村里大家都不愿意搭理他。在这里，他感觉很体面。

怕住院无聊，他把一本《学日语》小册子也带上，有时间就拿出来学一学。第一次看他学讲日语是在 2012 年，他在望牛墩镇的地摊上买回来这本小书，花了五块钱。书的封面写着"实用！应急！速成！"，里面教的日语发音，全都是用中文谐音字来标注的。余宏住着院，捧着书，他跟着一句一句念，说以后等日本志愿者来的时候可以跟他们打招呼。三年过去了，日语书换了一本新的，他的学习还在继续。

心情好，也就不那么执拗了。麻风院里还有一位同样会拉手风琴的黄记者，黄记者有时候把自己的手风琴背去医院，陪着余宏唱歌拉琴。听见音乐声，路过的家属病人都要往病房里望一眼，看看这里面住的是什么大人物。余宏矜持地微笑着，好像找回了自己的骄傲。

之后有一天，我回村子里，听见余宏在医院过世的消息。

九

泗安有个『野生』的小孩

有一年冬天，麻风村里来了个活蹦乱跳的三岁小男孩，一来就在岛上跑来跑去。大冷天的，他赤脚穿一双塑料拖鞋，冻得像一只停不住脚的黄毛小鸡。

一到吃饭时间，党婶就满村子喊他回家："何新友！何新友！回来吃饭了！"然后不知道在哪个角落，把这个脏兮兮的小孩子拎出来。

何新友是党婶从家乡带来的小孙子，他的家乡在广西防城港跟越南交界的一个小山村。2012 年，党婶跟泗安麻风康复村的党伯领了结婚证，党婶原先家庭的小孙子何新友也就成了党伯的小孙子。这个三岁的小孩子来到这里找不到新朋友，泗安岛上住的都是些麻风康复老人家，他们上了年纪又慢吞吞，每天的乐趣就是发呆、下棋、画画或者打麻将，谁都没有兴趣陪一个小孩玩。没有玩伴，何新友就自己陪自己玩——他爬到大榕树底下，捡一根枯树枝，或是摘草叶子下面的蝉蜕；有时爬到广场一摞塑料凳子上，爬上去，又跳下来，偶尔不小心摔痛了，就假装哇哇哭一哭，见没人理会就收起哭声接着玩。在这里他唯一的玩具，是一个仿佛下一秒就要散架的黄色脚踏车——何新友踩着它嘎吱嘎吱到处去，偶尔捡到纸皮箱，就载回家留给党婶去卖钱。

自由自在地，也没大人管着他。要是什么事情惹他不高兴，他就马上滚到地上去，随时随地打滚撒泼——不对，也不是随时随地。有一次我明明看他已经要滚到地上去了，结果他先瞄了眼地面，是湿的，便悄悄往前跑几步，跑到干燥的水泥地上才一屁股倒下去哇哇哭。

党婶在这里忙得很，她十分辛劳，天没亮就开始种地、捕鱼、去卖菜，没空整天守着何新友。怕何新友跑太远，党婶从来不敢带他出岛去镇上，怕他认得出岛的路后会自己跑出去；又怕他跑到码头那边有危险，党婶指着码头的路绘声绘色跟何新友讲："那里有大老虎哦，前几天就把一个人吃掉了。"

当然啦，我们只是东江支流上面一个小小岛，怎么可能有什么大老虎。大鸟倒是多得很，有时经过野芋地会吓出来正在觅食的几只，它们拖着黑黑的长尾巴呼哇一声飞回天上去。更壮观的是在傍晚，大概是老人家吃过晚饭出来乘凉的时候，白鹭就回来了。它们就住在岛上某一片树林里，那里有安全的栖息地方，也有足够的食物。

有时候看见的是白鹭，有时候是禾花雀，夏日的傍晚，还有青蛙、蛇和萤火虫。原本因为隔离病人而挑选偏僻地方修建的麻风岛，现在它的隐秘为小动物们提供了庇护。

何新友就像那些小动物一样，"野生"的，没人管。听说妈妈在他一岁以前离家而去，爸爸每天中午要喝一瓶啤酒，一边喝一边埋怨工厂两千块钱的工作"好麻烦""没有用"。他的奶奶——党婶，就一边诉苦，一边做好几份小工养整个家，满肚子的抱怨一逮着人就说不停。

党婶把三岁的何新友带出来，七岁的哥哥就自己留在家里面。一个七岁的小孩子，他知道照顾自己吗？何新友告诉我，冰箱里有鱼也有肉，哥哥知道怎么自己烧火煮饭吃。何新友又说哥哥老打他："他把我手都打断了！"党婶也说哥哥脾气大、不听话、性格坏、教都教不好……

可是哥哥习惯打人，是因为大人习惯打他。大人为了生活奔波，没有人教过他们怎么教育孩子、怎么听孩子说话。有一次何新友让我给他买蛋糕，说要"买个大的"。为什么呢？他说："大的分给奶奶吃，奶奶高兴就不打我了。"

"爸爸总是打我，奶奶总是打我。不过我也把饭糊在他们脸上了！哈哈哈！敷面膜！"

一不高兴了就打过去——何新友这么学会了，因为大人就是这么教他的。

没人惹他的时候，何新友就是小泥鳅一样快活的男孩子。整个岛是他的游乐园，老人家坐的轮椅也变成玩具——他把坐着轮椅的老人家推到广场、推到饭堂、推到乘凉的大树底下去，老人家自然很乐意。老人家开心了，有时候分了饼干饮料什么的，也随手请何新友吃一吃——于是，他们就成为朋友了。

可是有和善的人，就有喜欢恶作剧的人。开小卖部的嫦姨最喜欢招惹何新友："你没有妈妈的，你妈不要你了。"嫦姨声音洪亮，性格粗犷，看到别人恼羞成怒，她就扬扬得意。何新友果然气得冲上去打她，又被一把捏住耳朵提起来，痛得哇哇大叫。好不容易挣脱了，刚好我路过，嫦姨抓住我的肩膀威胁他："我把你翠屏姐姐抓去卖了。"还没等我反应过来，何新友已经猛冲回来救我了——果然又被捏住脸，痛得放声大哭。他一边哭，一边抱我的大腿要把我抢过去，抢不动就放下狠话："等我拿支棍来打死你！"

现场乱糟糟的，大中午的天气又热，我其实记不大清楚了。只记得这个小孩子后来跑进龙眼树下找棍子，他又挫败又愤怒，泪水汗水混杂着灰尘。我赶紧把他带离，不知道怎么安慰他，不知道怎么告诉他世界上就是有好多不及格的大人。

不过还是好高兴，这个小英雄奋不顾身来救我。作为村里最美丽的姐姐（何新友对美丽的标准是：长头发、花裙子），何新友毫无悬念成了我的跟班小狗。

我在办公室里上班，他就拿着相片到处问："这个人在哪里？"我在美齐婆婆房间聊天，他也端个凳子坐旁边，不吵也不闹，只是满脸写着不高兴。委婉地告诉他我该去上班了，他高高兴兴牵起我的手就走起来："走吧我们去上班吧！"我走到哪里，他跟到哪里，离开一栋楼去下一栋楼的路上他一个劲问我："我们现在去找谁呀？"反正说了名字他也不认识，我随口反问他："你找谁？"他乖乖回答："我想找你呀！"

实在甩不掉，有时候我就让他躲在我办公桌底下，他知道乖乖地静静地待着等等。见他无聊得很，我只好找些事情请他帮忙——比如把七本书送到黄少宽婆婆房间去，一次只能搬动两本的他，来来回回跑了四趟才搬完。

其实我也很喜欢他。麻风康复村里都是老人家，好久没有见过这么活泼的小孩子了，光是听他说话就很好玩。来到这儿不久，他迅速跟村里的老人家学会讲白话，又跟电视机里的熊大熊二学会讲普通话，加上原本的广西方言，他经常各种口音混杂着说些奇奇怪怪又有趣的句子——

比如他说：我等你太久了，你都变成老婆了。

又说：我好快上一年级了，是老头了。

又说：我才不会一天吃一个大苹果呢，不吃饭，别人说我是农村人的。

还有一次说：我要给你一座城堡！我要保护你。

还挺浪漫的，不知道他从哪个动画片里学来的话，他说他要保护我。

我相信这个三岁的小孩子真是个小英雄。有一次他踩脚踏车跟在我身后，一边踩一边自言自语："哇呀哇呀，那里有蛇的呀。"

我问他："你怕不怕？"

"我怕呀好害怕呀。你怕不怕？"

"我也怕啊。"

"不要怕！我一脚踩死它！"

"你不是怕吗？"

"我不怕！一点都不怕，我赶走它，我拗一条棍来打死它！"

每天傍晚下班后，我要从老人家的居住区走回码头那边的职工宿舍去。何新友陪我走，走到村口就犹犹豫豫，他迟疑地停下脚步说再见："你快点走啦，晚上不要出来，晚上那里有老虎的。我回去啦。"然后羞愧地掉头跑走。哎呀，何新友真的相信那边有老虎出没呢，奶奶的吓唬起了作用。

可是后来呢，有一次我放长假，何新友坐立不安好几天，终于忍不住了。他眉头紧皱，冲进医生的办公室要找帮手："翠屏姐姐被老虎吃掉了！我们要救她！"他手里拿着一根刚捡回来的粗树枝，眼睛里是激动的泪水，下决心要去找老虎搏斗。

真是天真的小孩子啊，我觉得好好笑。同时又好感动，这个小孩子，他用勇气克服了恐惧。

何新友整天踩的那个脚踏车，实在破得不行了。一侧的后轮，往前踩一段路，它就嘎吱一下飞出来，何新友只好下车，把它捡回来，装上去，才能继续往前踩。过一会儿，又飞出来，他又去捡，再往前踩一小段路……我找好朋友们每人凑了十块钱，给他从网上买了部新的蓝色小车。

小孩子晚饭也不吃了，过来一起等快递。他还是不大相信，时不时确认一句："你是不是耍我啊？"

等大箱子送到，他又故作冷静明知故问："这是什么呀？这是谁的东西？"

大家帮他组装好，剩下多余的零件他还小心收集起来带回家："坏了拿来修。"

有了新小车，他迫不及待满村子骑来骑去、骑来骑去。有时有老人家运东西，他就自告奋勇去帮忙；水泥地上遇到掉落的小树枝，他仔仔细细捡起来，折成小段小段，用小车车载着扔到垃圾桶里去。老人家越来越喜欢这个小孩子，他的鲁莽和天真没有变，可是更加勇敢、耐心和懂得对别人好了。他们看着他从调皮捣蛋长起来，教会他垃圾要放垃圾桶，他学会说谢谢，学会帮助别人，学会要忍耐，知道让别人高兴，自己就高兴。我有时走进杨四妹婆婆房间，哟，他们一人一个小凳子坐着看动画片呢。

然后，何新友要回家了。他四岁了，要离开麻风村回老家的山上上幼儿园了。麻风村外面也有一个幼儿园，可是党伯党婶他们负担不起这里的学费，而且每天要一个大人专门出岛进岛接送也是难题。还有，要是同学们知道何新友是住在麻风村的孩子，怎么办呢，他们会介意吗？

党婶把何新友带回那个广西跟越南交界的小山村，自己也暂时离开党伯，在家专门照顾孩子。离开之前，何新友来找我："你跟我去广西吧？"

小孩，你还不知道什么是离别呢。

🪐

何新友上幼儿园了，何新友上一年级了。后来，我们偶尔会打视频电话。一般是何新友的爸爸从工厂放假回家的晚上，何新友拿起爸爸的手机，要求给我打电话。他给我展示衣柜里的衣服、涂在墙上的画，告诉我他们山上晚上会有老虎出没，又说他好羡慕哥哥可以帮爸爸到山上砍柴还有割桂皮。电话迟迟不肯挂掉，我一次一次说再见，他都假装听不见。最后一次，他一声不吭，把手机塞回爸爸手里，就一个人躲进黑暗里了。

再后来我给党婶打电话，何新友就不肯接电话了。党婶解释说，小孩长大了，变得敏感又别扭，待在家里太久，普通话都忘记了怎么讲。不肯过来接电话，可其实他正躲在门后面，偷偷听我和党婶说话呢。

也对，何新友长大了，是个大小孩了。他不再是那时那个整天横冲直撞的三岁小孩子了。

这个总跟在我尾巴后面的小飞虫，离我越来越远啦。不知道长大以后的他还记不记得我们，不知道麻风岛上的老人教他的道理将来有用没有用。他始终要回到家乡，跟奶奶一起，跟哥哥一起，我们能做的只是陪他走过一小段路而已。可是希望这一小段路的陪伴，会有用。

（十）

党伯什么都知道

写麻风康复老人故事的时候，有什么事情我记不清楚了，就去问党伯。

党伯什么都知道。包括村口这棵大樟树是谁谁种下的，三区那栋宿舍楼是哪年哪月建好的，刘大见的儿子最后一次来给了刘大见一张绿底的港币……好多事情一问他，他就能马上说出来。每天没事情做的时候，他就坐在村口那棵大樟树底下，吹着风，聊着天，看人下棋，或是无所事事。

张献伯伯说，阿桃就是村里的"路透社"，——老人家习惯叫党伯作"阿桃"。党伯真的什么都知道，比如明天哪里的爱心人士过来慰问啦，哪个老人家昨晚因什么事情进医院啦，哪个学生志愿者换女朋友啦……只要坐他旁边，就能知道村里正在发生的好多事情。

第一次见他，就是在村口的大樟树下。党伯长得文雅，头发浅灰浅灰的，瞳孔也是好看的灰白色，我忍不住夸了夸他的眼睛。党伯笑："这个眼睛白内障嘛，几十年了！很严重的，治不好了。十几年前有残联的人来评残疾等级，我就是靠这个眼睛评上二级的！"

残疾等级最高的是一级，二级算比较高的了。党伯说，当时好多手残脚残的老人都没有评上二级。因为这个，党伯的残疾补贴也比别人高，其他老人家都好羡慕他，他也因此蛮骄傲的，好像占了什么便宜似的。

确实，除了有时看人看不太清楚，党伯的生活是没受到什么影响的。他还有一份工作——负责泗安麻风康复村里花草修剪。这份工作又简单又轻松，只要在绿化带草枝长太高的时候拿剪子剪一剪就行。有段时间，他还帮忙做村里扫地的工作，其实就是把落在水泥路上的灰土和落叶扫一扫，倒进垃圾桶或是索性扫回大树底下去。

有时候党伯身边还跟着一个小男孩。小孩子调皮，党伯干脆也给他一把竹扫把让他帮着扫地，给他找点事情做就不乱捣蛋了。小男孩就是前面讲过的何新友，那时候才三岁大。

党婶平时住在广西的老家里照顾小孩子，这次要来，就把小孙子一起带来了。党婶没空的时候，何新友就交给党伯照顾——说是照顾，其实只是做两顿饭、喊他回去喝两口水，还有在小孩欺负人或者被欺负的时候，把他拎回来而已。

党婶是"健康人"，就是没有得过麻风病的人。党伯这个麻风村里的麻风康复者，是怎么找到党婶做老婆的呢？

我跑去问党伯。

虽然党伯平时爱说话，可他其实很少说到自己的事情。我锲而不舍，追问来追问去，好不容易才知道这段故事的一部分样貌。

那时候党婶还不是党婶，她叫阿秀。党伯那时还年轻，那我们也叫他阿桃吧。阿秀原本是广西防城港人，丈夫去世后，她离开家乡，跟许多同乡一起来到东莞的工厂打工。她先是在服装厂车衣服，后来又到厚街的一家鞋厂搞卫生，工作太劳累了，阿秀日做夜做，一不小心拉伤了手。离开工厂歇息了一段时间，可是迫于生计，没办法，她还是要找个工厂再寻一份工作。阿桃心疼她，找她说："你不要去了，好辛苦的，你不要那么辛苦。我钱不多，可是至少可以一年给你几千蚊。"

他们原本关系并不是很熟，只是认识、见过面，打过几次招呼而已。其实那时候阿秀跟麻风院里另一个男子是"朋友"，那人姓刘，也是麻风病人。她有时候过来探望他，两个人关系相处得不错。后来这位男子病好出院回家，不知道为什么，他们没有走到最后。那时候阿桃承包了四亩香蕉田，每个月有不少收入，这让他心里有了底气。他鼓起勇气接着问："你肯不肯跟我一起过日子？"

1999年，他们住到一起。麻风院领导给他们安排了五区那边的房子，党伯不再吃饭堂了，夫妻两个人自己开炉自己做饭吃。阿秀是个不怕吃苦的女人，他们一起种香蕉、一起承包鱼塘，赚到的收入都是属于自己的。2001年，俩人到麻涌民政局登记结婚，去到才知道，原来登记结婚是要户口本的。这一次结婚没结成功。时间来到2012年，阿秀从广西家里拿来户口本，他们打算再去一次民政局。

刚好那时我在泗安村里工作，他们就来找我陪着一起去麻涌民政局。陪着这对"老夫妻"，我们步行穿过香蕉林、搭两块钱渡船出岛、再转两趟公交车……一不小心坐过了站，我们只好步行好远的路返回来。那天天气热死了，他们还是高高兴兴，民政局的门卫大哥看了也忍不住说："是喜事也不用笑那么开心吧？"

幸好这次一切顺利。

每年的腊月二十八，党伯家七个兄弟姐妹都会在广州的家里举行家庭聚会。结了婚，党伯也把党婶带着一起去，他介绍给弟弟妹妹看，这个就是他找的老婆。

党伯是广州黄埔区人。当年他的爷爷带一房人从北方漂泊来到广州，定居在一个秦姓村庄。党家人少，常常受村里人欺负，爷爷只好忍辱将全家族人改姓秦。解放后，党伯的爸爸归宗认祖，恢复原姓，党伯的身份证上的名字才从"秦某某"改成"党某某"。不过平时去打零工、姑妈从香港寄来钱，都要用原来那个秦姓的私章别人才承认。

读了七年书，党伯终于升到四年级，可是不幸就在这一年，他身上出现了麻风病症状。那时候是 1960 年，他 14 岁。他停了学，留在家里休养。党伯的姑妈在香港生活，她每个月从香港寄回来麻风药，那是中西结合的泥丸，"朝三钱晚三钱"，让党伯用酒服下，绿豆大小的药差不多每次要吃一手掌那么多。病一直没有好转，有一年住在党家的大表姐要回香港，她提议党伯跟着她一起去香港治病，手续都办好了，就只差爸爸一个签名。爸爸说什么都不肯，他说党伯是家里的长子，怕去到香港那边，医生一针把他打死。因为这件事情，党伯怨了爸爸几十年，他想如果当时爸爸肯放他走，他的人生肯定是另外一番样子的。

吃了两年药，花了姑妈几万块钱，党伯的病这才治好了。

他开始外出打工。最开始是在家里的生产队帮忙，后来转到大队的砖厂干活。大队就相当于现在的乡政府，他们的大队自有两个大砖厂。后来，砖价下跌，党伯就去船厂、糖厂做临时工，这里做两个月，那里做一个月，反正家里不用靠他这份工资养家，他想做什么就做什么。1965 年，在一家位于广州文冲的船厂做了不到半年，党伯的麻风病复发了。

他脸上长出来一滩一滩红斑，没办法继续工作了，只能回家去。第二年，"文革"开始，也没有闲心余力管它麻风不麻风，病就放在那里不管了。直到 1970 年全省麻风大普查，党伯才被安排到省泗安医院治疗。

党伯还记得，那时候他们在水边找了一条疍家船，是一个疍家婆摇船把他们送到泗安医院的。爸爸妈妈也跟着上了船，他们不放心让他一个人。党伯总是把时间记得清清楚楚，他记得入院那天，日期是 1970 年 5 月 30 日，那一年他24 岁。

入院不到一个月，爸爸又带弟弟坐船过来看望他。6 月、7 月正好是岭南荔枝成熟的季节，他们给他带来一些生活用品和一袋子荔枝，这袋荔枝，党伯没有分给别人，自己一个人吃了好多天。

因为是广州户口，党伯不用交入院费。据说那时候东莞人入院来治麻风病，需要一次性交五十元作为入院费。在麻风院里，每个病人的补贴由各自所属的市政府负责，广州的病人每个月能领到十元五毛钱的生活补贴，而东莞、潮州、湛江这些地方就只有九元。

党伯的家人还担心他生活费不够用，时不时给他寄过来一些钱。每隔两个月，党伯会到职工那儿，领家人从广州农村信用社寄来的几十块钱。那时候泗安有七百多人，有经济困难的，可以参加农业队，像党伯这样的"广州仔"，没有拿惯锄头，家里还有点钱，就可以只拿政府补贴和家人接济专心养病。

可是闲闲地过了几个月，每天在岛上游荡来游荡去，这里走走那里看看，什么事情都不用做，党伯觉得无聊了。他打算加入农业队。下好决心，他给家里人写了一封信，让他们从1971年元旦开始，就不要寄钱来了。

农业队一共分成五个分队，第一、第二分队负责种水稻；第三分队负责旱地，主要是种香蕉甘蔗，农忙时候也帮助收割水稻；第四分队是副业线，负责养鸡鸭鹅等家禽；第五分队则负责伙房工作。党伯先是加入第二分队。后来，他陆陆续续转去做其他工作，养牛、耕地、种香蕉、放鸭子、看水闸，除了没有试过拉牛耕田，其他工种差不多都做过。其中做得最好、时间最长的，是在第四分队副业线放鸭子。养鸭子的工作很辛苦，一天都不能停，就连大年初一也不能偷懒。他那时候每天早晨五点起床，吃好早餐、准备好中午在船上做饭用的米和菜，差不多在早上六点钟出发。他先打开鸭棚，把鸭子赶到靠近麻涌漳澎村的江面上，人划一条艇慢慢赶，鸭子在前面慢慢游，直到下午四点钟才可以回来。最多的时候，光是他一个人就要管 700 只鸭毑（鸭子）。鸭子生了鸭蛋，会先拿去分配给病人和医院职工，象征性收三毛钱一斤，还规定每人每个月最多买 15 只。鸭蛋有多出来的，会卖给麻涌收购站，那时候收购站跟麻风院有合作，只要麻风病人手脚没有严重的残疾，出去就不会被歧视。党伯也每个月从农业队买来十五只鸭蛋，吃剩了，就学人腌咸鸭蛋。

农业队里有这么一个规定，每月拿到超过 200 个工分的人，要停发民政补贴，"自己吃自己"。原本党伯可以领的广州市政府发来的十元五毛补贴，这时候也停发了。劳力分为一级到七级，学会养鸭子之前，党伯是四级劳动力，每天算 10.4 个工分；学会养鸭子之后，就算一级劳动力了，每天 13 个工分。工分每个月算一次，根据当时效益来算，最多的时候 10 分等于一块七毛钱。这些收益，生产队会在每个月的月底发放六成，剩下的四成就当作年底分红。饭堂吃饭的话，一个月的饭卡只要四块八毛钱，什么都能吃上，在麻风岛生活也没什么别的开销了。这样一来，党伯一边治病，一边还赚了不少钱。

泗安麻风院之所以建在江面的岛上，是因为需要把麻风病人隔离起来治疗，也因为外面的人害怕麻风病的传染，所以选址要远离健康人社会。但正因为外面的农民不敢进来，麻风病人们可以劳作的土地足够宽阔，岛上有吃不完的猪肉、白糖，病人的生活过得比外面的农村好多了。党伯告诉我，甚至有一段时间，岛外的农民没有东西吃了，他们还开船进来麻风岛买吃的——饿都要饿死了，还怕什么麻风不麻风？

其实问党伯这些过往的事情，他讲给我听的，好多都是那些他曾经的朋友的故事。

党伯是个随和的人，身边那么多人，没几个跟他关系不好的，可他又好像跟别人保持着疏离。就像一双冷静的眼睛，他看着新朋友旧朋友来来去去，有人入院，有人回家，有人病了，有人去世，他把他们一个一个看进眼里，记在心里。在这个地方，生死离别是多么平常的事情。好多好多年过去，有人来问他了，他就讲给人听。

比如麻风病人不准结婚生子的时代，有病人突破禁忌，不小心搞大肚子。他们被赶出病区，就在麻风岛附近的空地，用十支茅竹和榨完糖的甘蔗壳搭一间茅寮。他们"夫妻"两人买一条船，白天到河上打鱼，晚上回到岛附近住。住的地方其实离病区只有走路五分钟的路程，这里一共有十几户"人家"，都是怀了孕从病区搬出来的，大家戏称这里是"渔民村"。有一对党伯认识的夫妇也在这里，他们后来生了一对儿女，没有户口没法上学，只好请求病区的潘老师来给两个小孩做老师。潘老师是以前红卫麻风院的病人，很有文化，也愿意帮人，他让他们把课本买回来，兄妹俩开始每天到老师宿舍上课。后来，哥哥长大成为一个有出息的人，他承包鱼塘、开店铺赚到钱，就开自己的船带潘老师各处旅游，看了许多地方。

再比如，以前农业队的队长何友功很受大家尊敬。他是东莞中堂人，思想先进，时时为集体为群众考虑，就连家人给他送来好烟，他都会首先分给大家抽，分完了就自己抽便宜的烟。1997 年，何友功还没见到香港回归就去世了。党伯说，去世的时候，他手脚全部是烂的。何友功原本的手脚很好，他很能干，做队长的时候负责管船、管水泵和修理机器，做什么事都很负责任。那时候种香蕉需要石灰做肥料，有一回队里派人到广州新塘装了一车的生石灰回来，就是这一回，出了事。那时还没有电船，都是用手摇船摇回来的，知道摇船的人辛苦了一天，何友功带了几个人到码头去接，让船上的人先上岸休息，自己带头下船卸石灰。想不到，一不留心，光着脚的他一脚踩进生石灰里，船摇晃几下，进了水。船上一下子冒起了烟，岸上的人慌慌忙忙把何友功抬回来，好好的一个人，一下子两条腿烧坏了，十只手指神经受损，严重蜷缩在一起。失去劳动能力的何友功还在麻风院生活了好多年，好多人都愿意帮助他。何友功去世后，好多年过去，他的弟弟办工厂发了财，每一年中秋节都要过来麻风村这里给老人家每人发 200 块钱红包，感谢这里的人以前对何友功的照顾。

一年一年地，麻风康复村的老人数量越来越少了。当年，病治好后，他们因为各种各样的理由选择不出院，有的人是家人不愿意接受，有的人是自己不想回家。1978年的一次季度检查中，党伯查出来不带菌了。医院发给他出院证和坐船证明，但朋友秦伯和吴伯极力劝他留下来，农业队需要人才，况且在这里生活并不比外面差。

可是另一边，广州的亲人们收到他的出院消息，非常高兴。他们一直等党伯回家。妈妈早就为他做好打算了，党伯的表弟原本开着一间发廊，正好这时候有人从香港给表弟搞回来一部汽车做运输，发廊没人管了，妈妈打算顶下来，交给党伯管理，这样他一出院就能有稳定的收入。可党伯迟迟不肯收拾行李。他犹豫了。入院的时候，他是满心希望早点治好早点回家的，党伯的爸爸是个老党员，很有能力，大队给了一个名额让他到深圳做"老农"，就是去那里带领当地人开发养殖业。党伯早就想好了，他想出院以后，跟爸爸一起到深圳闯荡，可是还没等到出发，爸爸就得急病去世了。那是1973年，党伯的爸爸还不到50岁。党伯的期望破碎了。

又有一个说法是，那时候党伯的白内障已经很严重了。虽然手脚都没有落下残疾，可是眼睛看东西模模糊糊，他怕出院以后拖累家人。他把出院证和坐船证明藏进抽屉，决定继续留在麻风院；可是还舍不得扔，他想："如果以后几时要走，还可以拿出来用。"

可能是对泗安麻风院的生活还算满意吧，党伯至今还没想走。就这样，他一直留在麻风院里过生活。弟弟们依然随时欢迎他回家，每年腊月二十八的家族聚会，侄女担心他搭车不方便，还会专门开车过来接他过去。平日里那些漫长的日子，他依然坐在大樟树下面慢慢打发时间，听着别人讲事情，等着自己慢慢变老。

十一

马伯是个怪老头

马伯是个怪老头，一个非常执着的怪老头。

　　认识他的时候他住在一栋老房子的二楼，没有水又没有电，他就一个人住在那里。他有青光眼、白内障、糖尿病，手还因为麻风病后遗症变得弯弯曲曲，可他就是固执地、谁说都不听地，无论如何不肯搬到新房子去。

　　可是问他为什么，他又说不出来。听说他是不喜欢人多热闹，后来又听说他在这里养着几只小猫仔。

　　我问他为什么养猫，他就说："哎，猫肉很好吃的，你吃过没有？"

　　我心里怕怕的，感觉他开玩笑，又好像不是。再追问："那你现在吃吗？"

　　"现在不吃。"

　　"那怎么还养？"

　　"不养怎么办？难道看它们饿死？"

　　小猫怕人，一见人来就跑，唯独亲近马伯。每隔几天，马伯就请人到市场买几条小鱼回来，炒碎了，拌饭喂给小猫们吃。有时他被送出去外面住院，心里还牵挂着小猫们，借别人的手机打电话回来："你帮我从我房间拿15斤米煮给猫吃！

不要饿到小猫了！"

马伯住的这栋楼以前是病人宿舍，两层高，一共四十多个空房间。泗安麻风院最多的时候住了一千多个麻风病人，20世纪七八十年代，这样的宿舍一间要住进去六个人。后来，很多人治好出院了，很多人老了，楼房就一间一间空了出来。现在这些房间有的堆着旧木板，有的被人拿来养鸡。马伯不住房间，他把木板床铺在二楼大堂的中间，因为这里最通风；楼梯口用两块板子拦着，不让狗跑上来。床铺旁边就是阳台，他在阳台放一条木凳子和一张矮茶几，平时就在这里吹着风发着呆，摇着蒲扇冲茶喝。

马伯是潮汕人，身上保留着好多潮汕老人旧时的生活习惯。他夏天总是裸着上身，拿一条擦汗巾搭在脖子上，或是绑在腰间，充当裤腰带。他矮矮小小的，驼着背，一有人来他就抬起眼睛打招呼："冲茶给你喝？"

不得不说，在马伯这边喝工夫茶，是件很惬意的事情。冲茶的水是每天早上用柴火烧滚的，冲在热水壶里，想什么时候喝茶就什么时候有茶喝。木凳子和木茶几被年月磨得发光，马伯就坐在这里唠唠叨叨自言自语抱怨每件事情。来到这里，坐着坐着，听着听着，轻风吹来，不知不觉就忘了时间。

要是跟马伯关系好，招待你的就不只是工夫茶了。他有一个小小的煤油炉子，在上面架一个铝杯子，可以煮鸡蛋。或者有时候煮玉米，再再隆重一点呢，他就要请吃他最爱的鸡蛋炒面了。

我吃过马伯的鸡蛋炒面好几次。炒面用的柴火灶台在阳台隔壁的房间里面，反正一栋楼也没其他人住，他想用哪里做厨房就用哪里做厨房。第一个步骤是生火烧柴，这一步必须由马伯来，他总嫌我们生不好慢吞吞没经验。下油下鸡蛋下面就要靠年轻人了——马伯白内障嘛，看不见。可是，马伯也不肯放弃指挥权，他站在旁边："油要下很多，下下下，不够不够，这样不好吃的！炒面一定要放很多油的！唉，你都不会！"他一把抢过油瓶，咕咚咕咚再往里面倒进去好多花生油。盐也是，鸡蛋也是，肉也是，菜也是，葱也是，什么都放好多进去，明明说的是要做炒面，面，反而几乎看不见了。

而炒出来的面，马伯是不吃的。马伯吃不了。他的胃有问题，只能用他的不锈钢碗从食堂打回来一碗白粥，陪我们吃。他强迫我们把炒面统统吃完："你不吃完它，留着做什么？留来喂猫啊？"

马伯全名叫马鹄头，"鹄"是"鸿鹄之志"里面的"鹄"，可是麻风院里没几个人认识这么难的字，大家索性去掉偏旁，直接叫他"马告头"。

马伯这个潮汕人，虽然在东莞的麻风院生活了大半辈子，可他还是没习惯听广东话。他总是一个人自言自语，有时候说广东话，说着说着，又混进去一堆潮汕话。

他离开汕头家乡，已经差不多70年了。从十几岁到八十几岁，马伯的大部分人生，都是在遥远的麻风院里度过的。

不知道是幸运还是不幸，当年跟马伯一起入院的，还有他的亲妹妹。

检查出来麻风病的时候，他们的爸爸妈妈已经不在人世了。家里只有兄弟姐妹四个人相依为命，有马伯、一个哥哥、一个弟弟，还有最小的这个妹妹。好不容易熬到日子好了一点了，疾病却突然来临，四兄弟里面两个被带走，带到陌生的麻风院里去。20世纪60年代，麻风病还没有有效的治疗药物，要是发现有人得病了，病人必须听政府的安排到麻风院隔离治疗。至于送到哪里、至于要去多久、至于能不能回来……谁都不知道。可是不管心里有多少担忧，马伯都要假装镇定，他还有一个小妹要他照顾。

兄妹俩先是被隔离到汕头潮阳区的竹棚医院。一个月之后，一部大车把他们和病友一起，送到东莞的省级麻风院——新洲医院。

其实，知道马鹁头妹妹的人比知道马鹁头的人多多了。我跟好几个以前住过新洲医院的老人家聊天，说到马伯的妹妹，大家总是不约而同："就是马鹁头个妹啊，生得好靓的！那时候新洲，最靓是她了。"

妹妹有多漂亮呢？听说她个子高高的，待人大大方方，新洲的年轻男子没有一个不认识她。麻风病人大多手指弯曲，或者步态奇怪，最轻的脸上手上也会看出蹊跷的红斑，而妹妹却一点看不出来是病人的样子。画家彭伯第一次见她还觉得奇怪："你是健康人，怎么也来住院？"

其实妹妹也是长了一点点红斑的，只是长在小腿上，长裤一遮就什么都看不见了。入院以后，她一边治病，一边在病人的集体食堂帮忙做打饭的工作。

那时候新洲医院的病人，大多需要一边治病、一边工作。麻风院每个月会给病人一点点补贴，但只靠这一点点补贴，远远不够生活。除非家人有钱愿意资助，不然病人都需要劳动赚工分。马伯跟那时候很多病人一样，在新洲医院内部自设的砖厂帮忙挑泥、搬砖。

画家彭伯比马伯迟几个月入院，他们是潮汕同乡，来到这个人生地不熟的麻风院，他们很快相熟起来，互相照应。在砖厂，他们被分到同一组参加劳动，若是勤快，一天能赚四毛钱做生活费。可是彭伯发现，马鹁头总是懒懒散散的，有时候去，有时候不去。他似乎不太担心没钱的问题。为什么呢——因为，新洲医院大把男孩子抢着讨好他呢，好多年轻男子开玩笑喊他"大舅""大舅"，有点像开玩笑，又有点认真。他要抽烟，就有人给他买烟抽，他想喝茶，就有人给他买茶喝，只希望他肯在妹妹面前帮自己说上一两句话。马伯呢，他把礼物统统收下，却一个人都不帮他们说好话——妹妹是成年人了，要选什么人可以自己决定，他才管不了。

直到1975年，因为新收病人越来越少，负担越来越大，新洲医院决定停办。院里剩余的病人和未出院的康复者被分配到附近几个麻风院，妹妹还没治好，她被分到泗安医院继续治疗；马鹁头康复了，他可以选择转去海岛上的大衾麻风院，或者出院回家。

家，是回不去的了。这时候的马鹁头手指已经残缺，要是回家，只会拖累两个兄弟的家庭。大衾医院又实在太偏僻太困难，何况，去了以后还有可能再见到妹妹吗？不过，或许是命运的眷顾，即将动身之前，马鹊头复发了麻风病。这下他可以跟妹妹一起到泗安医院了。

在泗安医院住了好几年，有一天妹妹突然告诉他，她找到了中意的人。

妹夫也是潮州人，在管委会工作。管委会就是分配病人们工作的组织，妹夫人缘好，有文化，大家都愿意听他说话。除了管委会的事情，妹夫平时还给病人上课，就是教年轻病人一些文化知识。下课以后回到宿舍，他又帮人修收音机、修电灯……

马鹊头对妹夫算是满意。妹夫做人热心，有能力，手脚也好，以后可以替自己照顾妹妹了。

20 世纪 80 年代初期，治疗麻风病的联合疗法开始在中国全面普及，麻风病终于有了真正可以治愈的办法。这是一种世界卫生组织在 1981 年推出的治疗方法，是把利福平、氨苯砜、氯法齐明三种药组合起来使用。一批一批病人治好出院回家生活，这时候，妹妹和妹夫也决定离开麻风院。妹妹和妹夫两个人的手脚都没怎么留下麻风病的残疾痕迹，外表看起来就跟正常人一模一样。他们回到潮汕，找了一个没有人认识他们的农村，就在那里定居。再后来的事情，马鹊头只能从信上知道了。

比如，妹妹开了一家理发店，妹夫成为当地小学的数学老师。比如，村里的人跟他们相处得很好，知道妹夫会修电器，附近的人就把坏掉的收音机录音机送过来，他晚上改完作业就点着煤油灯帮忙修。比如，妹妹生了一个儿子，又生了一个女儿，他们上学了、他们成婚了……

信是妹夫写来的，每封信多多少少会附来一些生活费。马伯不认识字，他去找认识字的彭伯，请人家念给他听。信收了一封又一封，后来有一次，信上的字迹变了。

妹夫中了风，瘫痪了半边身子。他再也起不来了。

马伯怪怨说，都是因为他日日夜夜帮人修电器，不顾自己的休息，这样子累出来的。后来妹妹得了骨癌，马伯又说，都是因为做理发店，卷头发的药水有毒，才害妹妹生病的。

一说到妹妹，马伯就叹很多气。麻风治好以后，他没有出院，选择在麻风院里消耗余生。他把自己对正常生活的期待统统寄托在妹妹身上，仿佛只要妹妹幸福，他就能幸福；仿佛妹妹就能替他回到社会上，替他过上正常人平平凡凡的生活。

有一次马伯让我帮他去银行取钱，侄子给他寄的钱。

马伯家兄妹四个人，现在就只剩下他一个人了。几年前，马伯的弟弟来到广州住院，是鼻咽癌晚期，最后也没有治好。就算到最后，弟弟也没肯让马伯过去见一面，马伯的身体情况已经够差的了，他怕马伯看了太难受。

以前，弟弟是来过好几次麻风院看他的。哥哥也来过几次，后来哥哥去世了，侄子接着过来看他。怕他生活困难，侄子总是寄钱过来，先是写信，后来变成了打电话。彭伯那里安装了固定电话，他们给彭伯打电话，拜托彭伯喊马伯过来听。

由于手脚和眼睛都不好，马伯日常的生活就由另一个同乡好友郭伯照顾。郭伯是义务帮忙的，每天过来给马伯烧开水、做粥、提洗澡水，马伯神经痛或者发烧起不来床的时候，郭伯会更辛苦一些。其实郭伯也常常受不了他，马伯太麻烦了，每一件事情不如意他就要抱怨，抱怨听多了，郭伯就无奈地摇头苦笑一下。几十年一起过来了，大家也知道马伯就是这么固执又麻烦的人，可就是舍不得不理他。

　　彭伯是这么说马伯的——"他心事很多""思想很复杂"。但不能不管他，因为是"自己家乡人"。虽然平时这些潮汕同乡们经常抱怨马伯太过顽固或者不可理喻，可这么多年来，他们还是一边抱怨一边迁就这个麻烦的同乡小老头。好像也是，虽然马伯性格古怪，可是跟他相处过的人，总是忍不住对他好。他喜欢吃潮汕的一种冬菜，有一位志愿者常常买给他吃，他吃完一瓶再给他买一瓶，从上学买到毕业、买到结婚、再买到自己的孩子会走路。有人买到好的茶叶会忍不住留一罐给他，虽然马伯自己不喝，总是留给客人米喝。日本来的志愿者总会记着给马伯带两瓶眼药水，因为马伯相信多用这种眼药水就可以治好他的白内障和青光眼……

　　马伯这边也是一样的，他要想对别人好，也一样固执而且不容商量。比如有大学生志愿者来康复村里住几天，他就到麦叔那里买一只鸡，请人杀好，强行塞到志愿者手里让他们拿回去炒了吃。早年进麻风康复村还要坐两块钱的渡船，马伯见我来了就从月饼盒拿一张 50 块的纸币往我手里塞："给你过渡费！"我假装收下来，趁他侧身，就偷偷把钱扔回他的铁盒子里。反正他白内障又青光眼，肯定看不见的。

马伯的眼睛是越来越差了。用了好多日本买过来的眼药水，还是一点用也没有。想去医院做白内障手术也做不了，医生说是"眼底差"，做了也没用，可他不死心，每次有人去眼科医院他都要跟着去，吵着让医生给他再检查一次。他越来越看不清楚人了，我路过他房间跟他打招呼，每次他都要问："你是哪个啊？对不住啊，我看不到你。"

他最终还是答应搬进了新房间。可还是不肯用电磁炉，他把他的柴火灶台从旧房间搬到新房间，又在新房间外面堆上几捆木柴。电热水壶倒是肯用了，因为他发现这个小小的东西，一分钟就能煮好他冲茶要用的 100℃ 热水。只是让他接受新鲜事物还是不容易，他的铁皮电热水壶坏掉以后，我给他买了一个塑料外壳的新款烧水壶，他却十分不满："你乱买的什么东西，一开，整张桌子都摇摇晃晃！一点都不好，没我原来那个好！"

我气死了，明明是看他手指残疾不知道痛经常烫伤自己，我才精心选了这个高级的、有防烫设计的烧水壶。不过，这才像马伯，那个永远守旧永远不肯接纳新事物的马伯。

不过我也会报复他，比如逼他陪我们听了一个下午周杰伦。

有一天看到马伯推着轮椅在草丛旁边慢慢走路，我随口提醒他："不要走近那边，那边有蛇。"他不屑一顾："我恨不得有蛇，毒蛇最好。一咬就死，我就没有麻烦了。"

他的身体已经很差很差了。脚底溃疡严重，又因为糖尿病不能做截肢手术。贫血的问题、胃的问题、血压的问题、眼睛的问题……有时候进他房间，会看见他在地板中间铺一张旧凉席，自己躺在那儿无聊地摇着扇子慢慢念："我差不多收工的啦……""收工"的意思就是他差不多要死掉了。我问他真的死了猫仔怎么办，他倒很坦然："反正我死的啦，我没生的啦，那几个猫仔，死了我就不理它。"

我看他桌上堆满五颜六色的药盒子，最多的是复方血栓通胶囊。药盒上面小小的字他看不清楚，医生就帮他贴一张白纸上去，大大的字写清楚这种药一天吃几次、一次吃多少。有时病得重了，医生劝他出去住院，他本来答应的，可是过两天，又不肯去了。

我在麻风康复村工作的最后一天，马伯擅自决定了我最后的午餐——要到他那里，跟他吃鸡蛋炒面。他指挥我打鸡蛋、切包菜、泡面饼，然后居然吩咐我从橱柜下面，拿出来那个他一直不肯用的电磁炉。炒面的过程还是不容商量，必须放很多油、很多鸡蛋、很多菜、很多肉……

最后，炒面吃到嘴里我不得不承认，电磁炉炒出来的，确实没有他以前固执要用的那个柴火灶台炒出来的好吃啊。

十二 花儿与德妹

阿崧很担心德妹："她就吃一调羹的饭，就说饱了，不吃了！"阿崧煮了生滚粥给德妹端过去，看着她一勺一勺慢慢吃，好不容易才吃掉小半碗。

阿崧性格活泼又热心，搬过来以后，这栋楼就热闹了些。我们习惯进村就到阿崧房间找她聊天，隔壁几个婆婆听到了，就推轮椅过来坐一坐，这时德妹也会跟着过来。

可是德妹很少说话。她静静坐在远一点的地方，不说话，有点疏离，又不是不愿意跟大家待在一起。她脸上看不出什么表情，有时闭着眼睛，明明跟大家在一起，又好像是孤独一个人。

去她房间找她也是一样的，她一个人坐在床沿或者无声的电视机前面，默默发呆。有时是躺在床上，可我知道她没有真的睡着，轻轻叫她一声，她就睁开眼睛了。冬天的午后，要是有阳光越过窗口照进来，她会把轮椅推到那片阳光下面坐着，身上搭一条针织毛毯。但即使外面阳光再好，她也不出去，只是等待阳光晒进来。不过，房间里面偶尔会有花，栀子花开的时候德妹会在清晨出去摘几朵，她想把香气带进来。花放在一个一次性塑料碗里——估计是某次节日聚餐留下的打包盒——她盛上小半碗水，让花漂在上面，这样可以开久一点。德妹只是喜欢花，有没有好看的花器不重要。

德妹的身体很不好。几年前她检查出来直肠癌，做过手术，现在又开始全身难受。她把自己的衣服一捆一捆整理好，又找我帮忙把存折的定期存款提前取出来，利息不要了也没关系。她想留两万块钱现金在身边，要是哪天突然走了，这些钱就用来谢谢料理后事的人。

她还想给我五千块钱。她让我拿去"打一个戒指"，怕我有顾虑，又说："以前入麻风院的时候我就有个金戒指的，也送给一个年轻女仔了。她是病友的亲戚，我只见过一面，就送给她了。你不要不好意思，人走了什么都带不走，没所谓的。"我不肯要，她哀求似的请我收下，说她只是想留个纪念，想让我以后记得她。

德妹快90岁了。被隔离进麻风医院那年她才只有16岁，从韶西麻风院到大衾麻风院，从大衾麻风院再到泗安麻风院，三个麻风院分割了她人生的七十多年。

德妹原本是清远人，家里穷，日本人打来的时候，父母把她卖给韶关仁化的一户人家。这户人家姓王，家里只有一个阿公和一个阿婆，阿婆阿公没有子女，于是把德妹又当女儿又当孙女一样看待。

新家的生活比原来轻松多了，平时只要下田种些瓜果蔬菜，农忙时候回乡下帮帮忙，有时候到集市卖卖瓜果，就没太多忙碌的事情了。从这时候开始，德妹就把蔬果种植的时节记进脑中。说起这段往事的时候正是春天，德妹告诉我："现在到种瓜种果的时间了。"

1945年，"刚好是和平那一年"，德妹发现自己脸上长了一摊红斑。她没太在意，因为小时候身上一直长着癣。有邻居私下问："这是不是发麻风啊？"阿公阿婆气得骂人："别乱说，小孩子怎么可能发麻风！"

那时候农村很多人相信，麻风病和性病一样，都是生活不检点才惹上的肮脏的病。在麻风杆菌被发现之前的漫长历史里，人们不知道麻风病的发病原因，也不知道它是怎么传染的，明清时代就有不少文学作品和民间传言把麻风病跟放荡的性行为联系起来。阿公阿婆很生气，德妹才12岁，怎么可能惹上"那种病"？

不过德妹自己并不知道这些大人间的对话。她想：人家都说麻风会传染，我天天和街上的小孩子一起玩，也没见传染谁，应该不是吧？

1949年解放，社会慢慢安定下来。政府开始号召麻风病人入院隔离治疗。德妹检查出来麻风病，她被送进当时离家最近的韶西医院。

来到韶西麻风院，一想起自己的经历，她就哭。天天哭，哭个不停，韶西麻风院里有个叫李清的小领导，他说德妹有一根长辫子，"像豆角"，又整天哭，哭成苦瓜脸，李清想逗她笑，故意说她是"苦瓜豆角"。这个李清是韶关莲县人，那年才20岁出头，他原本是游击队的一个指导员，在部队里起了麻风症，领导第一件事就是把他的枪收回去，怕他自杀。之后，他被送来韶西麻风院做指导员。

在韶西麻风院，德妹还记得有一个病人是山东人，说普通话的，他说话德妹听懂一些又听不懂一些。这人原本是个空军飞行员，家里全是军人，还有个未婚妻。有次开飞机从苏联回来北京，他突然感觉手脚麻木，飞机控制不住，差点掠过居民区的屋顶，危急之下幸好旁边的副手及时帮手，才没有酿成悲剧。降落后，他被检查出麻风病菌，接着被送来韶西医院。过了一段时间，飞行员因为军人身份被转去东莞的稍潭麻风院，那里条件比其他麻风院都好。再一次和德妹见面就是他从山东老家探亲再回稍潭麻风院的路上了，因为回程经过韶关，他特意来韶西麻风院，送给德妹家乡带出来的结籽石榴和青萝卜。德妹记得，那个青萝卜她咬了一口，非常辣，吃不下，看她这个样子，飞行员笑了出来。

说起来都是些苦中作乐的惆怅事情。后来，韶西医院重新规划，只收留有单位的工人、留学生等病人。德妹是农民身份，便被安排搬去大夅麻风院。德妹是没有什么想法的，她不是会为自己大声说话的人，得了这种病，她只懂沉默和接受命运。

大夅医院修建于民国十三年，也就是 1924 年，是一座专门隔离医治麻风病人的麻风院。它的名字来源于所在地的大夅岛，也有人写作"大襟岛"。大衾岛离最近的陆地足足有 14 海里远，20 世纪 90 年代以前，进岛只能乘坐一条医院的大木船。

上岛后，德妹发现有个人老跟着自己，神情神态像傻子一样。其他病人告诉她，这个人是山东人，是个傻子，你给他一口烟他才走开的。

王德妹这才认出来，这个人就是给她带结籽石榴和青萝卜的飞行员。

原来那次飞行员回山东老家探亲，是没有经过批准的。他擅自离开麻风院，打算回家先把事情安排好了，再回去麻风院接受隔离。回到稍潭医院，党组织把他拦下，说他违反军纪擅自离院，要把他的军籍与党籍一并开除。他一下子吓傻了。没有军籍，就不能继续住在稍潭医院了，医院把他调去江门新会的崖西医院，之后又转来这个远离陆地的大衾医院。去的麻风院一个比一个差，他的病情越来越严重，人也越来越傻。因为傻，他不知道跟家人联系，没钱了就卖身上的东西。卖到最后，身上剩下一支笔，没人肯要了，想抽烟，他就找个人跟着走，直到那人嫌烦，扔给他一根烟他才肯走开。

王德妹到值班房，问人要了一根烟。飞行员拿了高高兴兴走开了。"文革"后，他的家人找来岛上，才知道他已经去世了。

大衾岛离陆地太远太远了——海洋成了屏障，把他们从正常社会隔离出去。岛上的病人们结成属于自己的微型社会，他们在这里生活，在这里死亡，在这里埋葬。德妹一边在岛上治病，一边帮公家做事，她负责养猪、做护理、在药房煲中药，有工作做，就可以拿到工资补贴生活费。德妹还记得，她的截肢手术也是在岛上做的。右腿截肢那个月是 1976 年的 1 月，正好是周总理逝世的时间。手术是大衾医院的医生做的，医生们平时在岛外给人看病，要做手术了，便提前一天坐船进岛来。给德妹截肢的是两个中山医学院毕业的医生，伤口愈合后，病友们合力为她做了一只铁皮假肢 —— 有人负责拉风箱、有人负责打铁，这些都是义务帮忙的，不要报酬。

一些年过去，德妹的麻风病彻底治好了。政府号召康复者们出院回家，可是德妹手上脚上都留下了麻风后遗症的痕迹，出去以后，她是没有办法生活的。养育自己长大的阿公阿婆早已经失去联络，她在外面也没有什么牵挂的人了。她决定留在这个被海水保护着、远离人群的麻风院里。

2011 年 1 月，偏远的大衾岛麻风院正式结束它 86 年的使命。大衾岛上 44 位麻风康复老人被转移到东莞市的泗安医院，德妹就是其中一位。那时候，她已经在大衾岛上生活了半个世纪了。

离开大衾麻风院的前一天，德妹打包好行李，再把岛上的玫瑰花折了几枝，裹在行李里一起带出来。德妹喜欢花，在大衾岛上，她最喜欢的事情就是安安静静一个人种花，也不为什么，"只要看到有花开，我就很开心了"。

德妹折来的玫瑰在新的土地上长得茂盛，就像这些顽强的人的生命力一样，它们野生野长，花瓣落满一地。德妹住的宿舍楼外面有两排长长的花槽，她陆陆续续种上玫瑰花、山茶花、茉莉花、栀子花，得了什么种子就种什么花，有时看到别人丢弃的黄菊花也种进去。她教我怎么把栀子花枝插在水里催生新根，又分给我花种，还拜托我买几棵杭白菊，种出来花晒干了可以泡茶喝。天主教会姑娘来的时候，我看见德妹把当季的鲜花摘成一小束，一手撑拐杖，一手拿着送过去。德妹说，这些国外的人都很喜欢花的，她们收到会开心。

德妹不爱热闹，跟安安静静的花在一起，她才感觉自在。有时候跟其他老人家待在一起，比如午后一群人在树下乘凉，德妹就尽量让自己不显眼。有一天傍晚我跟几个老人家坐在樟树下面聊天，德妹刚好过来，坐我旁边的党伯马上让出一个位置："来坐这里，美女和美女坐一起！"德妹一下子很为难："我不是美女……"党伯继续开玩笑："年轻时候是美女吧，那时肯定很多人追的。"德妹又惶恐又难为情，好不容易挤出来个回答："追我的，苍蝇都没一只，蚊子就不少。"大家哈哈大笑。话题很快转去别的地方，德妹终于松出一口气。

不过我想，德妹年轻的时候一定是受人喜欢的。听说，在大衾岛上，德妹曾经有过一个恋人。他叫张醒南，是肇庆人，是那时候大衾医院院长最得力的帮手。海岛上的机器，全靠他操持；缺水时期，他带人修水路引水下山；接送医生的大船和接送病人出入的小船都由他驾驶；他还懂些医术，医生不在的时候，有人生病了可以找他。

在大衾岛上，张醒南跟德妹一起种菜，一起吃饭。在麻风院里，女的和男的搭伙吃饭，大家就知道他们"在一起"了。有时张醒南的侄子上岛来探望，也自然地喊德妹"四婶"。侄子很孝顺，常常写长信来，信里每次说完家里的情况，都会有几句对"四婶"的问候。他们的关系得到了麻风院的承认，麻风院领导在病区隔壁一栋楼的二楼给他们安排了个房间，也就是同意他们住在一起。他们被允许结婚、被允许住在一起，条件只有一个——不允许生养小孩。那个时候，因为不清楚麻风病是否有遗传性，所以即使是麻风病康复者，也是不允许有后代的。不过，还没等到去登记，张醒南生病了。

"文革"中，张醒南得了血吸虫病。院长带他出岛，找最有名的医生给他治病，不敢提麻风病，院长说谎说他是大衾医院的工作人员。张醒南做了手术，割了脾脏，医生说他最多只能再活20年。

他比医生预想的还多活了几年。1990年，张醒南大出血去世了。德妹把张醒南留下来的全部钱送到侄子手上，自己一分钱也不肯要。

后来，德妹没有跟这位侄子多联系。偶尔通几封信，也是淡淡的语气，即使全麻风院搬走这样的大事，德妹也没有通知对方一声。她刻意保持疏离，仿佛自己是个累赘，仿佛在帮对方解脱自己这个负担，即使她早在心里把张家侄子当作最后唯一的亲人。

2015年春天，德妹住院准备做手术的前两天，收到一封肇庆寄来的信。

这封信皱皱旧旧的，信封上有好几种圆珠笔写下的字迹，一看就是辗转了好几个地址才来到的。写信人是张醒南的侄子，失去联络以后他十分担心，信里一字一句，都充满挂念和焦急。信的最后，他留下一个电话号码，恳请收到信的人回个电话，无论是好消息还是坏消息，他都需要知道。

德妹的身体情况已经很不好了。她越来越下不来床，躺着的时间越来越多，我想过去坐她身边，或是摸摸她的头发她的背，她都不允许。她说自己太脏了，担心把病传染给我，不愿意我靠近。她好像很久没有洗脸，耳朵都烂了，灰色毛衣上落了好多白头发。

可是在她身上，我看不见悲哀，只有坦然。德妹是不害怕离开的，她早就准备好了，她准备好等待生命结束的时刻随时来临。

然后这时候，她收到侄子的信。

通过几次电话，侄子依然习惯像旧时一样写信过来。可能因为德妹没有手机，又可能因为只有信件才能承载他情谊的重量。最近一次德妹收到的信，侄子在里面洋洋洒洒写了好多内容，他把家里所有事情都说给德妹听，儿子的工作情况，女儿的家庭，就连门上贴的春联内容，他都说给"四婶"听。德妹把那封信反反复复看了好多遍，她问我，这里写着"房屋万顷"，意思是不是他们最近分了地？还有几个字不认识的，趁我来了，她马上请我念给她听。

痛还是痛，病还是病，疾病和衰老都是没有办法的事情。可是，当知道有人在牵挂自己，她就有了不舍，有了期待。我好为德妹高兴。

十三

阿芳和她的『福气』

阿芳呆呆的，不是一个好玩的老人家。

有一年国际麻风大会在北京举行，我们得到名额，可以带三个老人家去北京。

去找阿芳，阿芳很吃惊："我这么蠢，怎么会选到我？"

一起去北京的三个老人家，一个是彭伯，彭伯喜欢画画，那次去是要在麻风大会上台献画的；第二个是黄少宽婆婆，黄少宽婆婆口齿伶俐，九十多岁了还口述出版了一本书；第三个，就是阿芳了。阿芳很不安："我这个人脑子不好，很蠢，长得又不好看，我去会不会陀衰（连累）你们啊？"

阿芳说话少，总是一群老人家里面最不显眼的那个。可是她这么多年以来，一直在默默照顾其他老人家，从二十多岁开始，一直照顾到自己也变成一个八十多岁的老人家。

有时走在一楼的走廊，会听到有人喊她："阿芳——"

阿芳听见了，就赶紧过去。阿芳一条腿穿的是假肢，走路有点慢，要左脚先迈一步，确保踩稳了，右脚才能踩出去，远远看就像企鹅一样摇摇晃晃。喊阿芳的是隔壁几个房间的婆婆们，她们有时是要大小便，有时是要喂饭，有时是要洗衣服，或者只是想从桌子上拿一个什么物件。反正，有什么事情要帮忙，谁都可以喊一声："阿芳——"

阿芳人好，大家都习惯她总在身边。其实阿芳年纪跟其他婆婆差不多，只是她只有一条腿截了肢，一双手十个手指都是完好的，有能力帮助其他身体不方便的老人家。很多时候，阿芳就像一片叶子一样安安静静。阿芳脑子转得慢，说话结结巴巴的，有时要停下来想一想，话里还带一些乡下口音。我有时候找她聊天，问她过去的事情，她总要慢慢想、慢慢想，同房间的黄少宽婆婆听都听急了，忍不住把话抢过去，三句两句帮她回答清楚。确实，黄少宽婆婆能说会道，她说起话来绘声绘色，以前的事情记得清清楚楚，见到什么大人物都落落大方，去到哪里都是全场焦点……阿芳也觉得黄少宽婆婆耀眼得让人羡慕。同时，她又觉得对不起我，都怪自己太笨了，才耽误我那么长时间。于是她不说话了，坐在旁边，安安静静听黄少宽婆婆替她说话，偶尔点点头，表示她也认同。

好不容易有一天黄少宽婆婆不在房间，我终于可以听阿芳慢慢说话了。阿芳说起小时候的事情。她说她小时候妈妈就过世了，后来爸爸又娶了第二个老婆。她说，她小时候挺聪明的，写大字报的时候也学过几个字，只是后来入麻风院伤心过度，人有点变傻了。她说，有时看到那些雀仔，很想像它们一样，想去哪里就去哪里。每年麻风院组织出去旅游，是她最开心的时候。

我随口说："那以后带你去坐飞机吧。"

阿芳吓到了，赶紧摇头："我哪有这个福分！"

过一会儿又小声说："我们这种麻风人，怎么可能有福气坐飞机。"

我就想，不行，以后一定要带阿芳坐一次飞机。

对麻风康复村的老人家来说，坐飞机、去北京，好像都是些遥不可及的事情。黄少宽婆婆知道自己能够去北京，她非常高兴，五天的行程她想好要带一个轮椅、三个手表、八套衣服，还坚持要带上拐杖，"以备不时之需"。而阿芳呢，她帮黄少宽婆婆收拾着行李，自己的却迟迟没有动手。阿芳想了几天，然后说，她不去了。

"我有工作做的，是拿工资的，去北京要被人说的。"

阿芳说的工资，是医院每个月补贴给她的 150 元。知道阿芳照顾几个婆婆不容易，医院每个月发给她 150 块钱"工资"，当作额外的生活补助。阿芳觉得，拿了钱，她就一定要尽责任的。

况且，那时候邓妹婆婆和梅英婆婆都生着病，阿芳放不下心。

村里常驻几位教会的姑娘，她们知道了这个事，去找阿芳："你不用担心，就放心去。这边我们帮你看着，没问题的！"

阿芳这才答应一起去北京。

我问阿芳，还记不记得去过北京什么地方。

"当然记得啦，第一天去看花，还看了升国旗，还坐缆车，飞机上好宽好大，飞机场也好宽好大。"

阿芳去了天安门，去了万里长城，去了颐和园，去了故宫，更重要的是，她真的坐上了飞机。坐上飞机，阿芳没有表现出来很激动的样子，她十分拘谨，也不说话，她只是定定望着前面座位，或者看看窗外的云，不知道在想什么事情。

在北京，阿芳还是一样习惯照顾别人。

阿芳的假肢走不了远路，整个旅程我们就让她坐在轮椅上。走着走着，阿芳不好意思："我下来自己走吧？"她是担心我们推轮椅推太累了。让她好好坐着，过一会儿她又提议："你那个袋子，让我拿吧？"我只好把背包取下来，让她帮忙抱在怀里，这样她才安心。

晚上，她也总是操心。黄少宽婆婆住在隔壁房间，她时不时过去看看有没有什么她能帮忙的。换药、包扎这些冯医生都做好了，阿芳就问婆婆要不要帮忙擦身，然后把婆婆换下来的衣服一件一件洗干净，拧干，晾起来，这才肯回房间好好休息。

那次北京拍回来的照片，我冲洗出来，拿给老人家做纪念。别人的照片都故意放在桌面上最显眼的地方，可是阿芳那份，没过几天就不见了。一问才知道，原来是阿芳的弟弟过来探望她，她让弟弟把照片拿了回去，拿回家里给亲戚们看。阿芳跟弟弟关系好，弟弟每年都带一大家人过来看望她，有一年我们举行家属联谊会，弟弟一共带了 12 个人来，里面有他的孩子、孙子、曾孙子……浩浩荡荡地，我们只好把两张桌子拼起来，才将一家人都安排坐下。平时低调的阿芳，这一天出尽风头，她高兴得更加不会说话了。

阿芳是江门台山市都斛镇人。六岁那年，阿芳的妈妈因病去世，留下她和这个小她三岁的弟弟。不久，爸爸娶了第二个老婆，之后又生下两个小孩，于是亲弟弟就交给阿芳负责照顾。后来弟弟跟阿芳关系好，也正是跟这段日子有关。

阿芳进麻风院隔离之后，弟弟还一直跟她保持通信。即使后来娶妻生子，他依然常常跟姐姐联系，一点都不忌讳的。

阿芳七八岁的时候就起麻风了，一开始还不太严重，她还继续住在家里帮家里做点事情。可是，长到二十多岁的时候，情况突然恶化，阿芳的脸上长出一个一个大疮，像狮子头一样，耳朵都肿起来，看着很可怕。根据菌型，麻风病分为好几种不同类型，阿芳得的是"瘤型麻风"，麻风村里的人把这种叫"大种麻风"，看着吓人，也是传染性比较高的一种。邻居们看着也害怕，公社的领导没有办法，只好派人到后山用铁皮搭了个小棚子，让阿芳一个人住过去。

阿芳的爸爸很心疼这个女儿，听说江门新会有个崖西医院，爸爸写了一封信过去，希望把阿芳送到那儿治病。听说崖西医院那里收了很多麻风病人，条件也不错，虽说跟外界隔离了，不过里面的年轻女子经常约在一起打篮球。不久，崖西医院回了信，说他们床位已满，而且他们只接收新会区的病人，阿芳不符合要求。不过信上提到一个信息，阿芳是台山市的，或许可以写信给台山市的大衾医院试试。1959 年，23 岁的阿芳，独自在山上小棚子生活了八个月后，被送到海岛上的大衾医院。

老人家们还记得阿芳刚到大衾岛上的样子。这个女仔脸上长着一块一块的大疮，像狮子的头一样，眉毛和头发全掉光了，很瘦很瘦，也不吃饭，也不睡觉，整天整天哭个不停。

进麻风院的两年之后，阿芳才慢慢不哭了。她无奈地接受了这里的生活。突然有一天，一个阿婆来找她："女仔，你手脚好，不如你帮下大家好吗？"

阿芳入院的时候，大衾岛上有五百多个麻风病人，有手脚好的、有重残的；有做护理的、做泥水工的，还有专门帮人车衣服的。岛上还有教堂，有小卖部，有墓地，还有火化炉。这里就是一个麻风病人组成的独立小社会。病人们住的是集体宿舍，男女分开，一个房间住二十多个人，同一个房间里，手脚好的人就帮忙护理其他残疾严重的人。

阿芳答应了。这一"帮"，就是五十多年。

阿芳的工作是"房间护理"，就是帮房间里手脚不方便的人做补扣子、梳头发、拿药、提开水、擦身子洗澡、包扎伤口换药这样的护理工作。阿芳善良、有同情心，又特别细心，总是能及时察觉到别人的难处。那个时候黄少宽婆婆就是阿芳这个房间的房间组长，她脚上有个溃疡老是没法愈合，想去做截肢手术。可是，截肢以后至少几个月下不了床，谁愿意照顾自己呢？阿芳知道了，去找她说："你想做手术就去做，我来帮助你。"

做房间护理的工作一开始是没有工资的，后来一个月能拿 5 块钱，后来 6 块钱，再后来升到 10 块钱。也是在这段时间，阿芳信奉了天主教，她知道别人需要帮助的时候就要去帮助人，不管有没有报酬，也不应该计较辛苦不辛苦。

阿芳这个房间，当时一共有三个人负责做护理员，一个是阿芳，一个是赖娇婆婆，另一个是胡玉泉。

胡玉泉是男人，主要做的是力气活。每天清晨他先是早早到河边打水，一桶一桶地提回来，生火烧开了，再由阿芳抬到房间帮大家冲进热水壶里。据婆婆们透露，那时候有两个男孩子对阿芳特别好，其中一个就是胡玉泉。阿芳的手虽然看起来好好的，十只手指都完整，可是麻风病菌破坏了她的神经，她的手指经常使不上力气。胡玉泉担心她冲水的时候烫到自己，经常把阿芳那部分工作一起做了。久而久之，阿芳也觉得这个人不错，有时候要是看到胡玉泉事情太多，她也会帮他做一些。

慢慢地，胡玉泉和阿芳变成"搭伙做饭、互相照顾"的"好朋友"。在这个地方，一男一女"搭伙吃饭"就意味着他们在一起了。我故意问阿芳："那时候你是不是跟胡玉泉拍拖？"阿芳不好意思："拍什么拖，没有啊，我们就是一起工作，互相帮助，有时候一起吃饭而已。"

在大衾岛上那段时间，生活有苦也有甜。弟弟写信过来说，奶奶生病去世了。奶奶以前是最疼爱阿芳的人，在铁棚子住的那八个月时间里，就是奶奶一趟一趟走上山来，把米和菜提来给阿芳吃的。阿芳在大衾岛上照顾了好多人、送走了好多人，就是一天都没照顾过自己的奶奶。

2011 年，台山大衾医院宣布关闭。大衾岛上 44 位麻风康复老人被送到东莞市的泗安医院，阿芳和胡玉泉也是其中两位。这时候的胡玉泉已经老得走不动路了，他满头白发，每一颗牙齿都掉光了，每天只能坐在床上等人送饭过来。最后那段日子，阿芳悉心地照顾着胡玉泉，直到最后一天。

阿芳帮助了别人五十多年，可她最记得的，却是以前别人帮助她的事情。

她说起以前住在铁棚子里那段日子。

奶奶每隔几天送来米和菜，可阿芳什么都吃不下。她病得难受，经常发冷发热，躺在床上没有力气起来烧火做饭，米和蔬菜就那样堆在墙边，堆着发霉，"霉到好像牛屎饼一样，黑了，不能吃了"。一个人在山上，阿芳怕有蛇，又怕老虎，还怕坏人来，可是得了这个病，能怎么办呢？那时候的麻风病，谁都不知道能不能治好。

但阿芳说自己已经比很多其他地方的麻风病人幸运了。听闻别的地方发现了麻风病人，要把病人赶出村子、把病人的房子放火烧掉，甚至人也要被火烧、活埋……

阿芳整天整天都睡不着。在夜晚或者清晨，她常常听见山下的人活动的声音，有时有鸡叫，有时有狗吠。山脚下有个小屋子，是专门存放生产队农具的地方，看守房子的是一个村里的阿伯，阿芳并不认识他。阿伯担心阿芳没东西吃，时不时就拿点吃的过来，阿芳还记得他拿来的东西，有时候是一个萝卜，有时候是一个番薯。阿芳不好意思收："阿伯，你不要拿东西来了，我这里有米，我吃不完这么多，多谢你。"可阿伯总是坚持把东西留下，过几天又拿点别的来。他叮嘱阿芳说："你要多吃点啊，多吃点。"东西放下就转身走了。

那是 1959 年，阿芳知道，那个时候大家有一点吃的都很不容易。

山上还住着另外一群人，他们集体住在一个大房子里面，离阿芳的棚子不远。阿芳说，他们是"下乡的知识青年"，来这里的山头"拿矿"的。阿芳看他们白天坐大板车去干活，晚上就拉着电灯开会，有时候还会开电喇叭大声说话。没工做的时候，一些女孩子就过来看看阿芳，跟她聊天，问她为什么一个女子自己在这里。这些女孩子是讲普通话的，年纪跟阿芳差不多，看阿芳病得那么难看也不害怕，好像一点不怕传染的样子。她们有时候拿些吃的东西过来分给阿芳，还提议说："你一个人在这里太艰难了，我去买点猪肉给你吃好吗？"

我问阿芳："为什么她们对你这么好呢？"阿芳也不清楚，只能猜："可能看我可怜，看我痛苦。那时候我一个女仔在那里好凄凉的。"

后来，阿芳就被送到麻风院去了。在铁棚子住了八个月之后，她终于可以入院接受正式治疗。

阿芳把好多经历记得模模糊糊，就是山上这段时间她连细节都记得清清楚楚。她还记得那些青年们帮她捡柴回来，记得他们点着灯来看她，五十多年过去，别人对她的好她一点不忘记。

后来，知道有人需要帮忙，阿芳也从不推辞。阿芳说："我就顺手帮一下而已。"

北京回来不久，阿芳不用照顾别人了。麻风院请了专门的护工，婆婆们什么事情都有护工负责照顾。阿芳还是偶尔到隔壁去，看看邓妹婆婆或者美齐婆婆有什么事情需要她。偶尔说起那次旅游，阿芳还是说："我发梦都想不到我有飞机坐。"又说："这么多人，不知道怎么选到我。"

她仍觉得自己太普通，觉得自己不值得好事情。可是这些好事情，都是你值得的呀。你的"福气"，从来都是自己给自己的。

（十四）

一位病友的事情

我的朋友来自 1918

邮：东莞麻冲（麻涌）46号仗（信）箱，彭海提同志收

　　海提同志：

　　您好。来仗已收到，我兄楚廷的情况已知。在收到来信之时深表不安，我兄长原是一个勤劳、家庭关念（观念）深厚的人，竟然发展对精神进行专政，这些我也深表遗憾，我请贵友多多（多）开导兄长，为人之道，理应有乐观主义精神，不应在经济以及自己各方面的不如意事，进行自卑自责，应有古人常说的"胜败是兵家常事，有人有物"的俗话，把不如意的事看成教训，眼光看远一点，在精神鼓起勇气，在思想方面理性一些，为此特请贵友对我兄长多多鼓励是盼，也特拜托贵友对我兄长在生活各方面的关助，我们合家万分感激，谢々（谢）。

　　另：关于贵友收到南海大沥的电报，此是我弟在厂打去的，只因他文化有限，故此没有去仗告知，只打电报。对于我弟在电报说嫂々（嫂）有病一事，不是什么大问题，只是小疾如已，已经看过医生，现以（已）如常，请贵友告知我兄长，请多々放心，静养身体为要。所有这些，一切就拜托贵友了，我兄长康复后非常感激贵友。谢々。余言后述。

敬祝

身体健康

友弟，×××
1989.7.11

这个故事，要从一封信说起。有一天彭伯给我看一封信，信里提到的楚廷，是以前一起在这个麻风院隔离的病友。提起当年的事情，彭伯忍不住叹息。

"这种病以前是'很丑'的事情。病人跟外面写信来往都不写地址，用'46号信箱'做暗号，就像兵工厂一样，只有邮差看得懂。在这里治病的人，他们要保守秘密，病好出院回家了，才好瞒着隔壁邻舍，才能找到老婆。"

信里的楚廷，彭伯他们平时叫他"兵仔"。兵仔得麻风病的时候正在陆军当排长，当时才二十多岁，入院那时还是领导亲自送来的。泗安医院以前接待过高级干部和外国的领导人，条件很好，兵仔入院的时候住的就是那边的"高干区"，跟普通病人住的宿舍之间由一道砖头围墙分隔开来。

可是他一点都没有看不起别人的样子。彭伯那时候四十多岁，住在普通病区，手脚因为长期的劳动损害变得溃疡扭曲，还每天要到田里种香蕉、养兔子，总是一身都是泥。兵仔在路上遇到他，总会礼貌地跟他打招呼，没有任何轻视。彭伯在心里感激他，认为他是个正直又心肠很好的后生仔（年轻人）。

可是兵仔入院的几年后得了"傻病"，精神崩溃了，一直胡言乱语。1989年，彭伯帮他给家里写去了一封信。信里彭伯没敢说自己是病友，他很谨慎地编了个谎，说自己是跟他在同一个地方工作的同事，他担心自己不小心泄露了兵仔的秘密。

很快，兵仔弟弟回了信。就是这封信，彭伯至今保存了三十多年。

彭伯还记得兵仔入院不久的一件事情。

那时候麻风院里有个人叫"托背仔",他为人霸道,彭伯说他"名声很臭,见人就打,就像土匪一样",要是有人不小心得罪他了,他就喊着要拿刀子来砍人,领导看了也一句话不敢出。兵仔倒不怕他,他当兵时候学过"擒拿手",有一回"托背仔"又大喊着威胁说要打人杀人,兵仔刚好看见了,他一下子冲上去抓着"托背仔"的裤头,把他整个人塞进公共厕所的厕格里,警告他以后好自为之。这件事情之后,"托背仔"才收敛了一点,再也不敢像以前一样嚣张了。

实际上,"托背仔"、兵仔和彭伯,都是潮汕地区的人。这个东莞的麻风院里,七百多个病人里将近三分之一都是潮汕人。似乎潮汕地区特别忌讳麻风病。彭伯从家乡来到东莞,是抱着"最好离家远点"这样的想法来的,他只希望"死了不要连累家人、不要臭了家门口"。兵仔把得病的消息告诉家中父母,父母决定全家人把事情瞒下,只对外说儿子从部队退伍了,在东莞的单位打工,希望以后病治好了还可以回家像正常人一样生活,像正常人一样娶妻、生子。彭伯记得有一次,麻风院里一个叫"陈鬼"的普宁病友家里有亲戚过来探望,兵仔急急忙忙跑进彭伯房间躲起来,彭伯吓了一跳,忙问出了什么事情。兵仔慌慌张张解释,这个"陈鬼"的亲戚是跟自己同一村的,两家离得不远,他怕自己被认出来,那得麻风病的事情就瞒不住了。

日子一天一天提心吊胆过下去。后来,因为身手好、手脚没有残疾,兵仔当上病区的保卫员。再后来,他交了一个女朋友。

女朋友也是潮汕人，没到 20 岁，姓彭，手脚也跟兵仔一样看不出麻风病的痕迹。可是兵仔家里坚决不同意："你自己'发风'，还想娶个女仔'发风'的?!"他们不顾兵仔的反对，找人介绍了个隔壁乡的大龄女子，而且擅自定下订婚仪式的日子，要求兵仔必须马上请假回来。

这么多年过去，彭伯还是为兵仔感到很可惜。兵仔是个孝顺的儿子，虽然很不甘心，可他还是选择听了话，选择顺从家里的意思。彭伯怪兵仔太老实，他不愿意欺骗家里人，早知道这样，就应该骗家里人说这个女朋友是在麻风院外面认识的，是在外面打工的人，只要两个人两情相悦，你我心知，互相不嫌弃就好了。这样，说不定后面的事情就不会发生了。

兵仔回了家一趟，家里给了定钱（聘金），虽然还没办酒席，在当时这就算是娶了老婆了。可是这边兵仔还要回来继续治病，他撒谎跟妻子说自己是在外面打工赚钱，每年只能请假回家一两次，回家了又必须很快回来。结婚的时候，妻子已经快 40 岁了，年纪不小了，两边父母都很希望他们快点生育小孩，可是一年没有、两年没有、三年还没有……他们十分着急，责问他："你不要后代了？"在农村，那个年纪还没有小孩，实在太引人注意。妻子一家也起了疑心，他们要求他把妻子带到单位，兵仔只好再编借口搪塞过去。东莞是千万不能让他们来的，一来，就什么都瞒不下去了。妻子的一个妹妹当时在深圳打工，知道这个事情也很气愤，她说："我带你们去找!"从深圳到东莞距离不远，要真的按着信上地址细心来找，事情一定会穿帮的。

他又恐惧又焦虑，这个原本善良正直的人，被推着编出一个又一个的谎言。

而在此同时，一边治病，他还在一边想方设法赚钱，想着多少赚点钱，以后治好出院回家可以有本钱做小生意。他学人承包鱼塘、种香蕉地，还养了鸭鹅，怎知，"人行衰运没办法"，坏运气接踵而来，鸭鹅和鱼都养成了，可是怎么都卖不出去，多养一天就是多亏一天饲料的钱。钱越亏越多、越亏越多，这时候，他收到在南海打工的弟弟打来的电报，妻子生病了。

对妻子的愧疚，对未来的担忧，可悲的命运，快瞒不住的谎言……精神上压力一重一重袭来，一夜之间压垮了他。

他开始胡乱说话。

他一会儿对彭伯大喊大叫："不关我事！我没有！"一会儿又压低声音："我被封死了，打电报打不出去，打电话也打不通，我一定是被人监视了。"他说了很多军人才懂的暗号，彭伯没听明白，只好顺着他的话说下去："那你把你家里地址给我，我帮你写信，行不行？他们不知道你跟我有联系，一定能寄出去。"

写信过去，兵仔的弟弟又回信过来，彭伯才知道兵仔家里这么多情况。他把信里弟弟的话念给兵仔听，一遍又一遍开解他，兵仔才慢慢平静了些。

彭伯非常同情这个年轻人："我们残疾了没办法，他一个青年仔那么年轻，手脚又好，好可惜，好可怜。"他一直记得，兵仔当初入院的时候，那么正直善良，有正义感又有同情心……

精神出了问题，兵仔也没办法继续管理他的鱼塘和蕉地了。那时候彭伯养兔子的棚子就在兵仔的香蕉林旁边，眼看地里没人铲草，鱼也没人喂，彭伯怕他亏钱太多，稍微有点时间，就去帮他除草铲地。他忍不住悲伤难过，一边铲一边流泪：好好的一个后生仔，只是想赚点钱回家，怎么会被逼成这个样呢？喂鱼还要去割鱼草，附近的农地都有人承包了，彭伯就走好远的地方去找鱼草，割了挑回来倒进鱼塘里。但彭伯的脚底溃疡越来越严重，伤口越来越大，他只好再求养鸭嫲的党伯帮忙，让党伯有空的时候，帮忙到竹场后面把彭伯割好的草挑回来倒进鱼塘里……

后来，兵仔的麻风病治好了。他的父母来到麻风院，把他接回家乡去。出院终归是很好的事情，彭伯也盼望他一切安好："最好就是跟这里的人断了联系，不要让人知道你住过这里。"他们便不再联系了。

十五

佘伯与浔洄麻风院

佘伯再一次打电话来，让我给他一个快递地址。他想送给我两罐茶叶，我不想收，可是他一次一次打电话来，让人实在没办法拒绝。不想让他失望，我只好松了口，再三跟他说谢谢。

佘伯那时候快 90 岁了，挂着两支拐杖，独自一人住在汕头一个偏僻的麻风康复村里。我们想帮他搬到条件更好的泗安麻风村去，后来却因为种种问题没有搬成功。可佘伯还是坚持表示谢意，他说："好人应该要有好报的。"

等快递收到，我才知道佘伯是骗人的。寄来的茶叶有一麻袋这么多，有铁罐装的、有礼盒装的，是潮汕地区有名的凤凰单枞。佘伯有些得意："你拿着，没关系，我侄子在南京做茶叶生意的。"退也退不回去，我只好列一个表，把佘伯想感谢的人名字写下来，替他一个一个送过去。

有懂茶的人喝了，惊叹道："哪里找来这么好的茶叶？"过一会儿又强调："这个真的是好茶！"

我好后悔告诉了佘伯地址。明明我们什么都没帮到他。

知道浔洄这个麻风康复村的人并不多，来过的人就更少了。佘伯几乎记得每一个来过的人，他在他们留的每一张照片后面都写上年月日期，把照片收进相册里。

　　浔洄麻风村是1954年建立的。要想找到这里，先要出汕头市区，沿着礐石大桥方向找到浔洄山，再沿着山边走一段坑坑洼洼的泥巴路，佘伯住的房子，就在这段路左手边的一个小山坡上。

　　2011年，村里另一个老人去世以后，整个村子就只剩下佘伯一个人了。佘伯说，这里最多的时候住过一百多个麻风病人，住不下，山上又建了新房子。20世纪80年代开始，麻风病有了彻底治愈的方法，没有新的麻风病人需要隔离了，曾经的康复者一个一个老去。人一年比一年少，房间一间一间空置下来，野草把没有人迹的小路埋没，房屋倒塌，曾经明黄色的鲜艳墙壁脱得斑驳，像落日的余晖。唯一热闹的是村子中央两棵高高的白玉兰树，这是佘伯三十年前坐船从汕头市区买回来的，如今，它们安安静静陪伴着他，树叶和花瓣密密落满一地。

　　佘伯的语气平静："这里现在就剩我一个人啦，不知道什么原因，到现在还不死。人家都死了。"

　　汕头皮防站的医生一个月来一次，给佘伯带来生活费和一些药。又出钱请了附近村子一个农民叔叔，叔叔每天骑摩托车过来，给佘伯买菜，还有做两顿饭。大部分时间，佘伯都是一个人在这儿的。他的脚上有残疾，走路要用两个拐杖，手指因为麻风病而扭曲畸形。他年纪大了，眼睛模模糊糊的，报纸和电视都看不成，听力也差，买了个助听器，平时就打开收音机听一听，"这样才可以过时，一天一天才能过去"。

佘伯出生在1932年，是八岁那年患上麻风病的。1937年日本人打到潮州，大人带他从潮州枫溪区逃难来到汕头外婆家。八岁开始上学，可是下半年还没读完，麻风病就很严重了。他不得不离开学堂，回到家里。

佘伯家是做生意的，条件不差，离开学堂以后他可以每天待在家里。闲着的时候，他就学写字，一个字一个字学着慢慢写。一起住在外婆家的表兄弟表姐妹们都在上学，佘伯有不认识的字就去问他们，"他们都是爱好文字的人，有搞不懂的我就去问"。

"什么人都是我的老师，比我小的妹妹也是我的老师。"佘伯说。

佘伯有一个亲妹妹，尤其聪明，在汕头读完高中以后，她考上武汉大学，选的是微生物专业。妹妹跟佘伯感情很好，大学毕业以后她去了北京的工程院工作，工作很忙，可她依然不停给佘伯写信来，先是写到家里，后来写到麻风院去。我想，妹妹选微生物做自己的专业，是不是跟哥哥得麻风病有关系呢？妹妹是不是想靠自己的力量，为哥哥做些事情？

答案已经问不到了。妹妹在40岁那年得了肺炎离开人世。

妹妹离世的时候，麻风病还没有发明出来真正有效的治疗药物。更早一点，在佘伯刚刚患上麻风病的时候，家人为他请了一个"青草医生"上门，这是潮汕地区对赤脚医生的叫法。青草医生什么也不懂，只说要看看佘伯的血，就拿一根针往佘伯手指头扎进去，血流了出来，医生假模假样看了一会儿。开的草药也毫无作用，后来有人建议佘伯去看专门的麻风医生，可看了，医生也表示无能为力。

带着病，佘伯在家住了16年。亲人们尽力表现得不介意，可佘伯还是没法装作看不见他们举止背后微妙的谨慎。麻风病那么可怕，风病菌的侵害让佘伯的双手一年一年坏下去，手指弯曲变形，左脚脚板也变形得不能走路。没有治疗的方法，也不知道传染性多强，别人害怕，再正常不过了。

解放后，汕头市成立了一个麻风管理所。又过了几年，听说管理所在郊外的浔洄山下建了座浔洄麻风院，佘伯终于下了决心："好吧，最好去了就在那里病死掉，不要死在家里影响人。"

只是不知道为什么，结果竟是自己活到了最后。

在麻风院的经历，对佘伯而言好多年都是不愉快的。"文革"的影响也蔓延到了麻风村，村里有一个叫"群英"的组织，把佘伯举报到了汕头市公安局。他们是这么说的：佘伯和另外一个病人正在谋划，计划把麻风村的几十个病人带着逃到香港去。他们振振有词："你认识那么多字，不是农民出身也不是工人出身，你就是资产阶级！"

批斗大会开了一个星期。佘伯的听力受损，就是这个时候被扇巴掌扇的。

带头批斗的人，是当时麻风院的副院长，同时也是佘伯的好朋友。他没有跟佘伯见面，只是叫三个小兵来斗他。他从前是一个部队的副连长，得麻风病以后，就被派来麻风院，当上这里的副院长。1956年佘伯刚入院时，这个副院长跟佘伯很谈得来，他们两个人经常坐在床上"促膝谈心"，说话说好久都不累。副院长是山东人，讲普通话；佘伯是本地人，讲潮汕话，他们互相讲自己的语言，却没有一点沟通的障碍。那个时候，他给佘伯讲了好多部队的故事，他怀念，但也清楚自己回不去了。两个人关系好了，佘伯也不喊他"院长"了，而是亲切地称他作"大主任"，而他就喊佘伯作"老师"，意思是佘伯读过好多书，是有文化的人。

批斗过去的好长时间里，他们只见了一次面。他对佘伯说："你好好检查。"之后就什么也不再说了。只有下面的三个小兵日日夜夜守着佘伯让他承认罪名，他们大声喝斥他："你当时在这里做什么?！"

佘伯绞尽脑汁，就像猜谜语一样，要猜出他们想要的答案。答不出来，对方开始提示："你做什么领导？是这里什么站长？"佘伯想来想去，想到这里是个医院，那我就是医院的站长吧，他回答："我是浔洄医院的站长。"

"不对！这是什么地方？"

佘伯又想，说："是浔洄山的站长。"

"不对！"

"浔洄村的站长？"

"不对！"

佘伯好像猜到了："我是汕头麻风住院部的站长！"

"不对！你住在哪个地方？"

佘伯又想，我住在浔洄山，浔洄山也叫怪头山。他尝试回答："怪头山的站长？"

"对对对，就是这里！不对，还差一个字，你应该是副站长。"

佘伯就这样子写下来，自己是"怪头山的副站长"。

承认了，他觉得可笑。

更可笑的是，很多年后，他在别人的桌子上看到一包烟，烟的名字就叫"群英"。他才恍然大悟，哦，原来那个批斗组织的名字"群英"，就是从这个香烟上来的。

承认之后，佘伯被关进离麻风院不远的一个平房里。这个地方本来是个妈祖宫，破除迷信的时候被改建成了平房，一共五个房间，关了三个人。几个小兵在门外负责监视，佘伯就这么陆陆续续被关了一年多，直到1969年，汕头遭遇了"728"超强台风。

台风来的时候，佘伯就被锁在平房里面。幸好，麻风院马上有人跑来开锁，刚逃出来不久，大水就把石头房子冲垮了。这次台风过后，佘伯他们几个人才被允许住回麻风村里，只是其他病人，没有一个敢跟他们说话了。

直到最后，他们也没能从佘伯身上查到什么"反革命"的证据。一天一天过去，一年一年过去，佘伯依然没有等到一句道歉。院里的病人偶尔聚集起来一起学习、开会，有开会的消息他们会互相通知，可不会有人来通知佘伯。佘伯还记得，林彪1971年开飞机逃跑的消息，他也是隔了好长时间才知道的，他只记得有一个晚上，所有病人都集中到上面的病区开了好久好久的会。

直到"文革"结束，佘伯才慢慢重新参与麻风院的事务。他原本是图书室的管理员，还兼做院里的财务。佘伯识字多，当初一入院，就负责写墙上的标语和主席语录，后来院里要建图书室，领导就把买书的任务交付给他。书是坐船出去市区的新华书店买的，麻风院外面有一条通向汕头市区的水路，每个月病人需要的大米、猪肉和鱼，都由一条医院的船载进来。买了书也用这条船载回来，领导一次给他20块钱，那时候的书一本几毛钱，最贵的也只是一块钱两块钱，他选《三国演义》《水浒传》，也选连环画小人书，他考虑着其他病人的喜好，慢慢地将图书室充实了起来。

佘伯喜欢书，从小到大，好多难熬的时光，佘伯都是读着书度过的。他上学少，认的字不多，可是他喜欢一个一个字慢慢学。沉浸学习的时候，沉醉读书的时候，就好像眼前的苦和难会消失不见，让他仿佛觉得，自己没有真的被困在麻风村里。

⟡

2016 年，我第一次来到浔洄麻风康复村，第一次见到了佘伯。

这个快 90 岁的潮汕老人家，普通话说得出奇地好。他独自一个人住在遥远偏僻的小村子里，思想却一点没有落伍，他每天听收音机，这个观点的新闻也听一听，那个观点的新闻也听一听，然后自己斟酌有没有道理。

虽说是一个人住在这里，可是佘伯看起来并不凄苦，也不孤独。佘伯自己没有儿女，可侄子和侄孙都非常孝顺他，侄子常常从南京给他寄来最好的茶叶，侄孙上大学的时候，好多次踩单车来看望他。担心佘伯无聊，他们买来一台好大的电视机，这样视力不好的佘伯也能看清电视了；后来，又买来一个智能手机，学会用微信的佘伯，开始在手机上浏览社会新闻。嫌村里网络不好，佘伯自己给电信公司打了个电话，给这个只有一个人的麻风村装上了宽带网络，每个月 139 块钱网费，就由佘伯侄孙帮忙交。

明明年龄那么大了，可是佘伯这个老人家，仿佛从来没有真的老去。我跟佘伯聊天，总是感觉他身上没有年龄的痕迹，我当然知道他的岁数，可是他没有因为年纪大而有居高临下的说教，也没有因为隔离而与社会脱节，他开明、谦逊、倾听别人、理解别人，跟佘伯说话，既不用担心被评价，也不需要特意迁就什么。

开始写康复村故事的第三个月，有一天我收到佘伯发来的微信。

> 「翠屏姑娘是天下第一个寫麻瘋病康复者故事的偉大作家，寫得太生动，读之动容，感触颇深。，」（此处为佘伯发来的原文。）

说不出有多惊讶多感动。佘伯的视力那么坏，是怎么看完文章的？他可以打字吗，还有人过来的时候帮忙打的字吗？

打电话过去，他只轻轻回答："我就一个字一个字慢慢看呀。"

原来，遥远的佘伯一直在静悄悄看我写的故事。

"看的时候太触动，好像写到我心里去一样。"

又问他留言怎么写的，他有点自豪："我就一划一划慢慢写，只是很慢，一个字要写好久。现在眼睛不好了，好久不看报，很多字忘记怎么写。"

佘伯的手是残疾的，是典型的麻风病后遗症的畸形手指。他用不完整的手指，一笔一笔在手机屏幕上划，认认真真给我写下鼓励的话。

有时候我想，絮絮叨叨把这些过去的故事写下来，真的有价值吗，对谁有价值呢？可是我知道的，至少对佘伯来说，它们有价值。我想象作为麻风康复者的佘伯怎么在字里看到自己，看到那些曾经相似的经历，看到不公平，看到温暖，看到羡慕，看到惋惜。没有谁的鼓励比他的鼓励更沉甸甸了，没有谁的认同比他的认同更重要了。佘伯说动人，那就是真的动人，佘伯说我伟大，那我一定就是伟大的。

（十六）

梁叶芬今天胡言乱语了吗

梁叶芬说话，总是乱七八糟的。

比如他问我在哪里上大学，我回答了，他马上举起杯子："对对对！我记得你，我就是你们学校校长！你是好学生，我跟你老师说一说。"

又有一个阿姨经过，手上拿着刚从鸡窝捡的几个鸡蛋。他又开始乱说话："你生的啊？"阿姨没好气："你生的！"

整天牛头不搭马嘴，好像喝醉酒一样。

可是有时候他又挺认真。

有一次我跟他说："番茄好吃，你种点番茄吧，种好叫我来吃。"过了两天，我改变主意："不如种荷兰豆吧，荷兰豆更好吃。"他抱怨："怎么不早说！番茄都种下去了！"

又有一次，他说等我下次来，他给我买烧鹅吃。果然，下次再去，桌子上放着一盒新鲜出炉的烧鹅，是他算好时间骑电动车出去外面烧腊店打包回来的。他特意叮嘱了店主，烧鹅腿整只留着不要切，是要留给我整只拿着吃的。只可惜那天我刚拔了牙，什么硬的都咬不动。

梁叶芬是金菊福利院的一位麻风康复老人，这里将近 100 个老人家里面，毫无疑问梁叶芬是最热情的那个。

……同时也是最闹腾、最邋遢的那个。

不信，你看他房间就知道了。他一个人住一个单间，客厅放一张上下床，后面带一个厨房和一个洗手间。他把杂物满满堆在床板上，几乎挨到天花板，眼见之处都是乱七八糟的，也不收拾也不扫，一摸上去厚厚一层全是灰。他养的猫躺到哪里哪里就是窝，大猫又要生小猫，有一次他趴在地上打着手电筒从床底下找小猫给我看，又有一次拉起发黑的棉被抖一抖，抖出来几只没睁眼的小猫咪。除了床，他在房间见缝插针地放了一个鱼缸、一张躺椅、一台冰箱、一部电视，还有一个整天闪着迪斯科彩光的塑料摆件金菠萝……穿过这堆乱七八糟的家当好不容易走到房间后面，窄窄的洗手间不止用来洗澡上厕所，还养着一桶池塘钓回来的鱼，准备什么时候煎来吃；厨房是不用的，他从厨房拉了一根水管拖到大门外面，炒菜也在外面炒，吃饭也在外面吃，这个厨房这么小，才不够他用的呢。

在梁叶芬这里，可是天天要招待客人的。他在房间外面的空地搭棚子搭桌子，又在远一点的地方用水泥砖头砌了个炒菜的小厨房。棚子下面堆满东西，有长青苔的水桶和喝光的酒瓶子，还有脸盆、水管、调味料，什么都堆在一起堆满一地。他太邋遢了，喂狗的狗粮也在地上、吃剩的鸡骨头也在地上、削下来的茄子皮也扔在地上，几把切菜刀，一把放在砧板上、一把在地上、一把在水桶里、一把泡在养乌龟的池子里。这么乱的地方，他居然还能找到位置下脚。

棚子周围的空地，他用来种菜。按照季节，他有时候种青菜，有时候种南瓜种芋头。再往外走几步，有一个小山坡，这里被梁叶芬占来做他的"动物园"，他住到哪里，哪里就是一个动物世界——梁叶芬永远数不清自己养着几只狗、几只猫，反正养多少只他都一样喂给它们东西吃。小山坡最上面也有棚子，他在这里圈养鸡、鸭和鹅，有时候有乌龟，有时候有荷兰猪，甚至有一次，他还异想天开，硬要托一个朋友从陕西坐大巴车帮他带一头山羊回来。

做饭的时候，这些小动物们就在梁叶芬身边自由行动。它们和谐相处，在大大小小的水盆水桶和酒瓶子中间窜来窜去，在这个脏兮兮的游乐场里活得轻松自如。饭做好了、菜炒好了，梁叶芬就拨通几个好朋友的电话："喂——吃饭了！你快点来！开飞机来！"

梁叶芬的朋友太多太多了，到底有多少个，谁都数不清。他们有的是福利院里面的老人家，有的是福利院外面的"健康人"，单是我见过的，就有喇叭厂上班的夫妇、学校饭堂做饭的阿姨、收购活鸡的人、的士司机、大学生、在附近工作的社工……可能因为以前这个福利院没有修围墙，附近的人谁都可以进来当公园逛，而梁叶芬又是厚脸皮的见谁都上去打招呼，于是交回来好多各种各样的朋友。每次我来吃饭，梁叶芬都能打电话喊来一桌人，而每次无论多少人来，也总能挤进一张桌子一起吃。我就坐在那里看，看一会儿来一辆汽车，一会儿来一辆三轮车，一会儿来一辆电动轮椅，大家就这么在最普通的日子聚在一起干杯吃饭，热热闹闹地，好像有什么值得庆祝的节日一样。

一起吃饭的，可不止人类。梁叶芬养的那些小猫和大狗，它们一会儿来一只、一会儿来一只，要是等不到有人丢下来好吃的，就把爪子搭在梁叶芬膝盖上，撒娇要肉吃。而一般这时候的梁叶芬呢，已经喝了几杯烧酒了，一兴奋起来，他就得意扬扬地故意要把肉叼在嘴巴里，嘴对嘴喂给它们吃。梁叶芬一边喂，一边用余光偷瞄大家，等桌边这些朋友一个个都顺利被他逗笑了，他才心满意足继续吃饭。

我奇怪的是，天天请吃饭，梁叶芬好像一点不计较花钱的问题。他是靠每个月领民政局发的补贴生活的，大家都是领一样多的钱，唯有他大大方方拿出来天天请人吃大餐。不止是朋友，其实谁路过这里坐下吃都行，也不用带东西，要是谁有心给他带一瓶酒，他也毫不客气收下来。

后来，每次带新朋友来金菊福利院，我都会带来这个小棚子下面吃饭。一是可以炫耀"我在院里有关系！"，二是因为在这个小棚子下面，最能感受到康复村老人的热情气氛。无论来什么人，梁叶芬都能称兄道弟，他就像《水浒传》里走出的人物，豪爽、直率、不拘小节，没有见过一个人不喜欢他的。

我是 2010 年认识梁叶芬的，不记得什么时候去他那里吃了第一顿饭，从此每一次都在他那里吃饭。那时候福利院还有差不多 160 位老人家，大家都知道的："你中午去'中山仔'那里吃饭是不是？没饭吃就来我这里吃啊？"

　　福利院的老人们把梁叶芬叫"中山仔"，因为他是广东中山人，年纪轻，才六十多岁，在福利院里的确是个"仔"。他另一个花名叫"肥佬"，常常跟他一起吃饭的其他几个老人家，一个叫"傻佬"、一个叫"盲佬"、一个叫"胡须佬"……听习惯了，我就忘记他们的真名是什么了。成天跟梁叶芬在一起的朋友们，也不知道他们原本就一样疯疯癫癫，还是跟梁叶芬交朋友之后才变得疯疯癫癫的，每次我想跟他们聊天，他们总是嬉嬉笑笑地胡说八道。比如有一次在梁叶芬家吃午饭，这天"傻佬"没有来，我问他们："傻佬呢？"旁边的"胡须佬"抢着回答："他不来了，不要理他，他出去沟女（泡妞）去了！"

　　什么呀，我一头雾水。

　　再追问，原来"傻佬"在东华医院，准备第二天做手术呢。我还没来得及问情况，梁叶芬就拿起手机来拨电话，电话一接通他大吼大叫："傻佬你不要死这么快啊！"

　　旁边"胡须佬"补充："对对，你不要死了！快点回来，你搭飞机回来。"

喊来喊去的，场面一片混乱。不过，乱糟糟的气氛成功传到电话那边，"傻佬"也开开心心喊回来："好！你们等我回来！"

果然没几天，"傻佬"健健康康神清气爽出院了。直到现在，我都没搞清楚他是因为什么事情入的院。

至于刚才提到的"胡须佬"，可能是梁叶芬最好最好的朋友。梁叶芬跟他有时候形影不离，有时候翻脸绝交。关系好的时候两个人就一起去钓鱼，有一次我看见他们从鱼塘那边骑电动车回来，问："钓到没有？""胡须佬"高高兴兴："钓到了钓到了啊，钓到五十斤，嘿嘿，我先养在池塘里面，想吃再去拿。"

哈哈哈，就是什么都没钓到。果然是最好的朋友，他说话的方式就跟梁叶芬一模一样。

"胡须佬"之所以有空天天陪梁叶芬钓鱼，是因为他的老婆去世了。话从他嘴里说出来就变得奇奇怪怪："哎，她去美国旅游咯，上个月 24 号去的，可能那边靓仔多，都不肯回来。去了快一个月了，一次都不回来！"

他嬉皮笑脸说个不停。可是奇怪，一向跟他一唱一和的梁叶芬，这时候没有乘势接下一句搞笑的话。气氛微妙地沉下去了。

梁叶芬还有一点与众不同的地方，就是他每年都给自己办生日会。

生日宴上吃的鸡，是提前半年就养着的农家走地鸡；青菜，也是自己种的菜。宴会之前好多天，梁叶芬就一个一个给朋友们打电话："喂！十一月廿七，你过来啊！对对对，你跟老板请假，就说你老豆（爸爸）办生日。带多几个人来！"

生日这天，梁叶芬要给自己摆上十几桌，每桌准备九盘菜，特别郑重其事。这一天，喇叭厂上班的夫妇、学校饭堂做饭的阿姨、收购活鸡的人、的士司机、大学生、在附近工作的社工……大家都要赶过来。他们有人带个红包，有人带两瓶酒，有人什么都不带；有人提早一点来帮忙切肉炒菜，有人负责讲笑，有人帮着打下手、分筷子、摆凳子、端菜……要说最忙的还是梁叶芬，这天梁叶芬既是寿星、又是迎宾、还是总指挥，忙得团团转。好不容易看他闲下来，该到的客人陆续到了，饮料摆好了，菜也摆好在桌上了，我这才抓到机会提醒他："今天你生日，怎么穿一件烂衫？"

他低头一看，果然，衣服的下摆不知什么时候挂到了，碎得丝丝缕缕。身上穿着烂衣服，还胡子拉碴的，他比平时看起来还要寒碜。这哪是一个寿星公的样子？我看出来他有点不好意思，可又想掩饰过去，他假装毫不在意，随手从桌子抄起一把剪刀就剪下去："呐，这不就得了？"

剪下来的那片衣料，他就潇潇洒洒扔到地上，然后继续找事情忙去了。

我只好摇摇头，算了，不管他了。

其实我想他可能没有把自己当作是这天的主角，只要大家开开心心他就心满意足了。我总怀疑，这样的生日宴会是不是只是他的一个借口，借口喊朋友们过来一起吃个饭见个面？

　　总是听他醉醺醺一样胡说八道，我就很好奇他的过去。他以前是怎么得麻风病的？怎么来到金菊福利院，之前去过其他麻风院吗？可他说话没有一句正经的，无论问什么都被他的胡言乱语糊弄过去。

　　我都差点相信他真的是逍遥自在无牵无挂的一个人了。直到有一年生日会，我见到了他的女儿，亲女儿。

　　他结过婚吗？他是在麻风院找到的老婆，还是有家之后才生病入院的？

　　我的好奇心熊熊燃烧。他不肯说没关系，我人脉广，零零碎碎也能从别的老人家那里打听回来一些消息：

　　他有一个大哥在香港，很有钱的，所以当年他在福利院算是很有面子；

　　他的老婆是"健康人"，意思就是没有得过麻风病的人；

　　他麻风病治好之后出院，几年过后又主动申请回来，粗手粗脚的大男人背上背着一个一岁多的干干净净漂漂亮亮的小女孩；

　　他一边照顾小孩子，一边学人养鸡赚钱；

　　婆婆们心疼他，送给他米、菜、咸鸭蛋……

　　我想，他是不愿让人知道这些过去的，这些不够愉快的往事，不是他习惯提起的话题。现在的他，只想让人看到他的无忧无虑和疯疯癫癫，他只想逗大家笑，要听别人大声说话大声笑，他才心满意足。

幸好，这些过去也已经成为过去。女儿长大了，找了个疼爱她的男朋友；他也天天过得精彩，不是请人吃饭，就是去钓鱼，有时候跟人吵架，有时候骑电动车从屋后抄近路去市场买东西。偶尔呢，要是突然想念哪位朋友，他就立马打电话过去："喂！靓仔！你怎么还不来看我，不看我怎么知道我死掉没有？"

就是有些小小的不如意，比如70岁这年的生日会可能办不成了。

他的七十大寿刚好就在2020年，因为新冠疫情的原因，福利院不像以前一样可以随意让很多人进来。他还是潇洒："不行的话，到时我就只摆一桌，喊你来吃！"

可是后来这一桌，也不允许摆了。

原本早早养着的要在生日宴上一桌一只的走地鸡，因为土地政策的问题，鸡棚被强迫拆掉。他只好叫来收购活鸡的朋友，把鸡啊鸭啊全部卖出去，一共卖了770块钱。他一边数钱，一边心疼，一边忍不住骂两句："都怪特朗普！我跟你说，病毒都是美国佬搞的阴谋！"

我也不跟他讨论不跟他争，只需要用"原来如此！"的表情，赞同他就行。

生日会办不成了，喇叭厂上班的朋友特意带老婆小孩来了一趟，给他送来两支毛铺苦荞酒和六支白兰地做贺礼。去市场买菜种子，开商店的朋友也塞给他两百块钱，当作生日红包。我呢，我给他买来他喜欢吃的跳跳鱼、牛肉丸子和潮汕虾枣，让他叫好朋友来一起吃。知道我来，梁叶芬像以前一样骑电动车出去烧腊店买新鲜出炉的烧鹅，并叮嘱店主，烧鹅腿不要切，他要给我整只拿着吃。只是这次我留意到，烧鹅肉他一块都不吃了，他的牙齿变得不好，烧鹅这样的东西，他已经咬不动了。

不过没关系，烧鹅吃不动而已，还有那么多茄子，还有那么多鱼，他还是一样生活得开开心心。吃完饭，他把自己种的青菜、芋头、南瓜还有土鸡蛋装成一袋让我带走，他说："要不是给你吃，我就不种了！"

（十七）

肖东与阿好

我在梁叶芬家吃饭，肖东打电话让我过去。

梁叶芬和肖东两个人都住在金菊福利院，都七十多岁的人了，不知道为什么关系非常不好。我两边都不敢得罪，只好吃到一半跟梁叶芬说要走。幸好梁叶芬大度，他挥一挥手："你去吧。"

端着半碗米饭进门，肖东和他的老婆阿好已经坐好在饭桌前。阿好拿走我的碗，把米饭倒掉，再重新装上他们家的："我的米好吃。"又安慰肖东："翠屏刚才只是应酬。"

他们两家的菜大大不同。梁叶芬的菜像农家餐厅，大盘大盘的，实实在在；肖东家的就像普通东莞家常菜，蒸排骨、白灼虾、蒜蓉炒青菜，简简单单，又花心思搭配过。对了，桌子上还有一碟永不缺席的姜丝蒸咸鱼。肖东喊阿好从紫砂煲盛给我一碗汤，一看，哟，里面有海参。虽说他们是在福利院里的孤寡老人，可是生活一点也不凑合。

金菊福利院住着差不多一百位麻风康复老人，他们的性格和生活习惯各种各样都有。十年前我第一次来，那时候老人家还有一百六十多个。像其他麻风康复村一样，村里剩下的老人越来越少，又没有新的病例进来，整个村子一天接一天老去。

不过，生活条件还是不错。每个月市民政局发给老人家足够的生活费，生病也有医生看，志愿者还经常送礼物来，甚至比很多农村的生活好得多。这个福利院的最后一排房子是特意修给夫妻住的套间，老人家都叫这里"夫妻房"。肖东和阿好，就住在"夫妻房"的最后一间，最偏僻，也最安静。

我一开始走过来，是被他们房间外面的矮棚子吸引住的。

这是他们给宠物狗"嘟嘟"搭的狗窝。"嘟嘟"是白话里铃铛响的意思，肖东和阿好养这只宠物狗16年了。其他康复村看见的狗一般是黄色或者黑色的中华田园犬，它们又瘦又凶，天天打架，睡觉的地方可能是主人的床底，又或者是枯草堆，没有一只像"嘟嘟"一样有自己的专属狗房子。"嘟嘟"是一只长毛宠物狗，十分乖巧，后来我看到好多次它安安静静在午后陪阿好坐在花园前面晒太阳。

走进他们的房间，就更让人吃惊了。这个小小的房子装饰得红红火火热热闹闹，墙上贴满五颜六色的照片和年画，房间中间有个玻璃柜子，里面挤满夜市地摊风格的小玩具：有毛绒公仔啦，有扭屁股的人形娃娃啦；还有一个拉黄包车的喜羊羊，装上电池，它就拉着美羊羊和懒羊羊一圈一圈跑。

问了才知道，这些公仔，都是肖东出去旅游的时候给阿好买的。肖东喜欢旅游，趁现在有时间而且腿脚还算方便，他到报纸上找旅行社打的广告，然后打电话过去报名。他不像很多麻风康复者一样看轻自己，不觉得麻风康复者跟正常人有什么不同。很可惜的是，肖东没办法带老婆阿好一起去——阿好虽然手脚没有留下什么麻风病后遗症的痕迹，可是年纪大了，腿脚不好，出门多走几步都要撑两支拐杖。为了不要麻烦人家旅行团，肖东只好自己去。不管去到哪里，肖东看见小摊就一定会走过去，看看有什么可以带给阿好的新奇有趣的小东西。他知道阿好最喜欢这些小东西了，他想哄她开心。

明明是一对八十多岁的老人家，明明一起生活了一辈子，可他们相处起来就像拍拖的年轻人似的。有一年我们办文化艺术节，肖东和阿好一起来了，我看见阿好拿起一瓶矿泉水，随手就递给肖东，肖东拧开，随手递回给阿好，全程两个人一句话都没有说，连眼神交流都没有。

其实在肖东之前，阿好是结过一次婚的。阿好在这次婚姻里生了一个儿子。

儿子三岁的时候，丈夫病死了。儿子五岁的时候，阿好发了麻风病。她不舍得儿子，又怕连累儿子，最后狠下心主动申请到泗安医院隔离治疗。

阿好入院时，肖东已经在这里住了几年了。他是自己开电船来的。肖东16岁那年就发了麻风，脸上长了一团一团的东西，肿得像猪头一样。眉毛全掉光了，耳垂肿得后来不得不做手术切除。他不愿住在家里受人指指点点，开了家里一条小船，就独自出海了。他出海"拿鱼拿虾"，然后托其他渔民拿去卖，平时就只生活在船上。后来攒够钱，他换了一条电船。说起为什么后来肯入院，他说他是深思熟虑过的："之前有人叫我入院，我不肯去，怕那里面环境不好，一入院就不放我走。后来我趁没人偷偷开船上泗安岛看过，看过才知道这里好。如果住了不好，我还可以走，我有船嘛。"住了一段时间，他安了心，把藏在岸边的电船卖给附近一位渔民。

进到麻风院，肖东又可以大展身手了。那时候大多数麻风病人都需要一边治病一边工作赚工分，早年肖东跟师傅学过做建筑，进到麻风院，他开始做院里农业队的建筑分队队长。对了，这时候我们前面讲过的张献是香蕉分队的队长，刘大见在另一个分队里养鹅。建筑队需要人做杂工，比如搬砖、挑泥、砌墙之类的，不需要什么技术，就是需要卖力气，肖东就把麻风院里那些十七八岁的年轻女子组织来帮忙，也让她们有机会赚工分。几年后，阿好入院，也加入了肖东的建筑分队。

不过接下来的几年，他们还没有很多交流。

药物治疗起了作用，肖东的脸消了肿，变得满脸都是皱褶。医生帮他做了整容手术，把皮肤拉平拉到耳朵下方缝起来，耳垂也切掉了，他看起来就跟正常人差不多了。1969年，肖东的麻风病完全治好，可以出院了。差不多同一时间，阿好也可以出院了。

可是阿好不肯回家："我回去会害儿子一辈子的。"那时候阿好的儿子只有九岁，她想念他，又不愿意连累他。那时候，只要家里住着一个"麻风人"，其他家庭成员都会受牵连受到歧视。是的，她的病治好了，可是社会对她的偏见没有治好，她依旧被看作"麻风病人"。麻风院催她出院，她又不敢回家，整天不知如何是好，急得要哭。

肖东也不想回家,他怕出院以后下半辈子都孤苦伶仃。肖东是养父母抱养回来的儿子,养父母催他出院,因为他们需要他回来将来尽赡养义务。可肖东想,以后把养父母都送走了,他就只剩下自己一个人了。他需要一个妻子,外面的健康人,怎么可能愿意嫁给一个麻风人呢?"如果不能结婚,找不到一家人,我死都不出院的!"肖东对养父母说。

于是肖东和阿好一拍即合。

很难说肖东和阿好有多少感情基础,或者他们的结合不过是当时的互相需要。肖东原先看中一个"面貌似杨贵妃一样漂亮"的女子,可是她手指残缺得厉害,那是典型的麻风病后遗症。养父母不同意肖东带回来一个不能劳动的人,长得漂亮有什么用,以后的家事由谁来做?其实阿好的手指也有一点弯曲,可是看到养父母对阿好露出不满意的神情,肖东马上跟他们大吵一架,要带阿好搬到小房子去另过日子。

麻风康复者想融回社会,困难重重。人们把从民间故事听回来的麻风病的恐怖,发酵成病人会想方设法将病传给别人的说法,因为传给别人以后,自己才能治愈,以至于麻风康复者即使领到证明治愈的"出院证明",健康人也一样不敢靠近。

1970 年,肖东带阿好到公社登记结婚。走进公社,这个人也看、那个人也看,连办公室的人都走出来看他们。他们的脸上、手上还留着麻风后遗症的痕迹,大家十分惊诧,因为

"麻风人"结婚是太稀罕的事情了。肖东不理他们，"你们要看就随便看吧"。他想自己堂堂正正，没做什么亏心事情。

回到家里，日子就更难了。一群小孩经常来挑衅："发风佬！发风佬！"肖东忍了一段时间，可是这样怎么过日子呢？他决定要争回尊严。又一天路上遇见这群小孩，他们照样放肆大喊"发风佬！发风佬！"，肖东一下子冲上前拎起一个孩子的领口，一直拎到他家门口："这是谁家的孩子？！"孩子妈妈匆匆跑出来："他做什么了？"肖东不再忍耐："我没有得罪他也没有打他，可是他每天看见我就惹我，我早医好了，他为什么要这样子打击我？如果下次再这样子，我就……"肖东做了个凶狠的表情。这位妈妈吓坏了，一把把孩子按到地上："你跪下来给阿公道歉！"

不过，小孩子都是从大人那里受来的教育，只是小孩子敢张扬，大人的偏见更隐秘。在公社里，肖东要劳动才能赚到工分。可没有人愿意同他一组，肖东还记得，打禾机那组的排斥最是激烈。

幸好公社队长为他做主："你会用算盘，你就负责写工分。"这样一来，大家就没办法躲他了。他们每天晚上到肖东的屋子里，逐个逐个登记自己今天的工种和工分，一屋子都是人，也没有谁顾得上害怕了。

这时候，肖东才敢把阿好从麻风院接回来。他们约好了，肖东先一年回家："我先回去打好基础，打好基础再接你来。"队长也好心，他给夫妇俩安排了田间管理的工作，肖东负责给耕地排水、放水，阿好看见哪里田埂塌了就用石粉或者泥土补回去。队长让人在农田中间搭了个棚子，他们可以住在这里，远离人群，就可以避开很多不友善的目光。

白天做队里的工作，晚上，两个人另有安排。肖东熟悉附近的水域，他们半夜就到河里找鱼、找虾、找田鸡，趁天没亮，偷偷拿回家去卖。这样辛苦了三年，肖东说："我们的生活有了翻天覆地的变化。"

一开始，两夫妻的家当只有一床棉被，连被套都没有。三年后，他们回家把泥砖房子拆了，用钢筋水泥重新建起来两间房子，给自己住一间，给养父母住一间。肖东还记得，那时候水泥三块钱一包，一担钢筋三十多元，他们两夫妇胼手胝足把新房子建起来，肖东砌砖，阿好就打下手，那时已经分田到户了，他们专门搭了天台，方便以后晒稻谷。

房子建好了，还有一些钱剩下来，肖东拿去买了只机艇。那时候公社里几千人，也就只有两三个人买得起机艇的，所以肖东一下子就长了面子。有人想搭他便船到另一个河岸做工，肖东就说："你害怕就不要坐我的船。"那人只好客客气气："不害怕，不害怕。"肖东和阿好，用自己的坚韧、勤劳和耐心，赢回来别人的尊重。

1989 年，他们把机艇和房子卖了。房子卖了 6000 元，机艇卖了 700 元，他们请了个货车，把全部家具搬到金菊福利院。

那时候阿好 53 岁，肖东 52 岁。养父母已经过世，他们无儿无女，是时候该为老年考虑了。

金菊福利院一开始叫"金菊农场"，后来改叫"金菊老残院"，这里是一个专门收留无家可归的麻风病康复者的地方。根据 20 世纪 50 年代的官方数据统计，全中国大约有 38 万到 39 万的麻风病病人，而后来各种调查表明，实际病人的数量比这个数字还要高。（资料来源于《麻风：一种疾病的医疗社会史》）病人治愈之后如何安置是个问题，一些病人从其他麻风院出院了以后，如果手脚坏得不严重，可以选择申请到金菊农场这边参加农作劳动，包括养鸡、养兔、种菜、种果树等，在这里可以赚到工分、可以生活。如今，这里已经正式改为"金菊福利院"，是市民政局直接管理的，院里的康复者每个月可以领到一笔生活补贴。

在当时而言，重新搬进麻风院算得上是一场赌博，因为金菊的生活远远比不上肖东在农村的家里。可是后来证明，他们赌对了。

金菊福利院的环境果然越来越好。他们搬进了新装修的"夫妻房"，门外的空地可以种花种树，伤了病了院里就有医生护士，有人不想自己做饭，还可以吃饭堂。肖东喜欢旅游，他就自己到阅览角看报纸找路线，去了北京去西安，去了西安去上海，想去的地方越来越多越来越远，79 岁那年，肖东还报名新马泰的旅行团，他要趁 80 岁之前出一次国——旅行社告诉他，再过一年满 80 岁就不敢接受他报名了。肖东说："我不给人生留遗憾。"

护照办好了，钱交上去了。临出发的前一天，阿好不小心摔了跤。

我去金菊的那天，他们已经出院了。客厅乱糟糟的，床铺和桌子改了布局，相比以前的温馨热闹，现在更重要的是照顾方便。阿好被安排躺在客厅中间的护理床上。她瘦得我认不出来，肖东话里都是抱怨："我说叫你不要出院你非要出院，回来找谁照顾你？"

他的新马泰旅游没有去成，阿好一摔倒，他就陪着进了医院照顾她。阿好在医院几个月，肖东就陪在医院几个月，晚上只能睡在隔壁的空病床上，护士可怜他，也尽量不往阿好旁边的病床安排别的病人。肖东留意着观察护工怎么照顾人，学会帮阿好换床单换尿垫的方法，因为这些事情一旦出院就必须由他做了——福利院地方偏僻，外面的护工是不愿意进来的。回来以后，有一次他抱阿好下床吃饭，阿好一时没扶稳，两人双双摔在地上。肖东痛得大声喊人来。

毕竟，他也很老了。这一摔，肖东做过两次手术的腰骨又痛了。腰侧边的骨头也痛，照了片子，医生说骨头开裂了，没法手术，只能等它慢慢静养恢复。照顾阿好更难了。

我在的时候，肖东要把阿好从轮椅抱回床上去。他不耐烦地对她喊："脚放下去！收起来！手扶这边！叫你抓稳听到没有！翻过去！翻过去！你聋了是不是！"

阿好被急急催促着，手忙脚乱。她可怜地向我求助："翠屏你来扶我一下啊……"肖东呵斥她："今天能扶你一次，明天你还不是要靠自己？快一点！"

我问肖东："以前你住院，她去照顾的时候有没有这么凶？"

他回过来："她？她比我更凶。"

安顿好阿好，肖东告诉我对未来的考虑。他不是有意对阿好凶的。他的腰骨太痛了，医生也没办法 24 小时住在这里帮忙，万一他也起不来床，那两个人就都没办法了。他想好了，等这个月的民政补贴发下来，他就送她去住院，医院有护士、有护工，照顾什么的都方便些。

阿好听见了，小声哀求："我不去啊。肖东，我不想住医院……"

肖东用命令的语气："你不去医院怎么办？不去也得去！"

阿好好可怜："那你呢，你去哪里啊？"

"我能去哪里？我还不是陪你一起住医院！"

有一天早上七点五十，我接到肖东的电话。"翠屏啊，裤子不用做了……阿好昨天走了，今天送去火化……我只是告诉你一声，你千万不用来。我没事，她儿子可能来帮忙。"

我那时候在上服装裁剪的课程，说好要给阿好做几条宽松的裤子。卧病在床的人需要频繁换裤子，因为他们大小便都在床上，又可能有褥疮。阿好给我提了要求："要几条薄的，要几条厚的，厚的先放柜子里，等冬天穿。"

裤子还没做好，冬天还没来，阿好就先走了。

肖东被安排搬进"老人房"，他年纪大了，福利院不放心让他一个人住在偏僻的房间，怕他有什么事情喊不到人。新搬进的房子在娱乐室旁边，人来人往，谁路过都可以往里面看一眼。"老人房"是个单间，面积不大，肖东只好把旧房子的家具扔掉一些，只搬进来一小部分，原来房子外面种的蛋黄果、人参果、菠萝蜜和木瓜树也都只好不管它了。

我去看他，果然新房间少了以前很多东西。原本挂在墙上的玻璃相框还在，只是里面剩下的全是肖东的旅游纪念照，阿好的相片，一张都没了。

问他，他语气消沉："人都走了，留来有什么用，不要了。"

又问他："那些公仔呢？"

他说："全部扔了，不要了。"

他一个一个从全国各地买回来的送给阿好做手信的公仔，连着柜子全部扔掉了。

他仿佛刻意想忘记阿好。我看了一圈，只有床头挂着的公交乘车卡上，还印着一张阿好的一寸照片。

肖东开始变得偏执、易怒，说话的时候叹很多气。他也不到娱乐室打牌了，只出去在树下坐一坐，然后又回房间。以前，好像是阿好在依赖他，而其实是阿好离开了，肖东找不到可以依靠的人了。

只是他一边想抹去阿好的痕迹，一边忍不住回忆说阿好有多好。他说："这种性格的女人很难得的。"

肖东回忆起年轻时候的事情。年轻的时候，肖东试过跟同村的人逃港，结果被抓住，判了三年，关在连平的劳改场里。养父母知道了，他们想把阿好赶回娘家去，他们把阿好的东西从房间里扔出来，只扔剩下一个床；阿好的儿子也劝她回家，家里不像以前那么怕麻风了。可阿好就是不肯走："我走了，肖东回来怎么办？"肖东离开的时候，阿好把家里的积蓄全部让他带去了，自己只留几个零钱；后来没有钱了，她自己去河里采莞草，学着织蒲团换一点点收入。劳改场那边，肖东为了可以早日出来，积极表现，做什么都争当小组长，因为表现优异，最后三年的刑期减到一年零三个月。这些都是阿好不知道的，阿好只知道在家里一天一天等，一天一天等，她知道很快他会回来的。

后来，他们来到金菊福利院，有时候我去看他们，看见门外只有"嘟嘟"陪阿好在慢慢晒太阳，肖东不见人影。我问："肖东呢？"原来，他在娱乐室打牌呢。阿好悄悄跟我说："他们是赌钱的。"不过没有赌很大，所以阿好从不过问，她假装不知道肖东拿走了抽屉的零钱。她也从来不催，她知道时间差不多了，他就会主动回来，几十年如此，他从来不让她失望。而这些事情，肖东可能永远不会知道了，这些温柔的秘密，阿好带着一并离开了他。

十八

阿妹和她的张健民

第一次去张健民那里，他送给我一罐五香黄花鱼罐头。第二次去，他又送我麻辣象拔蚌和麻辣鲜蛤罐头。他挺自豪的，推荐我吃吃看："你拿回去试，我从网上买的。"

　　其实他搞错了，他不会上网，他是看购物杂志打电话买的。自从看了购物杂志，他什么都打电话去买，POLO衫、老人鞋、保健品、罐头鱼，买满666块钱还能减免166块钱。杂志公司时不时给他送礼物，端午节送10个粽子、中秋节送12个月饼，新冠肺炎开始那年，还送过来电子温度计和免洗洗手液。

　　张健民把不要的纸裁成小方块，再用铁夹子把它们一叠一叠夹成记事簿。他在上面登记：三九旦（蛋）白肽口服液价款，两个月一箱，2653元。

　　这是他天天吃的保健品，也是从购物杂志买回来的。张健民以前是医生，对身体健康很重视："我们快90岁的人，一定要吃的，不吃不行的。"

　　他说的"我们"，指的是他和他的老婆新妹婆婆。一盒口服液一个人吃，可以吃五天，他们两个人分着吃，一盒只能吃两天半。

张健民头发灰白灰白的，方方的肉脸，很慈祥的样子，总是眯着眼睛露出银色假牙笑。新妹婆婆把齐耳短发梳得整整齐齐，她矮矮小小的，长得秀气，很有大家闺秀的气质。

每次从梁叶芬那个堆满杂物的邋遢房子走出来，再来到张健民这里，简直感觉心旷神怡——这里实在太整洁了。张健民天天要把房间外面的灰尘扫干净，屋里一摞一摞整整齐齐堆着杂志和书，电视机两边都装饰上假花，头顶一台蓝色大吊扇悠悠转着，客厅中间放一张木床，他们就盘腿坐在床上看电视。跟我聊几句天，张健民就转过头去跟婆婆说两句话："阿妹，猫仔来了没有？""阿妹，饭煮熟了，你去炒菜啦。"

"阿妹""阿妹"，虽然我知道婆婆名字就叫李新妹，可还是忍不住觉得这声"阿妹"很有宠溺的意思。新妹婆婆不怎么说话，她把两支拐杖靠在一边，坐在竹子躺椅上听张健民讲话，偶尔点点头应两句。张健民喜欢看新闻频道，尤其喜欢看澳亚卫视，他跟我分析国际形势，告诉我奥巴马支持哪一派，分析说美国大选可能拜登会赢。

新妹婆婆就静静听我们讲话，偶尔翻一翻手边的老人杂志。

张健民不是一个简单的麻风康复者，他以前还做过麻风院的医生，有省皮防所发的正式聘书那种。相比起来，新妹婆婆就显得有点普通了，她也说自己以前只是个"拿锄头"的，

"没有文化，没有本事"。我故意问张健民："你那时候为什么喜欢新妹婆婆？"张健民有点不好意思，不过还是想了想回答我："我喜欢她为人老实，老实是一个人最好的品质。"

新妹婆婆也不好意思，低头下去笑。他们是 1968 年相识的，至今已经在一起五十多年时间了。

那时候，金菊福利院还不叫金菊福利院，叫"金菊农场"。东莞市当时一共有四个麻风医院，一个是金菊农场，另外三个分别是泗安医院、稍潭医院和新洲医院。张健民最开始是在新洲医院治病的。他是潮州意溪人，从小在伯父家长大，爸爸早在他出生之后的第 12 天便离开了人世，妈妈也在他很小的时候因为胃病去世了。可能因为家境不差，即使被送到伯父家生活，他还是接受了不错的教育。

二十多岁的时候，他被检查出来得了麻风病。知道他得这种可怕的病，伯父家也为难了，堂兄弟更是害怕他。张健民离开家乡，独自来到离家几百公里的东莞市新洲医院。反正，他早就没有家了。

新洲医院是 1907 年由天主教的神父创办的，位于东莞石龙镇一座小岛上。解放之前，这里还不叫新洲医院，而是叫"圣约瑟夫麻风病院"，岛上的病人们把这里叫"约瑟洲"。张健民入院那年，这里已经改名为新洲了，新洲这个名字来源于所在小岛新洲岛。他还记得入院时岛上有不少医生，两个是中医，其余都是西医，都是省卫生厅派过来的。每周的周一到周六，医生坐船进来岛上上班，接触病人时一定会紧紧实实穿上防护服，有白帽子，有手套，有口罩。

在新洲医院，医生每个月会发给病人麻风药，这种药名字叫"DDS（氨苯砜）"，每天需要吃两粒。张健民听别人说，解放之前这里给病人治病的方法是打"大枫子油"，可是没什么作用。DDS陆陆续续治好不少人，张健民也是吃这种药治好的，可是它效果并不绝对，一些病人吃了好几年都没有用。直到20世纪80年代中期，新洲医院开始使用"联合药物疗法（MDT）"治疗麻风病，病人们把这些药叫成"外国人拿来的药"，有这种疗法之后，麻风病才有了真正可靠的治疗方法。后来，社会上再发现得麻风的人，只要吃几天联合疗法的药就没传染性了，所以后来查到有菌的人都不用进麻风院。

而那些早期得病的人就没那么幸运了。从新洲医院出院的人并不多，那些症状轻、治疗及时、治好依然手脚好的人才容易回到社会。大多数治好的麻风病人，他们已经坏掉手脚，有家难归。再早一点时间，在解放前，被收进麻风院的病人甚至没有出院这一说。

判断麻风病治好与否的标准就是看病人身上还有没有麻风菌。新洲医院一个季度会组织病人查一次菌，院里八百多个病人一次性没办法查完，只好分批次轮流来查。病人们隔离在这里，除了吃药和等待查菌，还有很多闲余的时间。于是，新洲医院在岛上设了一个制砖厂，病人们一边治病可以一边到砖厂参加劳动，烧砖、挑泥或者做杂工，赚一点工分补贴自己的生活。可是张健民不愿意到砖厂出卖力气，他认识一位病友，这位病友也是潮汕人，当时在医院的检验室工作，张健民问他："我能不能也到检验室工作？"

医院的检验室，就是查麻风菌的地方。病友把他带到检验室，他看见这里摆了很多书籍和显微镜。张健民以前一次都没见过显微镜，可是他没有露怯。医生看了看他的手，确定没有残疾，然后问他："你识字吗，会读报纸吗？"

　　到检验室才两三天，张健民开始学习看显微镜。他在显微镜里面看到以前从未接触过的小小世界——麻风菌、红血球，他看得入了迷。"那时候医生只要教我一次，我就记得了。他们都赞我叻仔（聪明）、叻仔，又教我看其他菌。"张健民矜持地夸了夸年轻时候的自己。

　　张健民不是聪明，而是比任何人都要勤奋。有医生看他好学，送给他一本检验学的书，他就天天拿到检验室去看，工作一做完，就坐到一边去翻书学习。新知识越学越多，他准备了一本笔记本，仔仔细细把学到的记进去——他细致地手绘那些细胞的形态，并记录下自己的观察。本子的第一页，他用蓝色墨水工工整整写下：

　　　　临床检验学笔记

　　　张健民，1963 年 2 月 11 日

　　学习地：广东省新洲医院检验室

　　老师：梁庞开同志、刘道正同志

　　一个一开始连显微镜都没见过的人，很快就成为检验室医生的得力助手。梁医生很为自己这个学生骄傲，他把张健民的笔记本借走，带到"上面"去开会，给大家炫耀新洲医院有一个多么厉害的病人。张健民的优秀还不小心让检验室一个年轻医生挨了批评，检验室的头头批评他："你看看人家阿张！你怎么这么没用，学了几年什么都学不会？"

有医生求张健民帮忙，请张健民抄一本一样的笔记本送给他，张健民没有答应。这时候他的病几乎已经治好了，他在心里默默计划着离开，他想出院回家。

"我那时候都准备走回潮州了，哪有时间帮他搞呢。"或许最开始张健民就已经计划好未来，他想在新洲医院学一门技术，治好病，出院了，出去也可以自谋出路。没有父母，没有兄弟，没有家，他能依靠的只有自己了。

他打算的，就是学好检验技术，然后回家乡那边的麻风院找份工作。作为曾经的麻风病人，他必须要比"健康人"更努力、更出色才有可能。他尝试给潮州民政局写信，请求民政局写介绍信介绍自己到潮州古巷的岭后麻风院工作。先找民政局，再找卫生局，卫生局回信告诉他，现在麻风院处处都在精简人员，如果真的想去，就先回家等消息吧，"我们如果需要，会通知你的"。

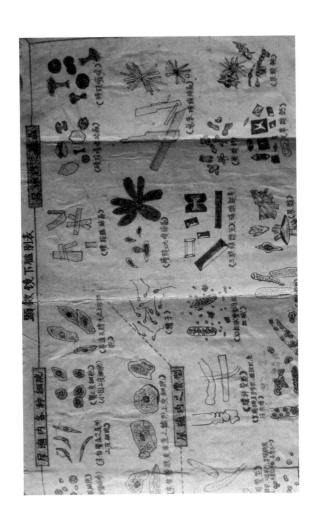

而新洲麻风院这边，医生们都不愿意张健民走。梁医生劝他留下来，他承诺再教他多学一年知识，培养他做一个真正的医生。可是，张健民打定主意一定要走，因为留在这里，他一辈子都摆脱不了这个曾经的麻风病人的身份。

张健民决定回家慢慢等卫生局的消息。回到潮州伯父家，虽然亲人们表面上客客气气维持着礼貌，可是亲情已经找不回来了。一个住过麻风病院的人，去到哪里都会被人指指点点，何况他这时候已经33岁，33岁的人哪里还有理由再依赖亲戚呢？他渐渐灰了心。半年时间过去，他终于相信，期待的好消息，是再也等不来的了。

他给梁医生写了封信。梁医生把他介绍到东莞的金菊农场，那边的检验室正好需要人手。

张健民来到金菊农场这一年，是1965年。三年后，新妹也从新洲医院来到金菊农场。新妹的经历更加让人叹息，她从不抗争，只是随波逐流。新妹原本家在江门新会，她还记得小时候，妈妈每天把弟弟背在背上，一手牵着她，一手拿饭碗，沿着街一家店一家店去乞食。要是看见地上有黄菜叶，新妹就捡起来，捡回家全家人吃。爸爸是在码头做苦力的，看见有船靠岸就要抢着上前去排队，搬到货、赚到钱，全家人才有一顿饭吃。九岁那年，爸爸把新妹卖给附近一户人家。可是，没过几天，新妹哭着自己跑回来了——也不知道她是怎么找到路的，就自己找回来了。爸爸狠狠心，再把她卖得更远，这一次，她被卖到香港九龙的西贡。新妹还记得，她被卖走的时候，弟弟还不会走路。

那时候的西贡是个农村，一点都看不出来繁华的样子。新家庭姓温，这边是把新妹买来做女儿的，养母一共买回来两个女孩和一个男孩，新妹是年龄第二大的。三个孩子跟着养母一起生活，可是他们一次都没有见过养父，听说，养父坐船出去美国了，一直没有回来的消息。一来到西贡，新妹就负责放牛，从九岁开始，一直放到 13 岁。1948 年，新妹 13 岁，她发现自己身上长出一点一点奇怪的红色疹子，东华医院诊断说她得的是麻风病。

那时候，香港是没有专门隔离麻风病人的医疗机构的，解放以前，香港政府每年资助东莞新洲麻风院一部分日常开销，作为交换，若是在香港发现麻风病人，也可以送到新洲医院来。香港东华医院有间小房子，查出麻风病的人会先安置在里面，一个星期一次统一把病人送去新洲。养母把新妹送到那里，对她说："你改回跟你自己老豆姓吧，不要跟我们姓了，你发这种病，影响我们不好的。"后来，新妹独自一人被送上船，一直送到新洲医院，来到一个完全陌生的地方。不过有一点幸运的是，因为香港人的身份，新妹不用交入院费，还可以拿到比别人多一些的生活补助。

我们以前介绍过的阿崧，入院之后就被分配住进新妹那个宿舍。当时新洲医院的宿舍一间要住四十多个病人，新妹、阿崧、阿崧的姐姐都住在同一间。新妹还记得阿崧这个人，她年纪比自己小几岁，是跟华仔拍拖的，或许那时阿崧和华仔从商场拍拖回来，打包回去的食物也分过给新妹一些。可我去问阿崧，阿崧完全想不起来新妹这个人了，她抱怨："我天天早早出去担泥，夜晚回来冲完凉马上就睡着了，哪有时间同人聊天，哪有时间认识那么多人？"

那个时候，阿崧跟很多病友一样，几乎每天都要到砖厂做工。可是新妹不需要像别人一样辛苦做工，她的生活补贴拿得比别人多，平时只是自己种种菜消遣消遣，比别的女孩子都轻松一些。后来医院开了扫盲班，新妹就在那儿跟着老师学识字，她学着别人看报纸，不懂的就问人，慢慢也能看懂几页书。日子在她身边像流水一样一天一天流过去——她似乎没有挂念的人，也没有什么期望。麻风病治好以后，她没有出院，依然留在新洲麻风院里。就这样，20年慢慢过去。

新妹在新洲医院住了正好20年。1968年，她被安排从新洲医院搬到金菊农场。

也不知道他们是怎么熟悉起来的，慢慢地，张健民和新妹走到了一起。张健民在检验室做检验，新妹在农地里种田，新妹喜欢张健民有学识，张健民说新妹为人老实。他们在这里领了结婚证。在大多数麻风院还禁止康复者结婚的时候，金菊农场首先允许了康复者自由结婚，要求只有一个，就是不生养小孩。新妹把他们的家布置得很温馨，她在书柜旁边装饰上塑料花，每天要把地拖一遍。盐勺子用一次就洗一次，每天洗完碗，抹布还要拧干净，挂到太阳底下晒。新妹和张健民都没有家了——幸运的是，他们还可以在这里给自己组一个家。

张健民把那本《临床检验学笔记》带在身边，他每天到检验室上班，一边温习，一边记进去新的观察。20世纪80年代初，一个新机会来到他的身边。

那个时候，麻风院是很难有医生主动进去的，老的医生开始退休，新的医生不情愿来。金菊农场决定培养自己的医生。张健民被选中了——其实一点也不意外，他最有上进心，一直比别人更努力。党支部为张健民交了学费，让他参加一个由北京乡村医生进修学院开办的中西医结合专业课程，这是一个函授课程，为期三年。学校先从北京寄来中药学和西药学的书，张健民就在这边自己看书，自己学。有时候遇到问题，张健民就写信过去问，老师也会隔一段时间寄信过来指导学生。就这样，张健民一边工作一边学习，每半年一次的考试，他都认真对待。三年后，张健民顺利毕业。

1985年，由东莞卫生局批准，张健民有了处方权。后来，他又被任命为金菊福利院的医疗组组长。在麻风院里二十多年，张健民真真正正从一位病人，成为一位医生。

张健民给我说这些旧事的时候，新妹婆婆就坐在门边的躺椅，静静笑着听他说。有护士来量体温，量完新妹婆婆，张健民就问一句："多少度？"护士看一眼："36.7 度。"张健民点一下头："嗯，没问题。"

这是 2020 年，新冠疫情正在流行的时候。福利院的护士每天上门两次给老人家量体温，张健民也留意着出门戴口罩、常常洗手消毒。现在这里不叫金菊农场了，叫金菊福利院，现在的人也不怕麻风了，福利院常驻有专门的医生和护士，张健民好多年前就退休了。闲在家里，他就每天看看电视、看看书，他把那时候上函授课的书本一本一本送出去，自己只留一本中药的书，偶尔翻翻看。现在，他更喜欢看的是购物杂志，看看又出了什么新口味的罐头或者新泡面，再看看常买的保健品有没有打折活动。张健民和阿妹很注重身体健康，他们坚信，要想长寿就要多吃保健品——可我觉得，他们身体那么好，是因为他们心态乐观、积极生活。

不过，管它呢，想买就买，想吃就吃，只要他们快乐就好。

十九

李福记米花糕

我在抽屉里藏了一块硬纸板。纸板上印了几个鲜黄色的大字："李福记米花糕""南雄特产、送礼佳品"。它原本是纸箱的一个面，就是那种最常见的装特产用的喜庆大红色礼盒纸箱的一面。这个礼盒纸箱，是福伯送我的。

　　说实话，我和福伯并不熟。2011 年的夏天，我第一次来到韶西麻风康复村，是作为"家工作营"的志愿者，和朋友们一起，要在这个韶关偏僻的山脚下度过九天时间。韶西麻风康复村有不少人见人爱的老人家，孔伯热情好客爱讲冷笑话，黄妃婆婆和蔼慈祥又有少女的活泼，谢伯质朴，李伯细心……尤其是孔伯，他的房间总是挤满了人，大家吃花生嗑瓜子、喝茶唱歌看电视，一不小心就闹到夜晚十一点。

　　而隔壁福伯的房间，却是另一副模样。大家对福伯的印象都差不多，他不出门，说话少，总是一个人安安静静坐着，有时是坐在房门后面，有时是坐在电视机前。来来往往的大学生志愿者给他打个招呼，他也就回应一个招呼。房间里除了床铺，他有一台彩色电视、一个电饭锅和一辆电动自行车。听说早晨他会骑电动车出去镇上市场买菜，又听说他偶尔到屋子后面田里种点瓜菜，可我一次都没见他出门来过。我看到的福伯，永远都是那样子，坐在屋子里，一个人静静发呆。

韶西康复村坐落在韶关市郊的几座石头山脚下，从最近的公交车站走进去，要走上40分钟的泥路，路过草丛、路过荒山、路过采石场、路过倒塌的房子……才终于看到大樟树和栗子树庇护下这零零散散的几排矮平房。

村里偶尔会有志愿者来，我们这些从广州周边来的大学生志愿者，老人家统一称为"广州大学生"，即使毕业工作了也一样是"广州大学生"。广州大学生一来就是住一两个星期，在这里烧火做饭，晚上就收拾一个旧房间打地铺睡觉。白天，有时候是表演节目，有时候做些工程类的工作，更多的时间，是到老人家房间里陪他们聊天。

我经常跑到孔伯那里，路过多了，隔壁福伯的房间我也不好意思不进去坐一坐了。

福伯不是一个开朗的老人家。有时候我坐着陪他看电视，或者硬着头皮聊几句天。最近的天气怎么样、他的身体健不健康，我把想到的话题全部问一遍，可是好像无论我说什么，福伯的回应总是那样子，冷冷淡淡地，只有一两句话，说完了，气氛就冷下来了。

我很快陷入尴尬。越害怕尴尬，就越容易尴尬，想不到话说，也不好意思离开，我只好紧紧盯着电视机屏幕，努力保持一个微笑。沉默了一会儿，福伯突然想起什么，他拉开桌子抽屉，拿出来两块苏打饼干，想请我吃。我突然发现，抽屉里面有张大合照！太好了，这下话题找到了。我赶快问他相片的事情。果然，福伯的语调变得有兴致起来——他介绍说，有一年广州的汉达康福协会请他去广州"开大会"，作为韶西康复村为数不多会讲普通话的老人家，他被邀请去广州，坐了火车，还住了一天的酒店。汉达康福协会是一个关注麻风康复老人的组织，那一次去，福伯是要代表整个韶西麻风康复村，投票选举汉达理事会的。大会之后，大家站在酒店门口拍下这张照片，照片里人很多，福伯指给我看，他站在最后一排。我努力看了，照片有些陈旧，里面的福伯远远小小的一个，勉强才能辨认出来。

说完这些，福伯又沉默下去。我绞尽脑汁，问无可问，只好找了个借口说今天是我负责做饭，然后逃出房间。借口也不必是真的，反正福伯又不出门，也不会真的跑出来看我说的理由是真是假。

下一次来到韶西康复村，我又经过福伯房间。福伯喊住我："屏屏！"我走进去，屋里到处是零散的药盒子。平时沉默寡言的福伯今天有些主动，他告诉我他前阵子出去外面住院的事情。用的是自豪的语气，他说他儿子到医院看望他很多次，还主动给他交住院费，老婆暂时放下家里的孙子孙女，到医院来照顾了他好多天。

我这才知道，福伯在麻风村外面是有家庭的。得麻风病之前，他已经结了婚有孩子了，治好以后，他选择继续跟家人分开，一个人在麻风村生活。

说到家里人，他语气里都是骄傲。当然值得骄傲，多少麻风康复村的老人连亲人的电话号码都打不通，而他的亲人还愿意来，愿意为他花钱，愿意放下家里的小孩子过来照顾他。

福伯是直肠癌。晚期了，医院也没有办法，只好让他出院回来。福伯翻一本杂志给我看，我看到封面，是医院门口外面免费发的那种卖假药的刊物。福伯指着封底的药告诉我，他让儿子过几天买这个药来。

"你看这里写着，这种药治好很多人的。我知道是骗人的，可是卖这么贵，肯定有点用的吧？"

福伯以前读过几年书，算是村里有文化的人。那时他在村里的药房工作，韶西医院的医生一个星期从市区开车过来一趟，给村里的老人家看病、开药，接着就由福伯给老人家配药、发药。我想，这样的福伯，自然懂得什么药是有用的、什么药是没有用的。

然后，他停了下来，不再说话了。我也不说话了，说什么都不应该，说什么都没有用。面对病痛和死亡，安慰的话那么轻飘飘。我们沉默着，一起看了好久好久电视上的《男生女生向前冲》。

后来，福伯不知道从哪里听来偏方，说每天吃一只癞蛤蟆，病就会好转。几个胆大的大学生，夜里打着手电筒绕着村子抓癞蛤蟆。这时候福伯的老婆已经从家里搬过来一张折叠床，日夜住在村里照顾他。我们走过去，她一边给我们拿苏打饼干一边说，福伯的情况越来越不好了，夜晚经常痛得睡不着。

　　每次大学生来韶西康复村，都是在假期的时候。住的时间也不长，几天时间过完了，就要离开村子，坐火车回去广州。后来我从学校毕业，时间越来越少了，很多老人家的情况我只能从别人那儿知道了。有一个十分普通的下午，我正在地铁上，刚等到一个空位坐下来，电话铃声响起了。打来电话的是正在村里的大学生丽珊：

　　"有一个事情……告诉你，福伯情况……很痛，夜晚也不能睡，今天儿子来了两次……买好寿衣……老婆也来了，这几天……他们说，可能过不了今晚……"

　　韶西康复村里信号差，电话里的声音断断续续，一下子听得清，一下子听不见。然后，电话彻底断线。

　　再打回去，"您所拨打的电话暂时无法接通，请稍后再拨"。

　　等了好一会儿，我才等到电话。丽珊问："福伯现在醒了，要不要跟他说几句？"

　　电话里面福伯的声音非常弱，却一个字一个字说得认真。他说自己不行了，没有多少时间了。我不知道该接什么，想了想，决定明知故问："你的老婆儿子有没有来看你？"

福伯向我说着老婆儿子有多好，声音渐渐小下去。然后是丽珊的声音，她解释："他睡着了。"

其实两天之前，另一个在村里的大学生也给我发短信了。她在短信里说："福伯说要给你带一个什么糕，应该是吃的，要让人带回去给你吗？"

我回："好吧……收吧！如果不能放久，你们帮忙吃掉哈。"

福伯熬过了那个晚上。第二天早晨，大学生要回广州了。他们一家一家跟老人家告别，带好行李，有人帮忙提回来那盒福伯给我的米花糕。下午一点钟，刚上火车，他们收到消息，福伯走了。

拿到手才知道，福伯给我的是一个特产礼盒，礼盒是大红色的，鲜艳红色的背景上还印了抢眼的黄色大字："李福记米花糕""南雄特产、送礼佳品"。韶关的南雄市，也就是福伯的家乡。要拿到有光的地方，斜斜地逆着光看，才可以看见礼盒顶上还有福伯写的三个字：屏屏收。圆珠笔的墨水快用完了，开始几个笔画还有颜色，写到后面，只剩下笔尖在硬纸盒上用力划下的痕迹。

我只能猜想，他有一盒米花糕，可能是亲人买来探病的礼物。在最后的日子，病痛让他失去力气，他起不来床，身体越来越痛。他想起一些人，他想起我，一个曾经拘束不安陪他看过《男生女生向前冲》的大学生。屏屏这一次没来，可是可以让广州的大学生带回去给她。他让人把米花糕拿过来，用圆珠笔和重重的力气划下去三个字，"屏屏收"。

（廿）

烤鸡肉串、笋干、炸鱼、夏至菇和孔伯

我突发奇想，想给村里的老人家烤鸡肉串。

说做就做。准备好竹签、烤网、鸡翅根、青椒和洋葱，在8月一个太阳毒辣的午后，我在孔伯房门外面准备大展身手。老人家纷纷围过来："怎么不拿个锅一起炒熟？"

孔伯就站在不远的地方，交叉着手静静看我。我问他的砧板在哪里，他指给我；又问他的柴刀在哪里，他又指给我。他原本只是想看我这次又玩什么花样，可是看我连火都生不起来，终于忍不下去了，他把自己的木柴抱来，又捡几颗干燥的松果，三下两下就把火生起来。等木柴慢慢做成木炭，他才把位置还给我，冷冷留一句："慢慢烤你的吧。"

韶西麻风康复村的老人家平时炒菜都用柴火，因为这里地方偏僻，没法订到煤气；而且木柴走到山边就能捡到，不需要花钱。可是孔伯的手不好，麻风病菌造成的神经损害使他的双手变得扭曲、变形，整个手掌看起来就像一块过冬的老姜。平时没事情做了，孔伯就到山边捡树枝回来，晒干、劈成一段一段、码好，再小心用塑料布盖起来。因为手有残疾，他做这些事情比别人更加困难。

而孔伯辛辛苦苦收集的木柴，就给我烤鸡肉串去了。鸡肉烤好了，我分给孔伯吃一串，他没有说好吃也没有说不好吃，只是叫我去给村里每个老人家发一串。

再上一次，我在孔伯这里蒸一层一层的椰汁马蹄糕。我占了孔伯家炒菜的炉子，用的也是他的柴，就在那里一层一层慢慢蒸。做马蹄糕步骤非常烦人，要先浇一层椰浆，凝固了，再浇一层白浆，再等凝固，再浇一层椰浆，再浇一层白浆……孔伯也不理解我正在搞什么东西，毕竟他一直待在康复村里，从来没有吃过马蹄糕这样的东西。

他只是一脸不屑在围观，看着看着，又给我抱过来几根干木柴。

蒸出来的马蹄糕，婆婆们吃了一块又一块，纷纷表示不相信这种东西可以自己做出来。聂婆婆夸我说："小妹好好哦！这么远也从家里买东西给阿婆吃。"我羞涩地更正："不是买的，是自己做的。"聂婆婆不相信："这种东西怎么可以自己做？"孔伯马上大声说回去："你没看啊，没看见她刚才在这里搞了很久？"

我听出来孔伯语气里有一点自豪和与有荣焉。其实做马蹄糕很大一部分功劳应该是孔伯的，毕竟他忙前忙后帮着做了好多事情。马蹄糕冷下来之后，我到孔伯房间借他的小刀，要把一盘马蹄糕划成一块一块菱形的小方块，还要计算每个老人家能分到多少块。正在数呢，旁边的孔伯开口说："如果不够分，我吃一点点试试味道就行，不用分给我的。"

孔伯好像一直都是这样没有理由地纵容我的。有一次，我看上了村里的野柚子。张阿姨房间外面的野柚子树秋天挂满黄澄澄的果实，大家都说很酸很酸的，不能吃。可我深深被它吸引住了，这么好看的果子，能难吃到哪里去呢？我跃跃欲试。等从婆婆们房间里聊天出来，孔伯已经给我摘了一个了，他用小刀划开外皮，剥出来小小的结实的柚子果肉。看我咬一口下去酸到眉毛全部皱到一起，他才慢悠悠开始嘲笑我："是吧，没骗你吧？"

孔伯对我那么好，可我还是没有自信说我们是"最好的朋友"。孔伯是整个韶西麻风康复村里最最热情最最受欢迎的老人家，只要是来过的人，没有一个不认得他的。无论是基督教的义工还是广州来的大学生，又或者本地爱心团体的乐善义工，甚至是开摩托车路过去山上伐木的工人，谁认识了孔伯，都能很快跟他称兄道弟。

他豪迈大方，也讲义气，朋友遇到问题了，他都想办法帮忙。比如有朋友把家里的老狗放这里请他帮忙养，他就一直帮着喂了好多年；还有他在镇上有一位姓赖的好朋友，好朋友家里两个小孩放暑假，大人们没空，也放孔伯这里请他帮忙带了几个月。当然，别人要对他好他也是大方接受的，谁谁家摘了橙子、晒了笋干、泡了梅酒，要是送过来一些给他，他都不客气地收下来。

可是呢，明明那么多朋友，又好像真的觉得他对我特别好。比如别人送给他笋干，知道我喜欢，他总是留着给我，打电话让我下次过去拿。村里三五天会加一次肉，有时候是鱼肉，有时候是猪肉，遇上分鱼肉的日子，孔伯会往锅里倒好多油，把腌好的切成一段段的鱼肉放进去炸——做出来的炸鱼，我夸过一次，他就记住了。下次再去，他专门买一条鱼回来炸，他说："屏屏是猫来的，最喜欢吃鱼了。"在村里吃还不够，离开村子的时候，他还用塑料袋装好多让我带走。他说："就是想给你带走我才炸这么多的。"

有时候好久没去看他，他就打电话来。有一天我上着班，孔伯打来电话："什么时候来啊？山上抓到一只野猪，留了三斤肉在冰箱等你。"

阿春听说了，乐滋滋打电话过去："孔伯孔伯，我打算过几天过去哦，听说有野猪肉吃？"

孔伯唉声叹气："唉，都吃完了，好可惜。"

接着，我马上接到孔伯电话："你快点来！春春来问野猪肉了，我骗他说吃完了。你再不来，就真给他吃完了！"

而我为孔伯做过什么事情呢？我拿走他的笋干、带走他的炸鱼、吃他的零食、喝他的茶。买给他一个电磁炉，可是他不喜欢用，总说太麻烦，然后继续去捡树枝烧柴。对了还有一次，我用香菜辣油拌莲藕给他做下酒菜，他吃完牙齿整整痛了半个星期。不过呢，我锲而不舍，只要我去，都会去孔伯那儿看看能帮他做些什么事情。

孔伯的两只手坏得越来越严重了，本来就有残疾，还每天要劈柴、种菜、提水、洗衣服，一到冬天，手上就长满冻疮，然后裂成一道一道的伤口。有在医院工作的大学生送给他冻疮膏，我在村里那两天，跟他约好他就负责好好涂药，劈柴、生火、烧饭、洗碗这些事情由我来做，他不能动手。

他笑嘻嘻："好啊，如果你住一个星期，我的手就全好了。你帮忙干活嘛，你不要走。"

我故意开玩笑："喂，你当我是妹仔呀？"

"妹仔"是广东话里佣人的意思。孔伯认真纠正我："不是妹仔的，我当你是我女儿的。"

我知道孔伯其实是个心思细腻的人。每次来韶西康复村，我们习惯先去孔伯那儿，把行李背包放下来，然后把刚才踩过泥巴路的脏鞋子换成拖鞋。对我来说，这是一个小小的仪式，代表着回到一个熟悉又舒适的地方。我在孔伯这里留了一双专门的拖鞋，孔伯把它装在塑料袋里，好好收进床底，每次知道我来，他都提前洗干净。在孔伯这里寄存拖鞋的不止我一个人，孔伯把每一双鞋的主人都记得清楚，这一双一双拖鞋的主人，就是一个一个会想念他的好朋友。

放下行李，换好拖鞋，孔伯就催促我们去找其他老人家打招呼："去吧，去跟阿婆聊天吧，吃饭时候再回来。"

韶西康复村现在只剩下十多位麻风康复老人家，孔伯算是里面比较年轻的，他才七十多岁。孔伯识字，于是他承担了几样村里的职务，每隔几天村里分肉，孔伯就是那个负责切肉负责称重的人。每个月村里发生活补贴，也是由孔伯负责计算和登记。平时吵吵闹闹的孔伯，一碰上抄写数字这些重要场合，就会变得一丝不苟。他把电视机关掉，坐到木桌子前，打开台灯，戴上老花镜，一个数字一个数字认真抄下去。

正经事做完了，他才恢复自己大大咧咧的老顽童样子。有人聊天提起某个很久没来的大学生，孔伯就故作忧伤唱起邓丽君：

"我没忘记你忘记我！……你说过两天来看我，一等就是一年多！证明你一切都是在骗我……"

一些以前孔伯熟悉的大学生，有的毕业工作了、有的到别的国家去了，没办法像以前一样经常有时间来看孔伯。以前一起看电视喝茶的人，有人会把一个杯子放在孔伯这儿，这样每次喝茶都可以用自己专属的杯子。后来，杯子的主人来得越来越少，甚至不再出现了，可孔伯一直把杯子好好留着，收在电视机下面一个抽屉里面。孔伯是喜欢喝茶的，村里的老人家习惯天黑就关灯睡觉，可是孔伯不一样，他好晚都把灯开着，电视机里的客家山歌剧播得大大声。一旦有人因为好奇走进去，他就招呼人家自己搬凳子："来来来，喝茶吃饼干！"

一看，他面前的桌子已经摆好花生、米饼或者泡椒鸡爪了。他准备了茶，准备了烧酒，也准备了汽水，他在等着人来呢。

于是好多好多个夜晚，大家就聚在孔伯这儿吃花生，看电视，聊天。聊聊东聊聊西，可是唯独把话题聊到孔伯身上，他就故意说些玩笑话，把话题岔到别的地方去。这才想起来，跟孔伯认识十年了，关于他的亲人、他的过去，我几乎一无所知。

我只知道他有一个亲弟弟，孔伯那儿的电视机或者DVD机，就是这个弟弟买给他的。除此之外，我就什么都不知道了。

有一次，孔伯出去住院了。捡柴的时候，他赤脚走路被玻璃碎片割伤了脚，发炎肿得厉害，不得不到韶关市区的医院做清创手术。好多好多大学生跑去医院探望他，隔几天就去一群人、再隔几天又去一群人……连隔壁病床的阿叔都好奇了："这些都是你家的亲戚？"

孔伯解释给他听，这些都是大学生，有的从韶关来，有的从广州来，每一个都跟他很好很好的。

不过手术之前，孔伯退缩了。

其实只是一个简单的清创手术，可是同意书上写了打麻药的最坏可能。孔伯不肯签字，大家去劝他："只不过是个脚底的小小手术，麻醉也只是局部麻醉而已，你人是清醒的……"什么话都劝过了，他还是不愿意。我也打了个电话过去，他在电话那边说东说西，比如说哪个大学生每天给他点外卖吃，又说他要赶紧回去登记这个月村里的账目……我听他慢慢说慢慢说，最后才听他缓缓说出一句心里话："我就是怕啊。"

他有很多留恋的人和事情吧。

不知道劝了多少次，孔伯最终答应了做手术。半个月不到，生活回归正常，孔伯重新生龙活虎。

不过这次住院回来，他学乖了。知道自己手脚不好，他开始用电磁炉代替柴火炒菜，电磁炉就是我买给他那个，以前他一直不肯用。也不下田种菜了，他开始沉迷手机小游戏，消灭星星也玩，小鸟爆破也玩，一天一天破自己前一天的纪录。玩游戏的手机也是一个大学生送给他的，话费由这个大学生每个月帮他充。他在手机里存了好多新来的大学生的大头照片，他一张一张划给我看：这个叫姗姗！这个叫潇潇！这个前几天来过！这个家就住在旁边镇！

像以前一样，新来那么多志愿者，没有一个不喜欢他的。老朋友他也没有忘记，夏天从山里采了夏至菇的时候，新晒了漂亮笋干的时候，过年分了鱼肉的时候，他就给我打电话："什么时候来啊？我把鱼肉冻在冰箱里，等你来了炸鱼吃！"

我想起跟他刚认识不久的一件事情。韶关的冬天好冷，朋友寄养在孔伯家那只很丑的大狗花妹冬天生了只小丑狗，取名叫冬冬。我天天把冬冬抱在怀里取暖，快要离开了，孔伯对我说："下次来，可能冬冬不记得你了。"顿一下又小小声说："可是我不会忘记你的。"

别人偷偷跟我说，其实冬冬还有另外一个名字的，叫屏屏。孔伯有时候想我，可是他不好意思让我知道。

（廿一）

黄妃婆婆和炒腊鸭

邱婆婆教我们做辣椒酱："切好辣椒，加点糖加点蒜……"我们打算到老人家田里偷点辣椒试一下。韶西麻风康复村好多老人家种了辣椒，老人家种点花生番薯请人出去卖，顺便种点辣椒自己吃。有一天黄妃婆婆不在，我们看她房间外面晒了好多新鲜红辣椒，一时没忍住，拿个塑料袋来装了一把走。可是，黄妃婆婆种点东西太不容易了，她年纪大，腿脚也不好，要拄着拐杖到田里浇水，又要慢慢慢慢把辣椒一个一个摘回来……实在良心过不去，我们很快上门"自首"。黄妃婆婆不高兴了，批评我们："怎么才拿一点点？"她把塑料袋拿去，又抓进去好多新鲜红辣椒。

　　后来，这些红辣椒做成了大受欢迎的辣椒酱。

　　黄妃婆婆是韶西康复村的麻风康复者，我们是来这儿做志愿者的大学生。每次我们来，住也在村里、吃饭也在村里，我们自己买菜自己做，舍不得花钱，煮的菜就又简单又清淡。有时吃饭的时候我会发现黄妃婆婆瘦瘦小小的身影，她单手撑一支拐杖站在石桌那边的大树底下望我，等我看见她了，她就使个眼色暗示我过去。她把我牵进房间，揭开电饭锅，里面热着炒猪肉、煮鱼或者油豆腐。有一次揭开盖子，里边居然还有一碟炒腊鸭！黄妃婆婆把油腊鸭切成小小的块，用油炒香了，再放进电饭锅里慢慢蒸。吃了好多天软塌塌的水煮青菜和土豆丝，突然出现一碟油滋滋黄澄澄香喷喷的炒腊鸭，我一下没忍住，夹了好几块藏在米饭下面。然后，我跟黄妃婆婆约好，晚餐时候我再来。

腊鸭是几个月前过年的时候黄妃婆婆的女儿送来的，她特意留着等我们来。韶西康复村地处偏僻，负责采购的胡伯每隔五天开拖拉机到枫湾市场给全村人买肉，有时候是猪肉，有时候是鱼肉。拿到肉，大家就赶紧做熟，那时村里还没有冰箱，一块肉要连着吃好几天——他们用辣椒或者蒜苗跟肉一起炒熟，再撒上重盐，吃的时候呢，上锅蒸热就好。

谁想买菜、买豆腐或者鸡蛋，托胡伯一起买进来就好。黄妃婆婆房间里就常备一板鸡蛋，有时没有别的东西请我们吃，她就煮鸡蛋。

或者是进到村子的第一天，她抱怨说："有人说你今天来，有人说你过几天来，又有人说你不来！我只好先煮着鸡蛋，看你来不来。"说着，她打开电饭锅，捞出来三个白水煮鸡蛋。

又或者是离开村子的那一天，她在电饭锅里煮上满满一锅鸡蛋，命令说："拿到火车上吃，坐车会饿。"

有时遇上停电，她好遗憾："本来要给你煮去车上吃的，停电了，煮不到。"

每次都要煮，明明说好这次不煮了，她还是煮。再下一次，我真的真的不肯要了。黄妃婆婆叹了口气："给你10元钱，自己到外面买东西吃。"说着就去掏口袋。

明明是我们到村里探望老人家，却总是老人家在费尽心思对我们好。黄妃婆婆每个月有500块钱左右的生活补贴，这是她全部的生活费了。有时候她托我们从广州帮她买红霉素软膏、友谊雪花膏或者手机充电线，每次一定会认认真真把钱算回来。甚至，她还想要给我报销过来的火车票，从广州坐火车到韶西村所在的韶关市，一张火车票38块钱。

想对黄妃婆婆好，我就给她买包烟。黄妃婆婆是喜欢抽烟的婆婆，我给胡伯、孔伯、李伯他们买烟的时候，也会顺便给黄妃婆婆买一包。以前，黄妃婆婆是跟龚伯住在一起的，龚伯去世以前，黄妃婆婆和他常常一人搬一张矮凳子坐到房门外面，也不说话，只是对着高高的栗子树，安安静静地一人手里拿一根烟慢慢抽。后来龚伯走了，黄妃婆婆就只剩下自己一个人了。

其实，认识龚伯以前，黄妃婆婆还结过一次婚。

那是进麻风院以前的事情了。黄妃婆婆也不记得自己是哪年结的婚，只记得是"解放分田地"那年。她是那个老公的小老婆，大老婆没有孩子，只是抱养回来一个"妹仔"（女孩），后来这个妹仔是黄妃婆婆带着长大的。老公好像是个挺厉害的人，他出外开会经常会把妹仔带在身边，所以妹仔年纪小小就什么地方都去过。

黄妃婆婆也有了自己的孩子。第一个"没养到"，孩子还在肚里的时候她去田里割花生，不知怎的"突然肚子痛，没有养生"。这么多年过去她还念着:"这个孩子如果养生了,今年应该63岁了。"后来,"养了两个人"之后,她发了麻风病,被送到韶关南雄的小岭医院隔离治疗。

周围的人把小岭医院叫"麻风寮",那是一个修在林场里面的麻风院,远离民居,想进去需要"先上一个岭,再下一个岭"。黄妃婆婆认识龚伯的时候已经年纪很大了,差不多50岁,那时她在帮麻风院的医生养猪。她说起跟龚伯的相识:"我去养猪才逢到他,不养猪就逢不到他。"龚伯比黄妃婆婆早几年来到小岭医院,他认识字,跟医生关系好,平时的工作就是帮医生上山打柴,还有在医生看病回来之后给防护服消毒。2001年的年末,这个深山里的小岭医院正式"解散",龚伯、黄妃婆婆和其他康复老人一起,集体搬迁来到现在的韶西医院。

我知道黄妃婆婆和龚伯是正式领了结婚证的,可问她是在哪一年结的婚,黄妃婆婆很干脆地摇头:"那我不晓得了。"一旁听我们讲话的胡伯笑得坐都坐不住:"黄妃?她吃饭就会吃,你问她几岁她都不知道!"一问,果然黄妃婆婆连自己今年几岁都不知道。不过我在网上查到新闻,他们结婚的日子是2002年1月26日,结婚仪式还是省卫生厅和市民政局进来康复村里给他们办的。新闻里写,那一年,黄妃婆婆67岁,龚伯73岁。对了,好朋友邱婆婆和李伯的结婚仪式,也是在同一天。

不过现在龚伯已经不在了。老人家之间的陪伴,本来就是这样子的,不是你送走我,就是我送走你。龚伯走了之后,我到黄妃婆婆房间找她聊天，随手在她相册里画了一张她的卡通画像。确实挺难看的，可是黄妃婆婆夸我画得像，要求我把龚伯的也画进去。我在他们两个人手上，都画进去一根点着的香烟。

龚伯和黄妃婆婆没有小孩子。黄妃婆婆和自己原来家庭的两个小孩也没有联系了，倒是以前大老婆抱养回来的那个妹仔，她跟黄妃婆婆关系特别好，成人以后，好几次喊黄妃婆婆回家去玩一下。黄妃婆婆以前的老公还在世的时候，她回去过两次；老公走了，她又回去过两次。现在黄妃婆婆的手机也是妹仔买来给她的，妹仔住在惠州市儿子的家里，她们两个每天至少三遍电话打来打去。一打通就问：吃饭没有？吃的什么？下雨没有？问完了，就可以挂电话了。或者有时我在村里，黄妃婆婆可以多讲一句："来了个学生妹妹！"

黄妃婆婆叫我们"学生妹妹"和"学生弟弟"，每次我们来到村里，她就好开心。她坐在门前那条长条凳子上等啊等，等到一个学生，就拍拍旁边的空位置，意思是：过来，坐来这里。然后盯着人家的手机问："有没有找到靓仔（男朋友）啊？给你靓仔照片看一看！"

不过有人把喜欢的男明星照片展示给她看，她也完全相信。

这个老婆婆，真是一点都不知道客气。黄妃婆婆最擅长的事情就是轻轻松松跟人亲近起来。冬天走进她的房间，她一边嘴里说着"妹妹冷哦……"一边把她身边那个装着红木炭的旧铝锅提过来放你脚边，然后把你的双手握着，握到铝锅上方烤一烤火。夏天我到她房间坐，隔几分钟她就把装油炸鱼的盘子伸过来，让我拿一块吃，吃好了，她就拿起桌边一张抹布自自然然帮我擦手。有时候路上见到我，她见我衣服上沾着好多灰尘，一边念念叨叨，一边不停帮我拍干净。志愿者给老人家办趣味游园会，赢了小零食，黄妃婆婆把它们藏在棉袄口袋里，见我路过就把身体转过来，暗示我自己伸手拿。

好多好多事情，说都说不完。我非常非常喜欢这个黄妃婆婆，当然她也喜欢我。又一个冬天，我走进屋子把手伸给黄妃婆婆："你摸摸多冷嘛。"她掀开两件毛衣，把我的手牵进去，放在肚子前面取暖。

第二天，我们要走了。她拿一层一层塑料袋装起来一双棉拖鞋和一条羊毛围巾，要我带回家去。

我想，最让人不舍得忘记的，就是这些暖洋洋的小事情。你喜欢她、她喜欢你、你挂念她、她挂念你、你带一包烟给她、她留一件棉袄给你，就这样，你们就是好朋友了。

有一次我看见黄妃婆婆坐在长条凳子那儿一个人喃喃自语："小妹你们来了我好开心哟……小妹你们走了我好烦心哟……"

后来我从大学毕业，工作了，没有办法经常来了。有新的大学生来，黄妃婆婆也一样喊别人坐到她门前那条长条木凳子上，自自然然聊天。她让别人拿手机帮她打电话，我上着班，突然收到陌生号码打来的电话，一接起来就听见黄妃婆婆的声音："喂？屏妹啊！哎！吃饭没有？吃的什么？你那边下雨没有？"回答完，电话就挂了。她又不是真的想问下雨了没有，她只是想你而已。

（廿二）

胡伯和廖记棒棒鸡

前一天晚上才从重庆出差回来，后一天早上就去韶西麻风康复村。

我太累太累了，一到村子，就放下行李跑到黄妃婆婆房间里睡觉。黄妃婆婆也习以为常，她递给我一把蒲草扇子，自己悄悄走出房间去。我看了看时间，这时候是下午两点半。等三点半有人叫醒我，原来是胡伯做了炒米粉，大家找我去吃呢。

胡伯做的是翁源炒米粉，他的家乡在韶关市的翁源县，端午节翁源人都要做这一道。

迷迷糊糊走到石桌那边，隐约听见大家说，我带来的廖记棒棒鸡被胡伯炒进米粉里了。我有点不明白，什么？

匆匆忙忙从重庆回来，什么都来不及买。刚好看见机场有一家"廖记棒棒鸡"，贵是贵了点，可是难得有机会让老人家试试正宗的重庆特产嘛，带回去他们一定好开心。我小心翼翼带着这份心意，搭飞机、转地铁、转的士、转高铁、再转公交车，最后坐电动三轮车，才终于带到韶西康复村。我想好了，晚上大家到孔伯房间聊天的时候，我就隆重把它拿出来，给大家做下酒菜。

可是就这样，没有了。胡伯作为罪魁祸首却毫不在意，他一边吃一边抱怨："都怪你买的鸡肉，辣的，搞到我米粉没了广东味！你买东西不行，你不会买。"

我脑子没转过来："那你没看到袋子里面，还有这包辣油，还有这包鸡汤？人家是配在一起吃的啊？"

胡伯狡辩："我以为是防腐剂。"

一起进村的大学生说："刚才我们劝过他的，他不听。"

胡伯继续抵赖："都怪李土金要切碎，他切了我只好放进去。"

反正，我坐飞机、转地铁、转的士、转高铁、转公交车、再坐三轮车终于带进来的一盒廖记棒棒鸡，没有了。

我哭笑不得。我的心碎了。

胡伯住的地方离村子中心有一段距离，他是负责看守大门的人，住在大门那边。没什么事情做的时候，他就进村子里面，来跟孔伯他们一起，一边喝茶聊天，一边吹牛攀比。村子中央有一张水泥和石头砌成的桌子，他们整天坐在这里消磨时间，抬眼就是成片成片的栗子树和大樟树，高高的树上有小松鼠跳来跳去。树荫下的空隙里，常有老人家晒了花生或者红辣椒，忽然下雨了，就去收回来；雨水一停，就又晒出去。

这么多老人家，胡伯说话声音最大。他喜欢吹嘘自己当年多厉害，还说自己有多少厉害的朋友。我随声应和，其实一句都没听进去。围在石桌周围的老人家，其实每个人都在兴高采烈自己说自己的话题，他们一人一句、七嘴八舌，吵吵闹闹的，可是人人都挺满意。

热闹之下呢，其实在较劲。石桌上的食物是老人们一人出一点凑出来的，有人拿一罐茶叶、有人拿一包花生、有人拿一包米饼，什么都没有的，拿一壶热水也行。这天有大学生志愿者来，胡伯特意回去拿花生酥，还有一碟炸河鱼招待我们吃。他说这种河鱼25块钱一斤呢，特别好吃，不懂的人根本买不到。又趁机贬低其他老人家："他们都没有准备东西招待客人的，只有我有！"而坐在旁边的孔伯，他等胡伯走了之后，才把藏在柜子深处用油盐酱瓶挡住的贵价白酒摸出来："别让胡伯看见，胡伯看见要喝光的。我专门留着等你们来。"

有时我们周末三五个人来，会跟老人家约着一起吃饭。也是在石桌这边，李伯端出来自己的辣椒炒肉，孔伯做一道酸笋炒肉或者油炸鱼，而胡伯，或许提前杀一只自己养的鸡，炖汤请大家吃。我们也买点肉买点菜，有一次我买了酸菜料包和一条草鱼，打算给老人家做酸菜鱼吃。胡伯在石桌那边喝着茶，跑来灶台一看，哟，是汤菜。正好他中午吃剩了油豆腐，刚好，可以一起倒进去。等我回到灶台边，锅里已经是一堆碎鱼肉混油豆腐了——鱼肉碎成骨头和渣渣，油豆腐吸饱汤汁又酸又腻。

然后胡伯还是一样用鄙夷的语气："屏屏做的东西不行，不好吃！"

我知道的，胡伯做饭好吃，只是经常不太讲究。有一年他从山边采回来好多夏至菇，一年里只有夏至前后这几天，趁黎明之前上山才能采得到这种珍贵的蘑菇。胡伯兴致勃勃要请我们吃，他拿一半煮汤、拿一半炒肉，可是吃进嘴里，居然吃出来好多没洗干净的小沙子！这么稀罕的好东西，浪费了。

但胡伯才不在乎这些小事情。他一天到晚有大把事情要忙，来不及一件一件小事情仔细考虑来考虑去。他要开拖拉机给全村人买菜，要管药房，要守大门，还养了两条大狗、半屋子小狗和一大群公鸡母鸡。因为看守大门，胡伯独自住在大门旁边的平房里，一个人在那里，悠游又自在。

※

每次我来，进大门之前远远听到的第一个声音就是胡伯养的狗汪汪大叫冲过来。然后是胡伯骂它们："这么多嘴做什么？是自己人，小时候就抱过你们的！"

我认识胡伯是在 2011 年，确实，他每一条大狗在还是小狗的时候就都被抱过了。大学生志愿者一来，胡伯就更勤快跑进来村子里，他开他那部手扶拖拉机，喊一声："黑妹、黄妹，来！"一条黄色大狗和一条黑色大狗就快快跑过来，跳到拖拉机前面的踏板上面去。小狗们还小，没学会自己上车，胡伯随便抱几只到拖拉机后边的车斗里，带上来给我们玩一玩。

自己一个人住村子外面，胡伯可以占掉一大块地。这里好几个空房间，他给自己买了大冰箱、大彩电和 DVD 机，他用一个房间放床，一个房间做饭，一个房间给狗住，一个房间放鸡饲料。胡伯的房间地板永远是脏的，狗也进来玩，鸡也进来玩，他赶都懒得赶。他用谷子和米糠喂狗又喂鸡，每天喂狗他就煮一大锅东西，呼噜呼噜倒进木槽里，小狗像猪仔一样团团绊住他的脚。

胡伯请我们吃饭，也像喂猪一样。他有时候请我们到他那边，或者杀鸡炖汤，或者打边炉，有时候剁了猪肉做丸子，有时候做客家酿豆腐。别人做客家酿豆腐，买豆腐都是两块钱五块钱地买，可是胡伯一买就是一整板，连人家老板装豆腐的塑料筐子也一起抱回来。

豆腐筐抱回来没关系，下次"街日"（赶集日）还回去就行。韶西康复村离最近的枫湾市场有一段距离，村里的老人手脚残疾年纪又大了，公家安排胡伯每隔五天开拖拉机到镇上帮全村老人家买东西。胡伯性格好，去到哪里都能跟别人交朋友，于是无论是豆腐店老板，还是烧腊店老板、猪肉摊老板、种子店老板，个个都跟他关系好，都知道他是麻风村出来买东西的那个潇洒老阿胡。

去别的麻风康复村，我们会听到不少关于歧视的事情。比如有康复者出去买菜，菜摊老板不敢伸手接钱，他们拿一根木棍把钱从康复者手里拨下来，因为怕对方手上有细菌，也怕病菌会顺着纸币爬过来。可是胡伯身上从来没有发生过这样的事情。第一年来到韶西康复村做工作营，我们特意先去枫湾镇上做科普活动。首先是简单的调研，几个人到旧供销社跟老板套近乎，先把关系拉近了，再小心翼翼问出主题："您知道麻风病吗？知道附近有个麻风病康复村吗？"

老板有些惊诧："哦？你们怎么也知道？那个麻风村有个阿胡嘛，他经常来我这里喝茶！"

又指了指我坐的凳子："他最喜欢坐这个地方！"

后来去的次数多了，有时碰巧"街日"我也在村里，我就陪胡伯出去买东西。

先到猪肉摊或者鱼摊找老板，定下给全村的肉。再去豆腐店或者种子店，哪个老人家托他买什么东西，他一样一样买回来。有我跟在身后，胡伯更加神采飞扬了，遇到有人跟他打招呼，有知道的人问："大学生来啦？"他矜持地点点头。有不知道的人问："阿胡，这是不是你女儿？"他也故作淡定："嗯，不是，只是来我们那儿的志愿者，大学生来的。"

等回到村子，他才急匆匆向李伯炫耀："枫湾的人都问我，屏屏是不是我女儿！"

市场会有新鲜的莲蓬、葡萄、无花果和放在稻草上的西瓜，有时候我逛着逛着就入了迷。要是有什么想买的，我就找胡伯，这些老板认识他，总会算给他便宜一些。有一次我看中杂货车上一卷有红有绿民族花纹的棉织带，胡伯一边帮我讲价一边很鄙夷："买这些东西做什么，这是路边帮人补衣服的阿婆才用的！"然后不让老板收我的钱，要收他的钱，他送给我。

甚至镇上有个老板的儿子去当兵，摆酒席那天还请胡伯去。正好那天我也在，胡伯就把我也带着一起去了。同一桌的有认识的人也有陌生人，胡伯先是拿我做话题炫耀了一轮，然后跟各种新朋友聊得风生水起，他丝毫不隐瞒自己是麻风村出来的人，这又没什么不好承认的。

不仅不隐瞒，他还很骄傲呢。每一次大学生离开村子回广州，胡伯就开他的拖拉机把我们载到路边等公交车。也不着急回去，他点一根烟，说说话，陪我们慢慢等。偶尔有附近农村的大姐也来搭车，望见他就打个招呼："是胡叔吗？胡叔你怎么出来了？"又有人路过问一句："他们走啦？"胡伯说："嗯，走了，有的回广州，有的回日本。"

嘿，我就知道，这又是胡伯一个佯装不经意的炫耀。来看他的大学生里面，不但有中国学生，有时候还有日本、巴西或者哥伦比亚来的留学生，这么有面子的事情，胡伯是一定要不经意显摆出去的。

跟我们说话的时候，胡伯反反复复炫耀的是自己的儿女。他讲女儿升职了现在做领导，又讲儿子多么会做生意多孝顺，最后再假装伤脑筋补一句："唉，老是要给我钱，我才不要他们的钱，我又不缺钱。"有时候是自吹自擂："你胡伯我是很能干的，我什么车都会开，这个村子全靠我，没有我开拖拉机，这些老人谁都不得行！"

一开始他开的是拖拉机，后来换成电动三轮车。话说起来，三轮车还是泗安康复村画画的彭伯用卖画钱买的呢。买之前有点担心，先来问胡伯："电动三轮车你会开吗？"胡伯不屑："你把钥匙拿来再说，钥匙拿给我我自然会开。"

胡伯会开拖拉机，他说，拖拉机是所有车里面操作最复杂的，只要会开拖拉机，其他机械类的都能开。之前，他还想去考汽车驾照。兴致勃勃到交通局报名，人家工作人员委婉劝他："你手这样子，最好不要开。"他的两个手手指弯曲，是麻风病菌留下的痕迹。

一些手指残疾的老人家，不想让人看见，出门就把手藏在裤袋里。胡伯不一样，他从来不觉得自己得过病就低人一等。他是 1985 年进来麻风院的，入院之前在大队开解放牌汽车和东方红手扶拖拉机。一进麻风院，他就边治病边搞承包，养鱼、养猪、养鸡、养蚕，一个人承包四个业务。当年的事情他记得清清楚楚：养猪，每年交租金 2000 块钱；养蚕，医院分给他五个房间；养鱼，一亩塘上交上去 70 斤鱼，剩下的都是自己的……别人进到麻风院都是唉声叹气的，可他不一样，他到哪里都混得好，赚了钱交完孩子学费，还给家里建了一栋四层的楼。

他一边说一边又点了根烟："做人最紧要是有胆量，有胆量就有本事！"

怎么说呢，从认识他开始，这些话也不知翻来覆去听他讲过多少遍。可是，每次看到他神采奕奕的样子，就想听他继续讲下去，希望他一直骄傲又高兴。

廿三

你也是一朵蘑菇吗

来到韶西康复村的第二天，我很奇怪为什么蘑菇伯伯没有出来。上次我们在村里，蘑菇伯伯总是撑一支拐杖出来蹲在旁边看我们，很好奇的样子。可是这次，都第二天了，他一次都没出来过。我走过去"澳门"那边，想看看他是不是有什么事情。

"澳门"其实是韶西康复村里一排房子的名字，这里以前是意大利人和澳门人捐钱修建的，老人家把这里简单叫成"澳门"。房子外围有一道矮砖墙，砖墙为这排房子围出来了一个小院子，蘑菇伯伯就住在这里面。我从樟树林中间的小路走过去，刚走进小院子，就被聂婆婆拉住说话。聂婆婆说前段时间她家里人给她送来了糍粑，又说她是 12 岁那年出嫁的，那时候还坐了花轿。离开聂婆婆，再走几步，刘伯又叫住我，要给我讲人生大道理。刘伯坐在小院子中间那张破破旧旧的长条木凳子上，这个位置头顶上有一棵挂满黄澄澄果实的柿子树，树上的柿子又酸又涩，鸟都不吃，所以总是要小心提防它们掉下来。刘伯说话慢吞吞，他让我坐下，我想他是最近又从收音机上学回来什么新的大道理了，只好耐着性子准备听。

然后就听见刘伯慢悠悠说："……富贵在天，生死由命。你看住在那边那个精神有问题的，早晨吃饭的时候还好好的，下午不就醒不来了？"

他指的方向，正是我要去的蘑菇伯伯的房间。

他又指了指自己坐着的凳子："他就是在这条凳子上走的。"

听说那天下午，蘑菇伯伯要去厨房拿菜。菜还没好，他把那根当拐杖用的竹棍放在厨房门口，人走回来，坐在这张长凳子上。四点多，有人过来喊他："喂，还不去拿饭，你死了啊？"

后来，医生和他三个女儿过来。送出去火葬，骨灰带回家去。

听起来好像很遥远，可是其实只是五六天前的事情而已。我到蘑菇伯伯房间去看，门锁了，只能透过玻璃窗口望进去。屋子有人简单收拾过，床上堆着旧竹筐和旧竹箩，天花板上层层叠叠的蜘蛛网还跟以前一样。我想找点东西作纪念，可是房间里似乎没有留下什么他的痕迹。以前蘑菇伯伯总撑着的那根竹棍子也看不见了，去问刘伯，刘伯说："反正他就放在饭堂门口，你去找找看，找不到可能是当柴烧了吧。"

就好像是康复村里重复过千百遍的事情。人走了，他的东西就被收拾起来，烧掉或者扔掉，在这样的地方，一个人的离开太平常了，平常到不值得伤心和纪念，一个人存在过的痕迹也不值得留下来。

我想了想，摘了一把野花回来。我把花挂在他门边，当是纪念。

其实，我和他也谈不上多熟。两个月前，我们第一次来到韶西麻风康复村，那次一共在村里住了九天，跟蘑菇伯伯的相处也只是那九天而已。这个老伯伯总是很奇怪，无论我们做什么，他都喜欢找个不远不近的地方，蹲着看我们。有老人家说："不用理他，他是傻的。"又补充，"他一个月就烧坏了四个电饭煲！"

果然，过去跟他说话，大家都听不懂他说的是什么。有人问他姓氏，他嘴里说了一堆，可是大家一个字都没听明白。突然，他拿起放在一边的竹棍，开始在泥地上写写画画，我们以为他要写自己的名字，可是看了会儿，并不是，他不会写字，只是胡乱画一画而已。我们只好放弃。后来，还是别的老人家告诉我们，原来他姓曾。

曾伯好像真的精神有点问题，比如他吃过的碗和筷子从来不洗，就那么堆着，等到下一顿饭继续吃。走进他房间，马上就能闻到一股什么东西正在发酵的味道，还要留意低着头，不然一不小心就挂到蜘蛛网。在他床铺旁边那张看不出颜色的木桌子上，我终于看见了传闻中他的电饭煲，也不知道这个是好的还是坏的，只见电饭煲周围散落着几支布满斑点的木筷子和无数正在发霉的黑饭粒，想帮他收拾，也不知道从哪里下手。

那时候韶西康复村里住着三十多位麻风康复老人家，他们大多手脚残疾、年纪也大，顾好自己已经不容易了，更没有余力照顾别的老人家。少数两三位年轻一点的康复者，要忙着去照顾那些眼盲的、卧床起不来的老人家，给他们煮饭、提水、翻身、喂饭，像曾伯这样能走能动、手上脚上没有残疾的老人家，就要自己顾自己了。每天吃饭是最大的问题，吃的菜可以从饭堂拿回来，一顿在早上七点多，一顿在下午四点多，邱婆婆会在饭堂把菜做熟，敲响铁钟喊大家自己过来拿。可是饭堂拿回来的只有青菜和肉，要吃米饭还要自己煮。我不知道以前曾伯是怎么煮饭的，只知道某一天有人给他买回来一个电饭煲。可是，他怎么学都学不会，买来一个、烧坏一个、又买一个、又坏一个，一共用坏了四个电饭煲。别人听了只会取笑他："是吧，果然是傻子！"

也不知道他每一天是怎么过来的。

然后有一天，村里来了奇怪的大学生。这些年轻人吵吵闹闹的，吃饭时间就在树荫下面摆一张桌子围着吃。可能曾伯觉得新奇，某一天开始，他就撑他的竹棍子过来，蹲在大树底下看我们。吃饭他也来看、开会他也来看、休息他也来看……就那样满眼好奇地盯着我们看。

于是，我们吃饭的时候，有人把饭碗端着，端过去曾伯旁边一边吃饭一边陪他一起蹲。偶尔想聊几句话，可又想起来我们说的话曾伯一句都听不懂、曾伯说的话我们也一句都听不懂，只好算了。不过，就算不说话也不会感觉无聊的，因为还可以互相笑，还可以拍拍肩膀，只要在一起，好像就可以感觉到彼此的心情。

有个叫发仔的大学生，就特别喜欢陪着曾伯一起蹲。他说："我最喜欢跟曾伯一起了，我喜欢发呆。"发仔的意思是，待在曾伯身边的惬意和自在，是康复村以外的地方感受不到的。我突然想，会不会有一天，曾伯突然开口问他："你也是一朵蘑菇吗？"

那时候流行一个冷笑话，说在一个精神病院里，有个精神病人天天蹲在墙边发呆，从早到晚蹲在那里，默默地，也不说话。医生很好奇，于是也学他一样，默默蹲在他旁边不说话。一天过去了、两天过去了、三天过去了……好多好多天过去，病人终于开口问医生："你也是一朵蘑菇吗？"

那次以后，大家就不叫他曾伯了，开始叫他"蘑菇伯伯"。好像有一个专属的名字，他和我们之间就更亲近了。有时走在村子里，会在什么角落看见几朵"蘑菇"开开心心蹲着，如果你想做蘑菇的话，随时可以加入。

蘑菇伯伯一天比一天活泼，要是有人远远跟他打招呼，他就会赶紧把两只手高高挥起来，回应一个招呼。这个打招呼的方式也是跟年轻人学会的，这些小小的新的事情，好像让他不再是那个局促的"傻子"了。每天出来房间，他的手里除了那根当拐杖用的竹棍子，还多了一张照片——一张装在手缝的不织布相框里的照片，那是前几天我们送给他的，是我们跟他的合照。

那一次我们给村里每个老人家都送了一张合照，想着离开以后，老人家可以看一看照片想起我们。想不到，蘑菇伯伯收到照片那么激动，比其他老人家都要激动，从收到那天开始，他的手上除了那根竹棍子，就成天拿着这个相框。他蹲在路边自己看，看了一遍又看一遍，看不完似的，要是相片里哪个大学生走过来，他就指一指照片，再指一指人，嘴里叽里咕噜，意思就是："你是上面这个人。"要是他再指一指照片里另一个人，意思是他在问你："这个人呢？"你就可以指给他看厨房的方向，是回答他："他在厨房呢。"或者由你来指，你指一指照片里面的发仔，他点一点头，意思就是你问他："这个人你认得吗？"他回答："认得。"再指旁边那个，他又点点头，意思是："这个也认得。"人走开了，蘑菇伯伯就自己继续捧着照片翻来覆去欣赏下去。

其实，我们陪蘑菇伯伯的时间不多的。村里还有其他三十多位老人家，而我们只有九天时间，除去劳动、吃饭，能陪老人家的时间就剩下不多了。蘑菇伯伯还是一样喜欢蹲在旁边看我们，可不再是打量的眼神了，而是心安理得地，蹲在那里陪我们。

第九天，这天是我们住在村里的最后一天，大家一早就忙着清扫房间、收拾行李，早餐做好以后，大家围在餐桌边上快快吃完，想着快点吃完可以多一点时间跟老人家说再见。蘑菇伯伯照常蹲在离我们不远不近的一处地方，大家也习以为常。只是，一转眼，蘑菇伯伯不见了。然后，有人看见他从一块石板底下爬出来。

那块石板铺在村子中间一道小沟上面，春天，山水融化，泉水会顺着这条小沟淌下来。没有山水的季节，小沟是干涸的，里面层层叠叠积着大樟树和栗子树的枯树叶。小沟上面搭了几块用来走路的水泥石板，这天，蘑菇伯伯就是从这些石板下面探头出来的。

他浑身脏兮兮的，头上挂着青苔和蜘蛛网。可是他笑得好开心，他在向这边招手，手里举着一包烟。

原来是吃饭的时候，一个大学生的烟不小心从石板中间掉进去了。这是一个日本来的大学生，他普通话不好，更加听不懂老人家说的客家话，所以身上总是带着烟，这样可以跟老人家一起抽烟。烟掉了也不在意，只不过是一包很便宜的烟而已，村子外面的小卖部买的，丢了也没关系。

可是蘑菇伯伯看见了。他没有找人，也没有说话，只是默默站起来，爬进沟里，爬到石板下面去。然后出来的时候，一脸得意。

有人默默提来一桶水，还有洗发露。把蘑菇伯伯从沟里扶出来，他的头上、衣服上、脚上沾着泥巴、蜘蛛网和青苔。那个最喜欢跟蘑菇伯伯蹲在一起的发仔，他走到蘑菇伯伯旁边，想帮他洗一洗脚。可是让他脱鞋子，他愣愣地听不明白，发仔指了指自己的鞋子，脱下来给他看，他懂了，就跟着发仔的动作把鞋子脱下来。然后想帮他洗头发，好不容易教会他低头下去，却怎么都教不会他闭眼睛，水一浇，泡沫水顺着后脑勺流下去，流到脸上、流进眼睛里，他的眼睛红红的。

这是 2011 年 8 月，他去世的两个月以前的事情。再下次来，蘑菇伯伯已经不在了。听说，那张我们送他的合照，那两个月时间里，他拿去给好多老人家看，甚至还拿去给眼睛看不见的徐伯看。大家听不懂他说的话，也不知道他想说什么，可能，还有些不耐烦……我擅自猜想，他想说的可能是："你看，这是我的朋友。"

我的朋友来自 1918

（廿四）

一次离别

清晨，被琐碎的事情耽搁了。从这排房子走到那排房子，也经过邱婆婆的房间，往里看了眼，只见她在棉被下面艰难呼吸着。我匆匆走开，心想赶紧做完事情，好有个完整的时间陪她。九点多，把肥婆婆的针都穿上线，又补好两条裤子，就看见孔伯站在门外默默抽着烟往我这边看。他是早饭做好了，想喊我吃，又因为体贴，所以只是默默站在那儿不催促。我只好先跟他走。舀了碗排骨汤，刚夹起来第一粒花生，就听见外面李伯大哭的声音。

前段时间，李伯给邱婆婆的家里人打了电话。中秋过后，邱婆婆就完全吃不下饭了，之前的失声、消瘦还没找到原因，现在连饭都吃不下去，李伯彻底没了主意。李伯和邱婆婆在麻风村相识，相伴结为夫妻；而在入麻风院之前，邱婆婆还有过一个家庭。以前家庭的女儿们跟邱婆婆关系好，也很尊敬李伯，她们经常打电话来，逢年过节还会带自己的小孩一起来探望他们。那次，一接到电话，两个女儿和一个女婿就赶了过来。

带到医院检查，医生说是肺癌晚期，治不好了，回家去吧。在医院打了两天营养针，她们决定把邱婆婆带回康复村。

大女儿反反复复给我解释："我们不是不舍得花钱，是实在看她太痛苦，多打一天针就多难受一天……"

邱婆婆病得很严重了，她们在房间日日夜夜看护她。房间里有一张单人床，以前是邱婆婆堆杂物用的，晚上两个女儿就挤在上面睡。靠近门边铺了一张躺椅，这是女婿的床。我到村子那天，他们已经照顾了一个多星期，大家紧绷的神经放松了些，大女儿和女婿借了个摩托车去枫湾市场买菜，小女儿则在房间外面跟装修工人聊天。

就发现，她走了。

李伯蹲在门外哭："阿凤你就抛下我走了……你一句话都没有留给我，什么吩咐都没有……"又想起来邱婆婆生病时候的难受，他自言自语："你好可怜，吃不下东西……中秋过了你就痛得丢饭碗，我看着心痛，我也陪你丢饭碗……"

哭一会儿，他站起来。仿佛想起自己对她有责任，他想起来要准备热水，给她做最后的擦洗。又想到要给自己清远的弟弟打电话，李伯的弟弟每年都来看他们，自己是有义务通知他的。可是找出来电话本，上面的字模糊得看不清了。我过去帮忙拨电话。还要打给在市场的女儿女婿，可是电话本上写的号码显示错误，只好再想别的办法。

李伯的好朋友孔伯和胡伯陪他坐在石桌那边，他们平时就坐在这里抽烟、喝茶、攀比、聊天。泡了热茶给他喝，孔伯安慰他："要看开来，这种事，老大人（南雄话里的老人）每人都有一次的，你不要搞坏身体。"江伯性格大大咧咧，他粗粗安慰了几句就把话题带走，想让气氛活跃一些。李伯不想听，一个人静静走到一边。

安慰的话，好像说起来都差不多——走了好、她不痛了、不辛苦了。李伯当然是明白的。他哭一会儿、停一会儿，突然想起什么了，又哭。他想最后为她做些事情，又不知道能做什么，走来走去，坐立不安。

女儿女婿赶回来了，买回来豆腐和枸杞叶。小一辈难过是难过，可是很快就能缓过来，毕竟这是大家预料之中的结局。他们把早先准备好的苹果横切一半，插上蜡烛和香，放到她床尾去，接着去问婆婆们，可以请谁给她换衣服。

黄妃婆婆拄着拐杖歪歪斜斜走进屋里。她不管合不合适，掀开被子用力按邱婆婆的心脏，又推她，一直推她，反反复复喊她的名字。见没反应，又去抓她的手，认认真真摸了又摸，才确定了，是真的真的没有反应了。我看见黄妃婆婆眼睛里认认真真滚下来一滴眼泪。

黄妃婆婆和邱婆婆是很好的朋友，她们以前一起从小岭医院搬来，搬过来又住在相邻的两个房间。好几次我们离开村子，黄妃婆婆不顾反对给我们煮熟一电饭锅的鸡蛋，命令说："拿到火车上吃！"我们不收，邱婆婆就过来劝："不怕的，妹妹，拿去，黄妃的吃完了我那里还有，我们的东西都是一起吃的，不分你我的。"黄妃婆婆坐到她门前的长条椅子上，碎碎地用南雄话自言自语："好苦啊……李土金好苦啊。邱婆婆走了，李土金一个人，又要劈柴又要烧柴，一个人洗菜切菜炒菜，邱婆婆不在，李土金一个人怎么做得来啊，好苦啊……"

说完，又忍不住叹气。

李土金是李伯的名字，邱婆婆的全名叫邱桂凤。我们和黄妃婆婆都习惯叫她"邱婆婆"，又因为李伯是村主任，我们会故意叫她"村主任夫人"。而李伯呢，他一直叫邱婆婆"阿凤"，或者"我阿凤"。李伯和邱婆婆正式结婚是在2002年，结婚以后，他们没有搬到一起住，只是像以前一样一起做饭、一起吃饭，公家分了肉和菜，就把两人的份放在一起用。结婚，只是他们承诺照顾对方，陪对方走到生命最后而已。

李伯陪邱婆婆走完了最后一段路。擦完身，张阿姨过来帮邱婆婆换最后的衣服，她一边换一边跟她说话，仿佛相信邱婆婆真的能听见。张阿姨是韶西康复村最年轻的康复者，因为年轻、手脚也好，她承担了照顾老人的很多事情。村里几个残疾严重的老人家都由她照顾，她要给他们做菜、提水、洗衣服；公共区域的清洁也由她做，所以经常看见张阿姨在树下扫落叶、烧落叶。前一阵时间，婆婆们的房间重新粉刷了，搬出去的行李需要搬回房间，也是张阿姨一趟趟帮婆婆们搬回来的，搬完大家的，再搬自己的。村里有人过世了，后事也由张阿姨做。张阿姨熟练地给邱婆婆翻身、一件一件穿衣服，跟邱婆婆说话的时候，语气就同平时一样亲切又自然。

就这样慢慢地，事情在处理了。

约好殡仪馆的车下午一点半过来。清远那边的亲戚确定赶不过来了，另外一些家人正在过来的路上。邱婆婆最亲近的孙女赶到，她跪在床头，不停哭，别人安慰她、劝她，她也不听。大人打起精神准备午餐，一个人在厨房烧火，一个人在切菜择枸杞叶子，知道下午要忙了，吃了饭，才有力气。

孙女坐到外面的凳子上，红着眼睛发呆。我好想过去告诉她一个泗安康复村老人家说的话：人就像树上的芒果，熟了，长虫子了，自然要掉下来。大人叫她去吃饭，她不吃，黄妃婆婆坐过去劝了几句，还是摇头。

围着吃饭的屋子里，有一种刻意营造出来的热闹。他们邀请我一起吃，我站在那个留给孙女的空位置，夹了几口菜，也刻意说几句轻松话，加入这生硬的热闹中。心里却是在想，有多少次邱婆婆邀请我到这张桌上一起吃饭，而我又拒绝了多少次？

好多次邱婆婆问我："妹妹，今天跟我跟李伯吃饭好吧？"她仰起头，双手扶着我的手臂。我没有答应，因为早就跟孔伯说好要到他那里吃饭的。邱婆婆嗔怪说："你每次都不来！"可她没有真的怪我，只是继续说："下次来我这里吃啊，我煮给你吃。"

再往前就是教我们做辣椒酱，她强调要加蒜蓉、白糖才美味。邱婆婆做的辣椒酱是整个村里最好吃的，有时候我们饭菜不好吃，可以去找邱婆婆要半勺辣椒酱下饭。辣椒是自己种的，她和李伯还种了花生、芋头、姜和各样青菜，自己种菜，不用出去买随时都有得吃。他们其实没有很多空闲的时间，李伯每天要处理村里登记和分配的事务，要去抽水井，"街日"还要跟去枫湾市场帮忙买东西。邱婆婆负责发饭堂的菜，每天两顿菜，要敲铁铃通知大家过来拿。6月，到了芒草的季节，他们还去割芒草，割回来的芒草编成芒草扫把，请人拿去市场卖，一把能卖上好几块钱。芒草要走到远一点的地方割，割回来以后还要拿到没人的地方先把草枝顶上的浮絮拍掉，太阳那么大，浮絮又细又轻，很快就粘得人满身都是，又痒又热。

准备好的芒草枝干，放在屋子前面堆成一座金黄色的小山。李伯有事去忙了，邱婆婆自己一个人坐着编，她头顶上是高高的樟树，树上长尾巴的松鼠跳过来又跳过去。

邱婆婆去世的几个月后，我再来到韶西康复村。这天，李伯穿了一件破衣服，也不补，明明有义工送了新衣服，他也不穿。问他，他故意幽默："有什么所谓，又没老婆看我。"接着他去称饭堂今天吃的小白菜，突然想讲邱婆婆的一件事情，犹豫了下，说："我阿凤逝世的时候……"

孔伯不屑："过身就是过身，说什么逝世，说得好像什么很厉害的人。"

廿
五

张阿姨和剁椒酱

有人跟村里通了电话，才知道张阿姨中风住院了。她半身不遂，说不出话，也认不出人，住到医院已经一个半月。

　　我给自己找借口：张阿姨不得人了，疫情期间医院也可能不让进去探病。我去做什么呢？而且，韶关那么远，坐火车去也要四个多小时。

　　可是，我看到厨房冰箱里那罐张阿姨给的蒜蓉剁椒酱，我就知道，我要去的。

　　剁椒酱是张阿姨做的，有一天我看见她床下放着好多罐新鲜做出来的剁椒酱，忍不住问她送我一罐。做酱的辣椒也是她自己种的，做出来的酱，用来炒猪肉和焖小芋头都非常好吃。她很惊喜："你喜欢啊，你喜欢就拿，拿去！"

　　来到粤北人民医院，护士说她在 61 床。但 61 床上躺着的好像是个男人，没有头发，眼神呆滞，感觉很陌生。仔细看，我才看出来这真的是张阿姨。她的头发剃光了，鼻子插着胃管，往常的笑容消失不见。她躺着一动不动，眼睛呆呆望着天花板，好像一个停止的时钟。

　　我在她眼睛前面挥挥手，想吸引她看我。好一会儿她才侧头过来，可眼神里空空荡荡的，看不见一丝期待或者遗憾。

她对我有点兴趣，目光跟着我慢慢移动，后来我才明白，她是被我衣服上的流苏吸引了。我把流苏凑过去她左手边，她抬起来唯一能动的这只左手，慢慢摸我的衣服。过了好一会儿，她脸上似乎有了好奇。

有康复师来了。康复师每天过来两次，为了防止卧床的病人肌肉萎缩，他们会来给中风病人活动关节和手脚。这是位年轻亲切的女医生，她先跟张阿姨打了个招呼，可张阿姨呆呆的，不理人。她开始活动张阿姨的手脚，顺便跟我聊几句："你是她家里人吗？"

我解释："不是的，她以前住在一个麻风康复村……"

我赶紧停住，因为不确定张阿姨入院的时候有没有写明她是麻风病院送来的。有的综合医院可能会介意，毕竟同一个病房要住那么多病人，并不是所有人都了解麻风病。我不确定该不该多嘴，只好说：

"……就是一个差不多福利院一样的地方，我去过那里当志愿者，跟她关系很好的，今天过来看看她。"

医生似懂非懂的样子，也不追问了。她换了个话题："她以前能说话的吗？"

我停下来，思考了下这句话什么意思。当然会说话啊，怎么不能说话呢，我们说过很多话呢。这才意识到，对医生来说，她看见的张阿姨已经是个空白的张阿姨了，现在的她认不得人、不会说话、对世界一无所知。原本的张阿姨，她以前的一切一切，她说话的语气、她的表情、她的性格、她过去六十二年经历过的事情，都已经清空得一干二净。

黄妃婆婆是这么形容张阿姨的："张二妹这个人，坐一下都不行！"

意思是张阿姨太忙了，忙到连坐一下的时间都没有。婆婆们喜欢坐在房子前面一棵栗子树下聊天，有时煮一锅花生番薯，一边吃一边打发时间。栗子树正对着张阿姨的房间，可是张阿姨老不在，有时匆匆忙忙走回来，也只是回房间拿个扫把，说两句话，很快又走了。作为韶西麻风康复村最年轻的康复者，别人都是"黄婆婆""李婆婆""邱婆婆"，只有张阿姨叫"张阿姨"。村里面老人家多，其中几个残疾特别严重的都由张阿姨照顾，她手脚好，身上没怎么留下麻风病的痕迹，看上去跟正常人没什么不同。那时村里还剩下十四位麻风康复者，其中四位——刘婆婆、廖婆婆、肥婆婆和曾伯——都是张阿姨负责照顾的。张阿姨每天给她们做两顿饭、烧热水、搞卫生、洗衣服，还有杂七杂八的事情，一个月工钱是530块钱。

加上每月差不多500块钱的低保，一个月拿到手的不过1000元。她几乎舍不得花，想省下来留给家人。入院之前，她是结了婚的，丈夫有尿毒症，必须长期做透析；两个儿子还没成家，她想给他们多存一些建房子的钱。

除了照顾老人，张阿姨还负责村里公共区域的清洁。有芒草的季节，她也跟邱婆婆一样编芒草扫把，编出来一把能赚五块钱。还要去田里种东西，根据季节，她种芋头、辣椒、黄豆、玉米、生姜或者青菜，收获了就请人拿去枫湾市场卖，还要留一些种子，留着明年种。张阿姨太忙太忙了，她从早忙到晚，脚上总是穿着塑胶水靴，长长的黑头发就用红头绳绑成麻花辫搭在肩膀一边，一忙起来，辫子很快散得乱糟糟。

⟨ornament⟩

2011年第一次来到韶西康复村，全村那么多老人家，我感觉张阿姨是最难接近的一个。

村里有热情的老人家，有内敛的老人家，大家对这群外来的大学生志愿者总体是好奇的。可是到张阿姨的房间找她聊天，没聊几句，她就礼貌地请我们走："照相照完了你们就走吧，我还有事情做。"

客客气气的，可是感觉警觉又防备。

一腔热情被泼了冷水，我有些灰心。有时看见张阿姨拿着竹扫把扫地，或是从洗澡房提出来一桶热水，想帮她，她也不愿意。张阿姨好像很抗拒别人平白无故的殷勤，有大学生直接拿起扫把陪她一起扫地，她就拼命拒绝："谢谢你啊小妹，不用了，谢谢你，我自己来可以！"

隔天，我们干活的时候，张阿姨也过来帮忙。似乎是想还一个人情，她帮我们生火、捡柴、收拾垃圾，帮忙做了事情，她的心里可以安乐一些。一边干活一边聊天，慢慢地，我们知道了张阿姨是十年前从小岭医院搬来的，知道她一天要做好多事情，知道她最开心的事情就是傍晚到孔伯那儿看DVD机播的客家山歌剧……她帮我们忙，下次我们再帮她，她就没有那么不情愿了。

在韶西康复村度过了一个多星期，到离开那天，胡伯开拖拉机载我们出去。好多老人家拄着拐杖出来说再见，里面没有张阿姨。行李都放上车了，人也上车了，拖拉机"轰——"地一声发动，车上的人和车下的人相互挥手——然后我才看见张阿姨的身影，她远远地从栗子树那边跑过来，高高地挥着手喊再见。

再下次来，关系就亲近了一些。

有时看她在提水，走过去帮忙。她不像以前一样抵触了，而是自自然然把水桶递过来，再交代一句提去哪个婆婆房间。或者她看赵伯扶着墙壁走出来，会提醒我一声，让我过去扶一扶。看她抱一堆衣服走去补衣服的房间，我自告奋勇，她先确定了我会踩缝纫机，然后翻给我看要补的地方，再找给我几片当补丁用的碎布。然后，她就可以去忙其他事情了。

想"报答"我们，张阿姨就用自己的方式。

我跟李伯、孔伯他们坐在石桌那儿喝茶，张阿姨走过来，提来自己的热水壶："我要做事，没得闲，你们自己拿来冲茶喝！"或者，她把自己准备做晚餐的炸鱼拿过来，给我们配茶吃。冬天，老人家怕我冷，黄妃婆婆给我一件大棉袄、肥婆婆给我红围巾，张阿姨也不甘示弱，给我拿了一件白色的毛线衣。张阿姨把衣服塞到我手里："不怕！我没穿过的，是特意留来给学生的，你拿去。"

孔伯补充了第三方视角："前段时间有'阿弥陀佛'的人

来送衣服，礼堂堆得满满都是。你张阿姨，专门挑出来几件，说要留给学生穿。"

我知道了，最让她高兴的不是"帮她做什么"，而是"让她为你做什么"。看她在床底下放了好多罐自己做的剁椒酱，我主动提出来想要一罐。她果然好高兴："你喜欢就拿，拿去！"

这瓶剁椒酱带回来，用来蒸粉丝、蒸芋头、蒸排骨，都非常好吃。

张阿姨中风那天正好是"五月节"（端午节），刘婆婆说，平时早晨不到六点钟，张阿姨就把早饭做好送来房间了，可是这天，一直等到六点半，张二妹都没有来。

前一天中午，李婆婆和张阿姨一起炒豆角吃。李婆婆说，那一顿张阿姨只吃了几根豆角，不吃饭。晚上，张阿姨把豆角放进电饭锅蒸热，可是热好了还是迟迟不吃，李婆婆进去问："怎么还不吃夜饭？"张阿姨说自己胃口不好，然后把豆角和饭一起放进冰箱。第二天早晨，李婆婆看张阿姨不起床，她推门进去看，看见张阿姨还睡在床上。过一刻钟，她进去喊她："张二妹你怎么还不起来？是不是不舒服？"发现不对劲，李婆婆急急忙忙找李伯来。

最后一次我在韶西康复村见张阿姨，是在这年的 1 月初。张阿姨把长长黑黑的辫子剪了，好像是剪去卖钱了。天气很冷，张阿姨还是忙忙碌碌的，干活的间隙她跑回房间给我们煮一锅小芋头吃，又把三盒牛奶热在铁锅里给我们喝。天黑以后，她提过来一桶热水，说泡过脚了，晚上才睡得香……

到医院看过张阿姨后，我又来到村里。我到张阿姨田里看了看，芋头旁边长满了杂草，没人来浇水，也没人来清理杂草。她房间的窗户一直没关，窗台上还放着装在矿泉水瓶子里的种子，那是她准备下一季种进地里的，有青瓜种子、玉米种子、红豆种子和眉豆种子，可是，可能，再也没人回来种下它们了。

（廿六）

谢七斤和盐水煮花生

2月初来到韶西麻风康复村，谢伯端出来一盘盐水煮花生。他说："你不是爱吃花生吗？这里还有，给你吃。"我感觉不太对："怎么现在还有花生？"花生是在8月份收获的，现在已经冬天了。谢伯笑："嗯，还有一些，留来明年做种子的。"

　　我哭笑不得。

　　谢伯喜欢到田里种东西，他种了花生、红薯、玉米、辣椒等，种出来就请人拿到外面市场去卖。自从村里有大学生志愿者来，他就卖一部分、留一部分，这样子客人来的时候，他就有东西拿出来招待了。

　　花生可以直接吃，有时候是放在盐水里煮。谢伯有一个烧柴火的小炉子，平时他用来给自己炒菜，或者是做油煎鱼，或者做辣椒炒肉。大学生来的时候，他就用这个炒菜锅，煮一锅番薯、芋头、花生或者玉米，煮好了，喊我们过去吃。吃花生一般在夏天，他让我们装到口袋里拿去慢慢吃；吃番薯芋头会在冬天，我们就一群人暖烘烘围着炉子吃。

　　在韶西康复村，一出门就能看见高高的栗子树和大樟树，树上有小松鼠跳来跳去。夏天的夜晚，有萤火虫，还有洒满整片天空的玻璃碎片似的星星。2011年的夏天我们第一次来，正好遇上那年花生大丰收，可是谢伯的腿脚出了问题，他种的好几亩花生，再不收，就要在地里发芽了。

好多天的早晨，我们都在谢伯的田里帮他拔花生。花生连枝叶一起拔回来，要先搬到有树荫的空地，然后耐心地把果实摘下来。之后再拿到太阳底下晒，晒干了，剥出来，才能拿到镇上的榨油店榨花生油。可能我一边摘花生一边偷吃被发现了，谢伯坚信我是爱吃花生的，所以每次去，他都要备一些。

他拿出来的，有时是花生，有时是旺旺雪饼，有时候是优酸乳。离村子最近的市场是枫湾市场，每次胡伯出去买菜，会有老人家托他买些东西回来。我们在村里的时候，谢伯就托胡伯帮忙买零食，老人家对零食没有想象力，他只知道可以买饼干，或者买牛奶。

买饼干牛奶的钱，是谢伯辛苦赚回来的。谢伯喜欢跟我们聊天，不过去他房间找他，他经常不在。他在田里种东西呢。他有一条腿是截了肢的，穿着假肢走起路来摇摇晃晃，可是这并不影响他下田种菜。每天有空的时候，他就撑他那根磨亮了的木拐杖走到屋后去，拐杖丢一边，人就一晃一晃走进菜地里，一待就要待半个下午。

康复村里不缺种菜的田地，村里老人家越来越少，荒废的地就越来越多，谁想种多少，就能占多少。谢伯有点贪心，他有点勉强自己，明明是个八十多岁又只有一条腿的老人家，种的地却是全村老人家里面最多的。种出来的菜，他自己吃一点，剩下的可以卖给公家饭堂，或者转给别人运到枫湾市场卖。

有一年我们在村里，青菜吃光了，又不方便出去买，就跟谢伯商量好要买他的大白菜。白菜一共称了 61 斤，本来想算一块五毛钱一斤，可谢伯坚持只收六毛钱一斤，吵来吵去，最后用一块钱的价格成交。

那时候我们还没有很熟悉，后来关系再好一点，他就说什么都不肯收钱了。成为好朋友的意思就是，你喜欢什么，我就想送给你。还有，一些原本不好意思说的事情，现在也敢说了——比如他说起当初第一年我们帮他摘花生粒，选都不知道选一下，"大的、小的、好的、坏的全都摘下来扔到筐里"，害他被榨油店的老板说了一顿。

跟村里其他老人家不一样，谢伯不叫我屏屏，他叫我"姑姑"。可能在康复村很难得见到跟他同样姓氏的人，所以谢伯第一次见到我就特别高兴，好多次提醒我和他有同样的祖先。有一次无聊我跟他对了下字辈，居然发现，我的辈分比他还高，我得意忘形："你要叫我姑姑！"

谢伯想了想，觉得有道理。从那之后，他就真的叫我姑姑了。

离开村子那天，谢伯用编织袋装了好大一袋花生要我带回家。他让我收下："给你妈妈吃，你妈妈养了个好女儿。"我不想要，他假装生气："你不拿，我就不叫你姑姑了。"无论如何都拒绝不掉，我只好抱着这个捆着红绳的编织袋过安检、坐火车，一上火车我就把它塞到座椅底下去，仿佛自己就是一个进城探亲的农民工。

那次的花生之后，他还给过我一大袋红薯，还有一大罐花生油。红薯是还没长熟的，他说等它们长熟了我就不在了，于是提前挖出来给我带走。还有一罐花生油，我不想收，可是他坚持要给，我想，既然我收下他才高兴，那就拿着吧。可是后来，我才慢慢理解到他的心意有多重——这一罐满满五升装的花生油，要他种多少棵花生苗、摘多少颗花生籽才能榨出来呢？他拄着拐杖，摇摇晃晃走到花生田里。花生种好了、摘好了、晒干了，他请人拿到镇上榨油店去榨花生油。这次，他没有把油卖给店里换钱，而是掏钱付了加工费，把榨好的油拿回来，给我带回家。

相比起来，我为他做了什么呢，我为他做的事情不值一提。雨季的一天，天空下起微微细雨，我看他不在房间，肯定是又去田里了。怕雨下大了，我撑一把伞去田里找他，果然，他在花生田中间一棵一棵拔着杂草呢。

下这么一点点小雨，他丝毫不在意。看我来了，他先是吃惊，等我走近了，他才说起埋怨的话："姑姑，你来做什么，这里好脏的。你看，你鞋都踩脏了。"

我不理他，还是走进田里，拿伞给他挡一挡雨。心里想，啊，这是多么温馨的一个场景啊。可是当我正要开口说话，却发现情况不太对劲——伞下除了我们，还瞬间集结来无数小飞虫！这些小蚊子小虫子们本来慌慌张张在雨下飞来飞去，突然发现这里有一片伞荫，于是惊喜地嗡嗡嗡嗡聚集而来，把这里当作雨天的避难所。谢伯和我不仅没法说话，连睁开眼睛

都不行了 —— 谢伯尴尬地笑着，欲言又止。我只好识趣地收起伞。虫子们很快四处散开了。好吧，淋雨也没关系，其实只是一点微微细雨而已。

我就是想不到还能为谢伯做些什么了。他总是不让人帮他的忙，看他在田里除草，我走过去，他就赶我走："不要过来，不要弄脏你鞋子。"站在旁边陪他，也不行："姑姑，你快走吧，我要做事，不能陪你说话。"我只好走开，等他做完事情，我去他房间陪他看电视吃他的旺旺雪饼好了。

在谢伯房间跟他聊天，总是感觉很自在。他忙完回到房间就会脱下来假肢坐到轮椅上歇一歇，有人走进房间了，他就让我们自己到旁边端几张矮凳子坐。他把电视机开着，电视机上面的盖布是黑白印花的，这是我以前拿来给他的，不看电视的时候他用来把电视机盖住，挡挡灰尘。关系那么好了，谢伯让我们自己招待自己，他指一指墙边的某个木橱柜，让我们自己打开来拿东西吃。我们也不客气，直接告诉他这款饼干还可以、那款饼干一般般，下次别买了。吃着饼干，喝着饮料，大家一起看着电视节目，偶尔有一搭没一搭说几句话，有时候会忽然听见轻轻的呼噜声，哦，原来谢伯坐着坐着睡着了。我们关掉电视机，轻轻离开他的房间。

有一天我去找他，他变得很反常。

这一天，谢伯的堂弟来了。堂弟的儿子、儿媳，还有孙子都来了，一家人热热闹闹地，几乎挤满一个房间。这天谢伯有点亢奋，他一见我来就尖声说话："这么久不来，你对得起我？"

我感觉奇怪。走进屋里，凳子全坐满了人，我只好坐到他床沿上。他又批评："你怎么可以坐床上的！裤子上有汗！你，乱七八糟！"

接着，又命令我自己洗桃子、自己倒水喝。

我一下子明白了，他是在家人面前表现呢，他想给家里人看看有个大学生跟他关系好。

看他得意的样子，我也默契地假装乖乖顺从。

谢伯的家里人一直对他好，他们一年进来康复村看他好几次。甚至，就连家族要修祠堂，家里人都会进来请他给意见。谢伯出生的时候体重是七斤半，所以大名叫谢七斤，小名叫"半半"，又因为是家里的老大，弟弟妹妹们都叫他"半半哥哥"。我翻他的电话簿，他亲人里面还有一个叫谢九斤的，还有一个叫谢兔子——一看就知道和他一样都是淳朴又简单的人。

其实当年麻风病治好以后，谢伯是回家住过几年时间的。只是后来，他自己又选择回到麻风村。

谢七斤的家乡在韶关市乐昌县，这是一个紧邻湖南郴州市的小地方。他小时候只读过三个月书，所以文化不高，不认识多少字。"大跃进"时，他在公社饭堂负责做饭，一起做事的人都很喜欢他。1959 年，谢七斤 24 岁，他被诊断出得了麻风病。

麻风检查组的医生告诉他，他不能再去饭堂做事了，这种病很严重，会传染给别人的。结果饭堂的人都来给谢七斤求情，说他们不怕麻风，一起做事没有关系。医生严肃地讲给他们听这个病的严重性，得麻风病的人，手脚会烂掉，脸会毁容……

大家只是觉得谢七斤命运不好，很可怜。他家的房子就在整个村子中间，可是也没人说让他搬走。在家待了两年之后，乐昌县的麻风医院正式建成，谢七斤这才被收进麻风医院隔离治病。

几个月后，在这个麻风院里，谢七斤遇见了他心仪的女子。

这名女子也是乐昌县人，入院的时候只有18岁。她家里人非常怕麻风，一知道她得病了，就马上找地方把她送走。进来麻风院，她既担心这个病没办法治好，又害怕这个病治好，因为一旦治好出院，她就没地方可以去了。有一次两个人聊天的时候，谢七斤对她说："别的公社别的村都怕麻风，我们村不怕。我都发病了，我们村的人还让我在饭堂做饭。我们村的人，个个都对我很好的。"

女子沉默了。过了好一会儿，她鼓起勇气："那我以后去你那里，好吗？"

谢七斤心里好激动。

其实这时候，两个年轻人正在试探对方的心意。她入院的时候，谢七斤已经在麻风院住了两个多月了，有新病人进来，麻风院组织了一场欢迎活动。谢七斤跟村口欢迎的队伍站在一起，他看见好多新病人走进来，其中，这个年轻美丽的女孩子第一眼就把他吸引住了。

乐昌麻风院当时有个医生，姓何，是美籍华人，对院里的病人们总是很关心。何医生很小的时候就跟着爸爸妈妈到美国生活，后来当上医生了，他决定回到中国，要为中国的麻风病人服务。谢七斤去问他："以后我治好了，可以结婚吗？"

何医生说："当然可以。"

他鼓起勇气："我喜欢的人就是这里的。"

何医生也为谢七斤高兴。想到以后他们出院生活需要经济支撑，问过谢七斤意见之后，何医生帮他去找医务部的干部。他请求医务部的干部给谢七斤安排一份工作，让他可以有多一点收入。

谢七斤开始到山上"搞木材"。他们一共六个人，全部都是麻风院里的病人，由谢七斤带队上山做伐木的工作。这个工作十分辛苦，他们需要长期住在山上，吃饭也是在山上自己做，最长的一次，一直在山上待了半年才下来。搞木材赚到的钱，60%上交作为林业费，剩下的可以几个人自己分配。那时候女子在山下的饭堂帮忙做饭，谢七斤就在山上砍木头，他一心想快点多赚一点钱，白天跟大家一起砍树木，晚上还自己点着灯编斗篷、编箩筐。很累的时候，他也不觉得辛苦，只要想到不久的将来，他和她两个人可以一起出院回家，可以一起生活一辈子，他就感觉未来充满期待。

那时麻风院的领导已经批准了他们住在一起了。休息的日子，谢七斤就从山上下来，两人住在一起、一起吃饭，互相倾诉想念。医生说，再过两三个月，他们就彻底治好可以出院，女方的父母也同意了他们在一起，两个年轻人想好了，出院以后，他们就回谢七斤的村子，在那儿种地、编箩筐，加上在麻风院里攒下的钱，很快可以过上像正常人一样的日子的……

那天，谢七斤刚从山上下来，两个人正一起吃晚饭。

"……她说头脑不舒服，说着说着，突然弯下腰，口水一直流，一堆白沫很快卡住她的喉咙……

"一个钟头后，她就没气了，医生来打针吃药都没有用，怎么抢救她都没有醒回来。"

谢七斤到乐昌县，买了20块钱的木板，给她做了一副棺材。他把她埋葬在离房间门外不远的地方。

两个月后，谢七斤出院了。他在家里开了个代销店，卖些烟酒、糖果、酱油、洗衣粉之类的杂货，村里的大人、小孩也敢来买，大家都不怕他。从湖南进货要比广东便宜一些，他就走山路到湖南那边去，挑回来的货可以多赚几分钱差价。也曾经有人给他介绍过几个女孩子，可是见了面，他都觉得不如意。后来，他把小店关了。再后来，他又申请回到乐昌麻风院。

我认识谢七斤的时候，这些事情已经过去四十多年了。乐昌麻风院解散之后，他和其他病友一起，被送来韶关市的韶西麻风院。

过去的事情他几乎不再提了。住在他隔壁房间有个廖婆婆，他对廖婆婆特别照顾，我本来猜想他们之间是不是有特别的感情，可是观察了好一段时间，发现不是的。只是因为廖婆婆的眼睛看不见，他们住得近，谢伯平时就多帮助她一些。

现在他只是一个人在这里踏踏实实过生活。生活简单，不过他并不凑合，村里物品匮乏，他却总能想到办法让自己过得便利。谢伯有一条腿截肢了，手上十个手指头都僵硬变形，生活中会遇到各种不方便的地方。比如电饭煲的盖子，若是煮好饭揭下来直接放到桌子上，水汽会滴下来把木桌子弄脏弄湿；可是倒过来放呢，谢伯僵硬的手指又不够灵活，放下去拿起来都很不方便。有一天谢伯不知道哪儿捡回来一块泡沫方块，又砍了一根竹子回来，破出来四片竹片，削尖了，插到泡沫的四个角上去——这样就做成一个可以把锅盖架起来的简单支架了，锅盖立着放进去，既不会弄脏桌子，又方便自己拿起来和放下去。有一次我们在村里给老人家放烟花，再下次去，发现谢伯把烟花剩下来的硬纸残壳捡回来了。这个纸壳是一个方形墩子的形状，中间有圆柱形的中空，谢伯捡了两个，一边各竖着立进去一根晒干的竹子，中间再横着绑一根，这就成了一个稳固的晾衣架子。谢伯把自己所有东西都整理得井井有条，别的老人家房间里的东西都堆成一堆的，可是他不愿意，在他这里，每一个物品都有自己专属的位置。房间窄，他就在一面墙边横挂一根长竹子，再用铁丝拧出来一个一个小挂钩，锅啊、铲子啊、小水桶啊，他把它们一个一个挂起来，挂成一排，高低错落，自己方便拿，别人看了又赏心悦目。

他的裤腰带也是自己做的。市场上买的皮带他用不了，因为手不方便，皮带穿过来扣过去对他来说很麻烦。我看见他有一根厚帆布做的腰带，接口两个地方分别拧了一根铁丝，一边是钩子、另一边是铁扣，这样子的腰带他一扣就能扣上去，十分方便。我啧啧称奇，他看我喜欢，很爽快地说要送给我："你要就送给你！我还可以做！"说着，他拿出来一捆三四厘米宽的帆布带子给我看，原来也是他不知道哪里找回来的，一捆别人用来做帆布挎包提手的帆布带。

不过我觉得最厉害的，是他给自己做的手机袋。谢伯的弟弟给他买了个老人手机，他想办法用碎布片缝了一个长方形的小袋子，设计成可以挂在裤腰带上的款式。手机袋怎么封口是个难题，他手指不好，拉拉链是最不方便的，于是他想到从一双旧鞋子上剪下来两张魔术贴，一侧一张地缝在袋子上，这样撕出来和粘上去都很容易。这样，他就可以把手机随身带着，下田去也不担心错过电话了。

谢伯最让人担心的地方，就是他无论如何都不愿意放弃种地。他都八十多岁了，有时腰痛、有时腿痛，可是挂着拐杖也要坚持下田里。夏天天气那么热，他就赶在清晨太阳出来之前，或者傍晚太阳落山之后赶紧提水到田里。村里经常干旱，每次浇水他都要走好多路，又每次只能半桶半桶水提过去。那么辛苦，我问他，一年能赚多少钱呢？他严肃地跟我说："不赚多少钱，可是人不做事不行，我现在还能动。"

他说："没事做的人心里很复杂的，没事做就会想些乱七八糟的。心里想来想去，好烦的，要人家说一句好话，心里才高兴。不上班也可以，现在城市地方多，家里不能耕田耕地，那至少开个小店，一定要做事情才行。这不是跟人的性格有关系，每个人都一样，人就是离不开为别人服务的。"

其实是谢伯想安慰我。那时候我刚刚从泗安康复村离开，因为工作的部门取消了，我没法继续待在村里，不能继续跟村里的老人家们待在一起了。可是，离开康复村去做别的事情，做什么事情呢，做事情的意义是什么呢？谢伯告诉我，无论做什么事情，首先不是为了别人，而是为了自己。

我想这就是他八十多年时间总结出来的人生经验。

谢伯说，趁自己还能动，就要多做一点事情。终于有一天，他躺在床上不能动了。前一天，他还在给田里的生姜和芋头浇水，后一天，他就腰痛得躺在床上起不来。

李伯说起那天的情况："那天下午，谢七斤还拿个凳子在门外坐着呢，第二天就躺在床上起不来，看他好痛啊，痛得两天两夜吃不下饭。"送去曲江人民医院，医生说，是腰椎间盘突出。

我坐火车去韶关看他，他看起来没有精神的样子。好像人一倒下，各种衰老的痕迹就掩盖不住了。在医院请了一个"保姆"（老人家把医院工作的护工叫"保姆"），因为如果不请，他自己连翻身都没办法。从康复村出来住院，他几乎没带什么东西，除了几件换洗衣服，就是他那部老人手机和一本只有几页的电话簿了。我想问他有没有打电话跟亲人说他出来住院这件事情，可是跟他说话，没说几句他就昏昏沉沉睡过去。我站在床边等了一会儿，他缓缓醒过来，劝我说："姑姑，你回去吧。"

我就回去了。

他走的那天，是 2020 年 9 月 23 日。走之前不知道哪天进了 ICU，只知道有人打电话去，是护工接的电话。

谢伯去世之后，我好久没有去韶西康复村。那个总坐在房间门口拼命挥手欢迎我们的人不见了，那个位置后面的房间也变得空荡荡。2011 年第一次来到韶西康复村，当时村里一共有 32 个老人家，而写下这段字的 2021 年，32 个老人家只剩下 12 个了。而我知道，最终，这个数字会变成 0。

谢伯有一部电动轮椅，是省里一个机构在他 85 岁那年送给他的。有一天，我看见谢伯在他房门外面那片平地练习开轮椅，很欢乐的样子，于是偷偷举起手机，给他录像。谢伯看见我了，他故意把轮椅往这边开，最后稳稳停在镜头前面，招手说："再——见——！"

谢伯是不喜欢我们说再见的。有时要从他的房间离开，随口跟他说一声："我走啦，拜拜。"谢伯不高兴，纠正说："不是拜拜，还没得走。"意思就是，我们还没要离开村子呢，待会还要过来的，很快还会见面的。可是这次，真的要说拜拜啦。我们再也没法再见了。

（廿七）

谢翠屏和朋友们

喜欢待在麻风康复村，是因为老人家太喜欢夸我了。

比如有一天路过食堂，里面有人在表扬我。"什么事情找翠屏就可以了，跟她讲一次就搞定！"原来是这天早上，周伯让我帮他打印食堂买菜用的表格，我五分钟就印好给他，他觉得我做事很可靠。

比如看我打着电脑，他们又开始夸："打电脑好难的，要读过书的人才能做的！"

他们相信我是修手机的高手，手机有问题都拿来找我修，其实我的秘诀只有一个：重启。

我要出去考试，他们就坚信："你肯定第一名的啦！"

反正，我做什么都是厉害的，做什么都是最棒的。他们有多盲目呢，有一次杨伯到处找我，想找我帮他充话费。他说："我感觉找你充的特别耐打，我自己到洪梅镇充的，好快就打完了！"

有点天真，又有点好笑。可是听多了，我好像也被说服了，哇，原来我是这么厉害的人。

第一次来到泗安麻风康复村，我就知道我喜欢这里的人。

那是 2010 年的 5 月，我作为"家工作营"的一个大学生志愿者来到这里。从学校出发，要先坐五块钱的公交车，再转两块钱的公交车，最后坐两块钱的渡船，才能到达这个康复村所在的泗安岛。下船以后，先穿过一片香蕉林，再穿过一片竹林，路过麻将房和小卖部，才终于来到村子里面。一进来，我就看见好多老人家坐在一棵大樟树下面等着，看我们来了，他们欢呼："到了！"

进来之前，我上网查了下"麻风康复村"和"麻风康复者"。网上看到的，大多是一些特写的手脚残疾的图片，色调是黑白的，强调一种令人恐惧的气氛。我默默做好了心理准备。可是，真的走进村里，这里天是蓝的，云是白的，有玫瑰花和惬意的风，还有高高的大樟树下坐着的欢乐的老人家。有老人赶紧把自己的三轮车推过来，要帮我们载行李；有老人家扶着年轻人的肩膀，说说笑笑。过了好一阵子，我才反应过来：啊，他们是残疾人啊，他们就是麻风病康复者。

奇怪的是，明明他们有的拄着拐杖，有的坐在轮椅上，可第一眼看见他们，却只会看见他们的笑容。

来到这里才知道，这里的老人家，跟外面的老人家没什么不同。他们一样整天无所事事，"吃饱就训（睡）"，或是听听收音机，或是守着房间看那部收不到几个频道的电视。有人喜欢下象棋，有人喜欢打麻将，我看见他们打麻将算钱用的筹码有些特别，那是一个个薄薄的蓝色小圆片，一问，这些都是以前从药水吊瓶上揭下来的，刚好合适，就一直用着了。

我也说不上为什么，就是喜欢跟老人家们待在一起。那次之后，我又陆陆续续来了好多次，就在这棵大樟树下，我和刘大见，和张献伯伯，还有其他老人家一起度过了好多时间。张献伯伯喜欢恶作剧，他坐着无聊了，就到地里摘回来一些五彩小辣椒，再走到柚子树那边把它们扎到树枝的尖刺上面，等有大学生路过他就假装很吃惊："哎呀那个树上长了什么？"骗倒一个人，他就哈哈大笑。轻风吹过，樟树顶上掉下来一根一根小小的枯树枝，张献伯伯告诉我这个捡回去可以防虫的，因为虫子最怕樟木的味道。他随手捡起一根，开始在泥土地上画画，有人走近了，他就抹掉。可是我看见了，他画的是一间有屋顶的小房子，有窗户，有烟囱。

大樟树周围的空地，刘大见占了来种玫瑰花。他种了好多玫瑰花，还种百合花、桂花、甘蔗、胡萝卜，还有柠檬树、橘子树和柚子树……有什么他就种什么，他只是想浇水而已。每天浇完两桶水，他就过来坐在张献旁边继续打发时间。有时我也在那里，我说起有一天我妈给了我一个16元的红包，可是16元是什么意思呢？他们把五谷丰登六畜兴旺等等全部想了一遍，最后得出结论："16蚊刚好是华莱士一只烧鸡的钱，你妈让你买只烧鸡回来吃。"有时刘大见对我讲起旧事，说当年好多来麻风院工作的护士都是学校毕业分配来的，她们只能选择来这里，或是去海南。他说那时有个护士，来到这里就天天哭，哭了好久，刘大见去给她做思想工作，劝了好久她才接受。有时候又怀念起童年的时光，刘大见和张献一起给我朗诵他们小时候唱的东莞话版《人之初》：人之初，初之人，先生少我几百银，我问先生拿，先生唔比仲要打我（不给还要打我）……

一起吹风，一起消磨时间，人和人就慢慢熟悉起来。村里叫得出我名字的老人家越来越多，也有老人家把好吃的零食藏在抽屉里，等我来了拿出来给我吃。我想要玫瑰花，就可以随时到刘大见田里摘，摘了用报纸包起来带走。看到刘大见树上的柠檬果快成熟了，我叮嘱他："不要让人摘光了，留几个给我。"刘大见说好。过几个月我再来，树上的柠檬果却一颗都不见了。刘大见也很生气："柠檬熟了你还不来，等你好久都不来，我怕给人偷走，就摘下来拿盐水泡着。前几日有义工来，居然说我那罐是垃圾，给我扔了！"

看着刘大见生气的样子，我却有点感动。哎呀，原来我是这么重要的人。

但我没办法经常到康复村里来。跟老人家熟悉起来，也到了我从学校毕业的时间，毕业，就意味着工作，工作，就意味着可能很长时间没办法来找老人家一起玩了。

我没办法轻轻松松跟他们说句再见，然后就心安理得离他们越来越远。那时候我已经知道了，人是一天一天会老的，如果好久不来跟他见面，就突然有一天，再也没办法见面了。

我开始胡思乱想可以留在村里的方法。或许可以跟着刘大见种玫瑰花，等过节日了，就摘下来抱出去卖。又想到可以在这里开小卖部，不过村里都是些老人家，小卖部最大的顾客肯定是我自己。正在我东想西想的时候，突然，一个正经的工作机会突然出现。

这一年，大众社工机构准备要在村里做一个叫"莞香青年农舍"的项目，具体是准备一块农地，把外面的青少年带到麻风岛上来，给他们体验农耕生活。项目需要两个社工助理，要求是要住进岛上的。这么偏僻的地方，自然几乎没人愿意来。我甚至没有竞争对手。

我马上给张献伯伯打电话。

我跟张献说，以后可以每天跟他一起吃饭了。以前每次来康复村，我都会在镇上的菜市场先下车，给他打个电话："喂！张献，要买什么？"他抱怨："别人打电话来都是'张献伯伯''张献伯伯'的，你每次都'张献''张献'地叫！"接着，他报给我听要买的食材清单，准备中午大家一起煮饭吃。村里有不少自己做饭的老人家，可是张献伯伯做的最好吃，也最讲究。收到我的好消息，他果断决定，第二天做一盘三丝炒米粉、一碟姜葱炒花甲和一煲猪脚姜，一起庆祝庆祝。

做莞香青年农舍这个项目，首先要种出一块菜地。我们去请教老人家，他们纷纷分享自己的种菜经验。有人教我们第一年应该先种一季土豆，种好翻到地里去，这样可以增加肥力；有人帮我们给小鸡房拉一根电线，因为夜里要给小鸡开一盏黄色灯泡，用于保温。还有的老人家，他们比较实际，只是提出建议："要不你们就种南瓜，其他东西你们可能种不出来，南瓜粗生，一定能长出来的。而且好看，别人看了，黄黄的，觉得你们挺厉害。"

这下，我算真正住进村里了。住在村里，就有更多时间跟老人家待在一起了，没有事情忙的时候，我就在村里逛来逛去，看到老人家需要帮忙，就随手帮一下。越来越多人参加农舍的活动，越来越多人走进麻风岛来，越来越多人认识这里的老人家。有一次，一个来过一回的阿叔问我要地址，他想寄东西来，请我帮忙收。原来，他在岛上那天偶然认识了村里的康复者林叔，天气冷了，他想送给他一件棉马甲。而林叔，对这位萍水相逢的好心人其实一点印象都没有了。

有人进来岛上，老人家自然好高兴。麻风岛不再像以前一样是个别人避之不及的地方了。常常有人进来做活动，也会顺便带给老人家礼物，他们会提前给我打电话，因为我清楚老人家需要什么东西。不过老人家不是每次都等着收礼物的，有一次残联的朋友进来做活动，其中还有两个聋哑的小孩子。刘大见知道了，托人买回来美乐多，他说："儿童节嘛！"那一天是 6 月 3 日，儿童节刚刚过去两天。

对这些来过的人来说，麻风病自然就不再是一种神秘的可怕的病了。电视上、报纸上越来越多能看见这些老人家的消息，再在网上搜索"麻风病"，看到的就不只是那些让人心惊胆战的特写残疾手脚的照片了，一张一张老人家欢笑的脸也在里面。

而我呢，也不小心变成别人眼中"了不起""不简单"的年轻人。

确实挺了不起的，我也觉得。因为住在岛上，外卖送不进来、快递送不进来，就连手机网络也总是连接不上。进岛出岛只能靠一条小渡船，而这条渡船每天不到太阳落山就停开，具体几点钟，由开船的人看心情决定。就这样，一年时间慢慢过去。终于有一天，船停开了。岛里和岛外，终于通了桥。

这一年，我也从社工机构转到泗安医院做事。泗安麻风康复村由省泗安医院管理，也是在这一年，医院来了一位新院长，院长在麻风康复村内设立了个新部门，专门为康复老人们服务。部门的办公室，就设在大樟树和刘大见的玫瑰花园旁边。办公室里面有医生、有护士、有主任，还有我。老人家不理解，你既不是主任，也不是医生，也不是护士，那你是什么呢？虽然不理解，不过老人家知道，有什么事情他们都可以来找我，就跟以前一样。

比如有老人家想买一个武打片的DVD，菜市场买不到，可以来找我用手机上网买。想充话费也可以找我充，想到银行存钱也可以找我存，想找一个20年没见的亲人也可以找我帮忙想办法。做得最多的事情可能就是查话费了，老人家把他们的老人手机拿给我，很快我就能查到里面还剩多少钱。可是，有的老人家明明昨天查过一次了，今天还要查……我想，他们或许不是真的想知道还剩多少话费，只是借机会找我帮忙而已。

我整天在村里游来荡去，看看老人家需要帮什么忙，或者到他们房间聊天。罗佩珍婆婆观察我很久了，最后判断说："你都不做事的，整天像个老鼠窜来窜去！"有时候我忙着在办公室做电脑上的工作，又有老人家批评："你都不下楼来工作，只知道在楼上偷懒打电脑。"郭伯郭增添是后来从大坪康复村搬来的，他也观察了我好久，有一天他终于宣布："我知道了，你是女的，你帮阿婆做事，你是妇联主席！"

反正，我也说不清我的工作究竟是什么。我只是待在他们身边，一天过去，仿佛没有做什么事，又仿佛做了好多事。我到彭伯画室里看他画画，帮他找他需要的风景图片；我到龙眼树下的四妹婆婆旁边劝她别再拔草，又每次每次地劝说失败。我到刘大见的床边看他，突然想起来问他一句："哎，听说摸老人家的头顶会有好运气的，越长寿越好，是不是啊？"刘大见大大方方批准我摸他头顶一下，我就真的摸了一下。

住在村里时间久了，跟老人家待久了，好处也有一些。比如有一次有群志愿者把烧烤炉搬进村里请老人家吃烧烤，他们就在广场那儿烤，烤好了送进老人家房间里去，我一间一间房间去找老人家聊天，最后吃撑了。有时节日聚餐，一张桌上两个鸡腿都是我的，这还不够，隔壁桌的鸡腿有时也会给过来："你吃多一点啦！"

更熟悉了以后，他们好吃的零食就舍不得给我了。老人家收到有人送来好吃的零食，比如费列罗巧克力啊、韩国紫菜啊、向日葵饼干啊，就悄悄藏在抽屉里，等喜欢的大学生来了，再拿出来请他们吃。不过也会有人进来村子之前，商量好这次送给老人家的礼品之后，多问我一句："要给你带什么？"

我吓一跳，可是又好开心。对的，我也是村里的一个村民呢。

后来有一天，村里一只大狗咬了块鱼干过来，放在我脚下，又走了。我想，我真的成为这个村里的一员了。

在这里，我也变得跟以前不一样了。一开始只是觉得跟老人家待在一起开心而已，可是，慢慢地，我看见更多的东西。

有记者进来康复村里，让我用两三个词语概括这里的老人家。我感到莫名的不高兴。老人家怎么可以概括呢？怎么可以把那么多老人家，统一包含进几个单薄可怜的形容词里面呢？我这才意识到，对于不认识他们的人来说，他们就是这么面目单薄的"一群人"。唯有认识了，才有机会知道，他们原来是一个一个生动的、独一无二的、让人喜欢的、各自有各自故事的人。

大多麻风康复老人身上都有残疾，同样是手指的残疾，彭伯的手是在新洲医院撑船划伤的，那时候他在新洲医院运送砂石，每天要撑船来来回回好多趟，手用力过度受伤了，也不得不继续工作；刘大见的手，是他在生产队养鹅，要把玉米粒做成爆米花喂给鹅吃，被滚烫的锅盖烫伤的。他们讲给我听好多以前的事情，我才理解，"残疾""偏见""希望""亲人"这样的词语，它们不仅是简单的一个个词，在词语背后，还有好多好多总结不过来的辛酸。

这些事情，是没办法概括起来的。聊天的时候，有老人家给我讲他们的事情，我听在心里，就舍不得忘记——

比如彭伯说，以前麻风院附近有个"渔民村"，那里有几个小孩子跟彭伯关系好。小孩子是一些违反病区规定结婚生子的"麻风人"的后代，彭伯有几次带他们出去玩，带到隔壁道滘镇上一个游乐场去玩。有个小女孩特别好奇，她问彭伯为什么只有一只脚，又问他为什么没有手指头，跟自己的不一样。彭伯教育她："我小时候家里穷，没有饭吃，好惨的，不吃饭所以手指长不出来。你记得多吃一点饭！"

又比如张献抱怨说，有一次他儿子来，他吩咐他买一碗粥、一条鲈鱼。结果第二天，儿子来了，不但买了一盆粥，还有三个粽子、两条鲈鱼、一斤排骨、几个苦瓜、一把豆角和一大把葱！

还有刘大见回忆说："二十多岁的时候，一条巷有八个女仔中意我呢！不是骗你们的，就是道滘人民医院外面那条巷嘛。"

我也不知道这些事情重要还是不重要，也不知道它们有用还是没有用。只是，当我再次路过道滘人民医院，就不得不想念一下刘大见了。我想，即使将来这些老人家全部去世，在我这里，他们还会活下去吧，这里还有一点点他们活过的痕迹没有消失。

是啊，我的朋友们一个一个离开了。坐在刘大见的玫瑰园那儿我突然想到，跟一朵玫瑰花交朋友，总是要面对它的凋谢的。

庄伯去世了、钟伯去世了、池婆婆去世了，还有马伯、德妹婆婆……我的好朋友们，一个一个离开了。也不知道下一个是谁，就像抽签一样，也不知道怎么样做心理准备。我还是像往常一样在村子里逛来逛去，张献伯伯不在了、刘大见不在了，大樟树下面是其他老人家围在那里下象棋。有一天我在大樟树下，心血来潮想做一份本地蔬菜种植时间表，老人家说，这个问李亚帝最清楚。我拿着笔和本子准备问李亚帝，可是旁边的老人家七嘴八舌："南瓜怎么是二月？七月种了才好！"这人说一句、那人说一句，乱七八糟的，我记不下去了。我有点苦恼，收起纸笔，对李亚帝说："过几天我去你房间专门采访你啊。"他像往常一样呵呵笑："好啊。"

第二天夜里，他急病去世。

我想，对他们来说，死亡是什么呢？死亡就是张献伯伯把他泡了好多年的蛇酒倒掉。张献有好几瓶珍藏的蛇酒，是他几十年前去抓了蛇回来泡成的，他一直摆在桌子最显眼的地方，引以为傲。有一天，我看见瓶子空了，里面的酒全倒去了。那时候，张献的胃癌已经到了晚期，做了手术也没有用，他把房间里的东西整理干净，所有钱收拾出来让儿子拿回家里去。

选择跟老人家交朋友，总要习惯这些遗憾、悲伤、不舍和怀念的。李亚帝走了以后，别的老人家都好羡慕："是心脏的病，很快的，没什么痛苦的！"又说："如果到我的时候，也这么幸运就好咯。"面对死亡这个事情，老人家早已经习以为常，甚至期待。他们更担心的是不能顺利死去。可我还是没有习惯，刘大见走了以后，我总是故意躲开他门前那条走廊，就是不想看见那个空空荡荡的、收拾干净的房间。

这些麻风康复村里的老人家，好多人走了以后，没有留下一点痕迹，甚至连骨灰都不会留下。华仔和阿崧是村里的一对老夫妻，华仔走了以后，阿崧来找我商量要不要把华仔的骨灰留下来。她想来想去，想来想去，最终还是决定不要了。阿崧说："过几年我也死的啦，我死了，谁还去拜他！不要了，算啦，我和他一起都不要了。"

我也不能说什么。很多时候，安慰的话那么轻飘飘，越是理解他们，越是说不出安慰的话。我只是默默对自己承诺，我会把他们记在心里的。

我常常会想起他们，在看见泡椒鸡爪的时候，或是洗一个杯子的时候。洗杯子的时候我突然想起来张献伯伯，以前我在他房间放了一个杯子，乳白色的，是饮料的赠品陶瓷马克杯。有一天我坐着看电视喝茶呢，感觉张献伯伯一直在偷偷瞄我。终于，他忍不住了："喂，你没看到哪里不同啊？"我仔细看了又看，哦，原来张献把我的杯子洗了，杯子里沉积好久的茶渍刷得干干净净。又有一次，我躲在他房间偷偷吃一包泡椒鸡爪，突然有人喊我做事情，我只好把剩下的半包先藏在他一个空饭锅里，并且叮嘱他，不要偷吃。他答应了。回来再看，鸡爪确实没有变少，可怎么感觉怪怪的呢？认真再看，原来，他把里面的泡椒全挑出来偷吃了。他不好意思地偷偷笑。还有一次，他一边吃饭一边把右脸朝向我，好像努力在展示些什么，努力得都有点太过刻意了……我这才发现他耳朵上夹着一颗带壳的花生呢，夹在上面做成一个耳环吊坠的模样。

可是又有点难过，这么好玩的张献，他已经不在了。他再有趣，我也没办法带别人进去村里认识他了。我这么想着，突然又反驳自己——不对的，还有机会的。我可以向好多人介绍他，我可以把他留下来。因为，我一直记着他的可爱。

然后，我好像做到了。

老人家说得对，我想，我确实是个值得表扬的人。

图书在版编目（CIP）数据

我的朋友来自1918 / 谢翠屏著. — 广州：广东旅游
出版社, 2022.10
ISBN 978-7-5570-2873-2

Ⅰ.①我… Ⅱ.①谢… Ⅲ.①纪实文学 – 中国 – 当代
Ⅳ.① I25

中国版本图书馆 CIP 数据核字 (2022) 第 180108 号

出 版 人：刘志松
选题策划：后浪出版公司
出版统筹：吴兴元
编辑统筹：杨建国
责任校对：李瑞苑
装帧设计：SOBERswing

著　　者：谢翠屏
责任编辑：方银萍
特约编辑：丛　铭　刘铠源
责任技编：冼志良
营销推广：ONEBOOK

我的朋友来自1918
WO DE PENGYOU LAIZI 1918

广东旅游出版社出版发行
（广州市荔湾区沙面北街71号）
邮编：510130
印刷：天津中印联印务有限公司
字数：190千字
版次：2022年10月第1版
定价：52.80元

开本：787毫米×1092毫米　　32开
印张：10.25
印次：2022年10月第1次印刷